KB055827

7

팔남이라니,
그건 아니지!

Y.A 지음
후지 초코 일러스트
강동욱 옮김

이나

엘빈
통칭 : 엘

빌마

엘리제

카타리나

벤델린
통칭 : 벨

루이제

"그렇습니까?
그럼 지금까지
당신과 만난
남성은 모두
눈이 삐었었던
모양이군요."

어디까지
빈말을 하는 것처럼 보이
나는 거짓 없이 카를라 잉
예쁘다고 생각했
처음에는 옛날 여자 친구
닮았다고 생각했지
아쉽게도 압도적으
카를라 양이 예쁠 것이

"남성에게
그런 칭찬을
받은 것은
처음입니

CONTENTS

팔남이라니 그건 아니지! ⑦

제1화 카를라 폰 블로아라는 여인

"전쟁은 아니지."

"그렇죠. 분쟁이죠."

남부의 영웅 블라이히뢰더 변경백작과 동부의 영웅 블로아 변경백작 사이에서 분쟁이 발생했다.

반쯤은 기습을 하듯이 블로아 변경백작 쪽이 군사를 보냈고, 대응이 늦은 블라이히뢰더 변경백작 쪽은 서둘러 병사를 모아 대응했다고 한다.

양군은 종자의 병력도 가세시켜 남부와 동부의 경계에 있는 에차고 초원에서 서로 노려보고 있었다.

"그래서 양군이 서로 싸울까?"

"설마요. 그렇지는 않을 겁니다. 서로 노려보다가 먼저 애가 탄 쪽이 교섭을 제안하는 경우가 많죠."

병력은 교섭의 도구…… 위협의 도구라고 할까…… 실제로 싸움을 벌였다가는 왕국에 변명을 할 수 없으니까 분쟁이라는 형태가 되는 셈이군.

"전쟁이 아니라 분쟁이라…… 말장난처럼 들리기도 하네……."

이 세계에서 전쟁이라고 하면 북방에 있는 이웃 나라 어퀴트 신성제국과의 싸움을 가리킨다. 결국 지난 200년 이상은 발생하지 않았다.

분쟁이란, 같은 왕국 귀족 간에 다툼이 벌어지는 경우를 가리킨다고 한다. 이권 다툼이나 영지의 경계선 다툼 등, 전쟁이 사라진 지가 오래되었기 때문에 귀족들 입장에서는 싸워본 적도 없는 어쿼트 신성제국보다도 이웃 귀족이 더 위협적이고 꼴 보기 싫을지도 모르겠다.

"벤델린 씨는 참가하지 않으세요?"

"으—음, 글쎄."

"글쎄라뇨? 모르겠다는 말인가요?"

　카타리나는 놀랐지만 솔직히 말해서 나는 잘 모르겠다. 우리는 블라이히뢰더 변경백작의 종자니까 원군 요청이 올지도 모르지만, 왕국 정부 입장에서 보면 분쟁보다도 개발이 최우선이기 때문이다.

"영지 개발이 우선이죠."

　로델리히는 분쟁에 참여할 의사가 없는 모양이다. 틀림없이 블라이히뢰더 변경백작이나 왕국 정부와 합의가 되어 있으리라.

"하지만 블로아 변경백작가는 우리의 후방을 교란했어요. 이건 귀족으로서 마땅히 보복해야 하지 않을까요?"

"카타리나 님답군요. 하지만 보복에도 경비가 드니까요."

　게다가 지금의 바우마이스터 백작가에는 군대를 보낼 여유가 없다. 경비대는 아직 편성 중이고, 영지 내의 경비, 해수(害獸) 사냥, 모험자의 통제 등 해야 할 일이 얼마든지 많기 때문이다.

　바우마이스터 백작가 제후군을 무리하게 편성해 분쟁에 참가하면 이번에는 영지 개발이 지체된다. 그런 악수는 왕가도 바라지 않으리라.

"게다가, 실제 피해가 없었으니까요. 귀중한 노동력도 손에 넣었고 말이죠."

"괜찮을까요? 그분들."

카타리나가 말하는 '그분들'이란 용 퇴치 모험자 집단인 척 나타나 바우마이스터 기사작령에서 반란을 꾀했던 블로아 변경백작가 사람들을 말한다. 그들은 클라우스에게 감쪽같이 속아 아무 것도 하지 못하고 우리에게 체포되었다.

바우르부르크로 연행된 뒤에는 포로 대우를 받으며 노동에 동원되고 있다.

취조를 해도 아무것도 털어놓지 않았지만, 어차피 뒷배경은 알고 있기 때문에 노동력 부족을 해결하기 위해 써먹기로 한 것이다.

"게다가 그 사람이 관리자인걸."

엘은 포로들의 관리자가 클라우스라는 사실을 경계하고 있었다.

결국 클라우스를 우리가 고용하게 되긴 했지만 그를 보는 옛 바우마이스터 기사작령 영주민들의 시선은 냉혹하다. 바우마이스터 기사작가 단독으로 반란을 진압하는 일은 불가능하다고 판단하여 헤르만 형에게 반란 계획을 전하지 않고 우리에게 맡겨 버렸기 때문이다.

결과적으로는 클라우스가 옳았지만 헤르만 형이나 바우마이스터 기사작가 경비대 사람들이 기분 좋을 리가 없다.

그는 반란 계획을 헤르만 형에게 전하지 않은 일로 벌을 받았지만, 그조차도 자신의 이득으로 삼고 있다.

손녀사위 둘은 명주로서 기사작령에 남았고, 손자 둘은 새롭게 바우마이스터 백작령에서 명주가 됐다.

게다가 클라우스 본인도 비록 임시이긴 하지만 바우마이스터 백작가에서 관직에 올랐다.

클라우스가 장래성이 뛰어난 바우마이스터 백작가에서 벼슬을 얻기 위해 일부러 헤르만 형의 노여움을 샀다는 의심을 사도 어쩔 수 없다.

"우리가 인원이 부족한 것은 사실이고, 클라우스 씨는 나무랄 데 없는 일꾼이니까."

이나의 말대로 우리는 항상 인원이 부족하다. 따라서 클라우스와 같은 인재라도 충분히 일할 곳이 있었다.

"뭐, 옛날부터 클라우스는 유능하니까⋯⋯."

오늘 우리는 바우르부르크의 교외에 와있다.

이곳에는 식량을 공급하기 위한 커다란 농촌 마을이 있다. 로델리히의 계획 아래 처음부터 건설해 나가 마침내 마을 개장을 맞이하게 된 것이다.

마을 개장이라고 하면 이상할지 모르지만 해수욕장 개장이라는 표현이 있기 때문에 특별히 문제는 없으리라.

크고 넓은 정사각형으로 조성된 논밭과 효율적으로 깔린 용수로, 집의 이전과 건축도 순조로워서 기본적인 인프라는 거의 완성되어 있다.

카타리나와 내가 성가신 부분을 모두 담당한 성과다. 곧바로 바우르부르크로 식량을 공급하기 위해 농작업이 시작되었다.

참고로 넓으면서 바우르부르크에도 가까운 이 알짜배기 농촌의 명주는 클라우스의 손자다. 내 이복형이기도 하기 때문에 노골적인 우대책이었다.

반란 진압에 공헌한 클라우스에 대한 상인 셈이다. 그가 우쭐대기라도 한다면 빈틈을 찾아낼 수 있겠지만, 클라우스는 이 마을의 개장과 관련된 여러 업무에서도 크게 공헌했다.

명주였던 클라우스는 이런 경험이 풍부하고, 그밖에도 많은 마을의 개장에 관여했다.

마을이란 단순히 필요한 것을 생산하는 일로 끝나는 게 아니다.

사람이 사는 곳에는 행정이나 징세, 주민 간의 분쟁 조정 등 다양한 업무나 문제가 발생한다.

그것들을 해결하면서 마을을 유지해 가려면 그 나름의 노하우가 필요한데 클라우스는 그것들을 차고 넘치도록 갖고 있는 셈이다.

"그 노인은 자신을 어떻게 내세워야 하는지 잘 아는군요."

천하의 로델리히도 클라우스의 노련함에는 기가 막힐 뿐이었다.

"그렇다 해도 그 포로들을 용케 별문제 없이 써먹고 있네……."

루이제는 반란을 일으킨 그들을 포로로 잡아두는 것에 여러 가지 문제가 있다고 생각하는 모양이다. 그리고 그런 그들을 이용하고 있는 사람이 바로 그 클라우스다.

반란에 참가하는 척했다가 배신한 클라우스는 포로들에게 온갖 매도를 당했다. 그럼에도 그들을 태연히 노동에 동원하는 클라우스는 정말이지 근성 하나는 대단한 사람이다.

"벨 님, 빨리 시작해야 한다."

"그렇군."

빌마에게 재촉을 받은 나는 개촌식을 거행하기로 한다. 그렇다고 딱히 어려운 일을 하는 것은 아니고 마을 입구에 쳐둔 홍백의 테이프를 내가 칼로 자르는 것이 전부다. 전생의 다리나 터널 등의 개통식에서 하던 바로 그 의식이다.

"벤델린 님, 개촌이 예정보다 크게 앞당겨졌군요. 역시 대단하다고 말씀드려야겠네요."

자기 손자가 명주가 될 마을의 개촌이므로 식에는 당연히 클라우스도 참가했다.

그리고 식이 끝나자 곧바로 내게 다가와 인사를 건넨다.

"클라우스가 가진 노하우가 크게 도움이 됐으니까."

"저는 그리 대단한 일을 하지 않았습니다."

클라우스는 겸손을 떨었지만 역시 그는 유능했다. 아버지 밑에서 명주를 했을 정도니까 필시 그리 힘든 일도 아니었으리라.

"아직 개장해야 하는 마을이 많으니 앞으로도 열심히 하겠습니다."

"그건 무척 든든한 말씀이기는 하지만 그 사람들은 괜찮을까요?"

나 대신 엘리제가 그 포로들을 노동에 써먹어도 괜찮은가를 묻는다.

클라우스가 그들을 선동하여 다시 반란을 일으킬 거라는 생각은 어느 누구도 하지 않았다. 그가 그런 무모한 짓을 하지 않으리라는 것을 알고 있기 때문이다. 그보다는 클라우스에게 배신당했다고 격분한 자들이므로 보복을 당할까 염려하고 있는 것이다.

"부인께서 염려하시는 것도 당연하지만, 지금은 얌전합니다."

"탈주하면 처형할 거라고 협박했나요?"

"아뇨, 아뇨, 카타리나 님. 그들에게 그런 짓을 할 필요가 없습니다."

"그게 무슨 뜻인가요?"

"그건 말이죠……."

그들은 불과 스무 명 정도로 블로아 변경백작령에서 멀리 떨어진 남쪽 땅에서 반란을 일으키려 했다. 이는 당연히 일회용 취급이며 한 마디로 가서 죽으라는 말과 다름이 없다. 우리가 분쟁에 참가하지만 않으면 그것으로 작전은 성공이니까.

"그래서 말입니다. 반란에 성공하든 실패하든 벤델린 님은 분쟁에 참가하지 않을 거라고 말해줬습니다. 영지 개발이 바빠서 그럴 정신이 없다고."

"저기, 그건……."

"모두들 크게 맥 빠져 하더군요."

그도 그럴 것이다. 목숨을 버리면서까지 후방 교란 작전에 참가했는데 그게 무의미했다는 것을 알아버렸으니까.

"한번 목숨을 버릴 각오를 한 분들이 이런 식으로 목숨을 건지면 의외로 얌전해지는 법입니다."

"단단한 나뭇가지는 똑 하고 부러지겠지."

"그렇습니다, 루이제 님."

클라우스는 맥이 빠져버린 그들을 잘 써먹고 있는 셈이다. 쓸데없이 밥만 축낼 포로들을 효율적으로 노동력으로 삼아 자신의 평가를 높이기 위해 이용하고 있다. 모두들 클라우스의 방식에 전율을 느꼈다.

"그들도 여러 가지 사정이 있는 모양이니까요. 지금은 모든 걸 잊고 노동에 전념하는 것도 나쁘지 않을지 모르죠."

잘못된 인식이라고는 생각지 않지만, 우리는 클라우스의 말을 순순히 받아들일 수가 없었다.

***

"으─음, 큰일이군요."

개발은 순조로웠지만 로델리히는 혼자 서류를 보면서 끙끙거렸다.

"무슨 일이야?"

내가 이유를 묻자 그는 물자 수송에 관한 서류를 보여준다.

"일부 필요한 자재의 재고가 급속히 줄고 있습니다."

아무것도 없는 토지를 개발하고 있기 때문에 상당히 많은 자재를 영지 밖에서의 수입에 의존하고 있다. 지금은 그럭저럭 버티고 있지만 이대로 개발이 진행되면 틀림없이 자재 부족에 직면할 거라고 로델리히는 말하는 것이다.

"그 원인이 분쟁에 있다는 거야?"

"예. 전쟁이나 분쟁은 물자를 대량으로 소모하니까요."

개발의 자재와 겹치는 것도 많다. 마주 보고 진을 쳐야 하므로 야전진지 구축을 위한 건축 자재가 쓰이기 때문이다.

"그리고 식량인가?"

왕국 귀족의 남부와 동부의 영웅이 분쟁을 벌이고 있기 때문에 종자의 병력도 양쪽 합쳐 수천이 넘는다.

그만한 대규모 인원이 아무것도 없는 에차고 초원에서 서로 노려보며 물자와 식량을 소비해 간다.

그 보급만으로도 상당한 노력이 필요할 터이다. 전쟁에서 가장 고생하는 것은 보급이니까.

"짐수레만으로 운반하면 상당한 부담이 될 겁니다!"

"결국 마도비행선을 쓰고 있다?"

"틀림없이 그렇겠죠."

"블랜타크 씨는? 스승님처럼 마법 자루를 쓰면……."

"수석 전속 마법사를 전선에 묶어 둔다면 이번에는 다른 쪽이 힘들어지겠죠."

블라이히뢰더 변경백작령은 워낙 넓기 때문에 물자 수송이나 보급을 마법사에게 의존하고 있는 곳도 많을 것이다. 저쪽을 해결하면 이쪽이 부족한 사태가 벌어지는 것이다.

"로델리히 씨, 그 에차고 초원이라는 곳 물은 나올까?"

"그 문제도 있겠죠. 물은 나와도 음용할 수 없을지도 모르고요."

엘이 걱정하는 것처럼 병사들이 그곳에 존재하기만 해도 물을 대량으로 소비한다.

우물을 파서 대응하겠지만 수량이 부족하거나 마시기에 적합하지 않은 물이 나올 가능성도 있었다.

만약 그렇다면 물도 마도비행선으로 운반해야 할지도 모른다.

물은 부피가 크고 무겁기 때문에 보급에 큰 부담을 주는 것이다.

"바우르부르크로 오는 마도비행선의 수가 줄었겠죠."
"듣고 보니 확실히 줄었군."
실제로 블라이히뢰더 변경백작가가 소유하고 있는 중소형 마도비행선의 바우르부르크행 편수는 줄어들었다.
에차고 초원에 진을 치고 있는 아군에게 식량이나 물 보급을 시작했기 때문이다.
그렇게 들으면 다른 곳에서 구입하면 될 것 같기도 같다.
하나의 조달처를 이용할 수 없다면 다른 조달처를 찾는다. 전생에 다니던 회사에서는 흔히 있는 일이다.
"그렇게 쉽지는 않겠지만요……."
그렇지만 이 세계는 봉건주의다. 그보다도 귀족 우선주의라고 해야 할까?
블라이히부르크에서 오는 짐이 줄었으니까 서부나 동부에서 오는 짐을 늘리자고 쉽사리 결정할 수가 없는 것이다.
"블라이히뢰더 변경백작가는 주군이자 이웃입니다. 분쟁 때문에 짐이 조금 늦는 정도로 다른 곳과 거래를 개시하면 바우마이스터 백작가의 불충이 왕국 전체에 알려지게 되겠죠."
바우마이스터 백작령 개발에서 블라이히뢰더 변경백작가 또한 이익을 얻고 있다 해도 가족처럼 도와주고 있는 것도 사실이다.
그런 상대를 배신하고 직접 서부나 동부와 거래를 시작했다간 우리에 대한 악평이 하늘을 찌르리라

따라서 그리 쉽게 거래처를 바꿀 수는 없는 것이다.

"우리와 서부 호르미아 변경백작가나 동부 블로아 변경백작가 사이에 직접적인 연결고리가 생겨버린다면 블라이히뢰더 변경백작도 기분이 썩 좋지 않겠죠."

"뭐, 그 전에 블로아 변경백작은 문제가 있지만."

우리가 분쟁에 참여하지 못하도록 바우마이스터 기사작가에서 반란까지 일으키려 했기 때문이다. 그런 자들에게 개발에 필요한 물자를 매입하여 그들에게 이익을 준다면 분쟁을 돕는 꼴이 된다. 바우마이스터 백작가는 많은 귀족에게 비난을 받으리라.

"그 자들에 대해서는?"

그 자들이란 바우마이스터 기사작령에서 반란을 일으키려 했던 자들이다.

일단 관례대로 블로아 변경백작가에 그들의 신분 조회를 의뢰했다.

"블로아 변경백작가에서는 그런 이름의 가신들은 없다는 회신이 왔습니다."

"역시 쓰고 버리는 건가."

어쩐지 배신자인 클라우스에게 복수도 하지 않고 포로로서 노동에 매진하고 있는 것이다. 어쩌면 진이 빠져서 그럴 기운이 없을 뿐인지도 모른다.

"그런 처지를 이용해 일을 시키는 클라우스는 정말 근성이 대단하지만."

그것도 은근슬쩍 자기 손자가 명주가 될 예정인 마을의 개발에 써먹고 있다.

나라면 그자들이 복수라도 할까 두려워 그런 짓은 하지 못하리라.

정말로 클라우스는 근성이 대단한 것 같다.

결코 칭찬의 말이 아니다.

"바우마이스터 백작가에 이익이 되고 있기 때문에 소인은 아무 불만 없습니다."

게다가 블로아 변경백작가 쪽에서 그런 녀석들은 없다며 외면받은 자들이다. 단순한 범죄자로서 처형당해도 할 말이 없기 때문에 노동자로서 일을 시키는 정도로는 아무도 불평을 하지 않는다.

오히려 우리는 관대한 편이다. 다른 귀족이라면 그 자들을 가차 없이 처형시키든가 죽을 때까지 광산에 가둬놓고 부려먹을 테니까.

"지금은 개발이 순조롭지만 이대로 분쟁이 길어지면 지체가 될 가능성이 있겠죠."

"그렇군."

그렇게 된다면 어쩔 수 없다. 살다보면 그런 일도 있는 법이니까.

"결국 내 일이 줄어드니까 마의 숲에 좀 더 사냥하러 나가도 되겠지?"

토목 마법사로서가 아니라 모험자로서 엘리제 일행과 자유롭게 사냥하러 갈 수 있는 시간이 늘어나는 셈이다.

"분쟁이니까 어쩔 수 없겠지."

"그렇죠. 주군의 분쟁이니까요."

로델리히는 내 의견에 동의했지만, 갑자기 내 양어깨에 손을 얹으며 이렇게 말했다.

"지체가 생기기 전에 최대한 공사와 개발을 진행하려고 합니다. 하오니 나리께서는 지금보다 더 분발해 주십시오."

"뭐가 어째애애애애애애애!"

그야말로 긁어 부스럼을 만든 셈이다. 결국 일부 자재의 부족이 심각해져 공사가 중단될지도 모르기 때문에 그 전에 할 수 있는 한 작업을 진행하라는 소리니까.

"수입 자재를 필요로 하지 않는, 바우마이스터 백작령 내에서 생산되는 자재만으로 가능한 작업을 먼저 진행하여 전체적으로는 지체가 생기지 않도록 할 테니까요."

"그렇……군요……."

여기서 로델리히가 유능하다는 점이 오히려 뒤통수를 쳤다. 어쩌면 나는 지금까지보다 더 바빠질지도 모르니까.

"카타리나, 그렇다는군."

"저도 말인가요?"

"당연하잖아. 카타리나와 나는 일심동체나 마찬가지니까."

"벤델린 씨, 설득 멘트 치고는 무척 고리타분하네요."

고리타분해도 상관없다. 나는 이 과중한 노동을 나눠질 수 있는 여성만 있다면 진지하게 설득하는 남자니까.

"그렇지 않아! 내게는 카타리나가 필요해!"

"벤델린 씨……."

"카타리나, 장차 부부가 될 사이끼리 열심히 해보자."

"뭐…… 어쩔 수 없네요."

카타리나가 얼굴을 붉게 물들이면서 내 부탁을 들어주었다. 그녀는 겉모습과 달리 남자의 설득에 약하다. 단순히 남성에 대한 면역이 없기 때문이겠지만, 이게 만일 전생이었다면 호스트에게 홀딱 속아 넘어가는 타입의 전형일지도 모르겠다.

미안하지만 제 작업량 경감을 위해 이용 좀 하겠습니다.

"아싸, 좋았어—! 덕분에 일이 많이 줄겠군."

"네?"

카타리나의 언질을 받아내는 데는 성공했지만 로델리히 입안에 따른 혹독한 개발계획 때문에 결국 내 일은 크게 늘어나 버렸다.

***

"벨, 오늘은 엄청 잡았는걸." "간만에 모험자로서 몸 좀 풀었네."

이날은 마침 휴일이라 우리는 오랜만에 다 같이 마의 숲에서 사냥을 했다.

그 성과에 기뻐하면서 다 같이 저택으로 돌아오니 로델리히가 의미심장한 표정으로 나타났다.

"나리, 손님이 오셨습니다."

"손님? 문제가 될 만한 자인가?"

평범한 손님이라면 로델리히가 그런 얼굴을 할 리가 없다.

따라서 그 손님은 딱히 반갑지 않은 성가신 손님이리라. 그 정도는 나도 짐작할 수 있었다.

"손님의 이름은?"

"카를라 폰 블로아라고 합니다."

이름으로 봐서는 여성이며 게다가 성은 현재 블라이히뢰더 변경백작가와 분쟁을 벌이고 있는 블로아 변경백작과 같았다. 확실히 성가신 부류의 손님인 셈이다.

그녀가 기다리고 있다는 응접실로 가니 그곳에 있던 것은 미소녀였다.

변경백작가의 딸에 어울리는 어여쁜 여성으로, 나이는 우리와 거의 비슷해 보였다.

대귀족가의 영애다운 호화로운 드레스로 몸을 감싼 그녀는 몸매도 무척 좋았으며 길고 아름다운 검은 머리는 요조숙녀와 같은 인상을 준다. 게다가 그녀는……

"바우마이스터 백작님이시죠. 저는 카를라 폰 블로아. 블로아 변경백작의 딸입니다."

"바우마이스터 백작이오."

내 지위가 더 높기 때문에 이토록 오만하게 대응하고 말았지만, 사실은 동요를 억누를 수가 없었다. 왜냐하면 이 카를라라는 여성은 전생에서 내가 사귀었던 여자를 닮았기 때문이다.

물론 전형적인 일본인 여성과 서양인과 비슷한 이 세계의 여성이 크게 닮은 것은 아니다.

다만 뒷모습이나 몸집이나 분위기가 매우 흡사해서 무심코 옛날을 떠올리며 의식하고 만 것이다.

"왜 그러십니까? 바우마이스터 백작님."

"아니, 블로아 변경백작님에게 이토록 아름다운 따님이 있는 줄은 몰랐군요."

왕도에 머물 때도 그와는 얼굴을 마주친 적이 없으며 나는 지금까지 블로아 변경백작에게 별 관심이 없었다. 그의 가족 구성 따위 몰랐을 뿐⋯⋯이기도 하지만.

"어머, 바우마이스터 백작님은 빈말도 잘하시는군요."

"아니, 아니, 정말로 그리 생각합니다."

어디까지나 빈말을 하는 것처럼 보이며 나는 거짓 없이 카를라 양을 예쁘다고 생각했다.

처음에는 옛날 여자 친구를 닮았다고 생각했지만 아쉽게도 압도적으로 카를라 양이 예쁠 것이다.

"남성에게 그런 칭찬을 받은 것은 처음입니다."

"그렇습니까? 그럼 지금까지 당신과 만난 남성은 모두 눈이 삐었었던 모양이군요."

어디까지나 귀족의 사교적인 인사인 양 얘기를 계속한다.

"아야야!"

그런데 내가 너무나도 카를라 양을 칭찬하니까 어느새 사각에 있던 루이제가 엉덩이를 꼬집고 말았다.

"바우마이스터 백작님, 왜 그러십니까?"

"아뇨, 딱히 아무것도⋯⋯(루이제! 아프잖아!)"

나는 카를라 양이 보이지 않는 위치에서 내 엉덩이를 꼬집은 루이제에게 작은 소리로 투덜거렸다.

"(벨, 예쁜 여자라서 좋겠네.)"

"(어디까지나 귀족으로서의 인사치레이자 빈 말일 뿐인데……)"

"(진짜? 왠지 수상한데…….)"

카를라 양이 전생의 내 연인을 닮은 탓에 조금 들떠 있던 것을 루이제가 눈치 챈 모양이라 내 심장 고동 소리는 더 커졌다.

"커험…… 그건 그렇고, 카를라 양은 어떤 용무로 오셨습니까?"

"예. 저는 아버님인 블로아 변경백작의 대리인으로서 바우마이스터 백작령을 시찰하러 왔습니다."

바로 며칠 전에 그런 사건을 일으켰는데 아무 일도 없던 것처럼 그 딸이 얼굴을 내민다.

귀족다운…… 그것도 거물 귀족밖에 할 수 없는 짓이라고 생각한다.

철면피이자 대담한 행동이다.

"오호라…… 시찰이요?"

"예. 블로아 변경백작령의 개발에서 뭔가 참고할 만한 내용이 있을까 해서요."

로델리히는 웃는 얼굴로 카를라 양에게 말을 걸었지만 그 눈은 웃고 있지 않았다.

블로아 변경백작 때문에 개발이 지체될지도 모르기 때문에 당연하겠지만.

그리고 그런 로델리히의 압박을 받은 카를라 양은 특별히 동요하는 모습도 없다. 나는 '역시 거물 귀족의 딸은 배짱이 두둑하구나' 하고 느꼈다.

"현재 바우마이스터 백작가와 블로아 변경백작가 사이에는 커다란 현안이 있는 것도 사실입니다. 그것을 제가 조금이라도 해결할 수 있었으면 합니다."

이 한 마디로 카를라 양은 바우마이스터 백작령에 머물 권리를 획득했다.

그녀는 블로아 변경백작의 대리인이자 바우마이스터 기사작령에서 일어난 사건을 해결할 의지도 갖고 있다. 그 정도 권한을 가진 그녀는 외교 특사와 마찬가지이므로 귀빈으로서 대우하지 않으면 수치가 되기 때문이다.

"그리고 최근의 소동 때문에 바우마이스터 백작령 개발의 자재가 부족하다죠? 만일 괜찮다면 동부의 상인을 소개해 드리고자 합니다. 블로아 변경백작은 중개의 수고를 마다하지 않을 테니까요."

그리고 역시 그녀는……정확히는 블로아 변경백작가는 장사도 계획하고 있었다.

어떻게든 미개척지 개발 이권에 발을 들이고 싶은 것이리라.

그것도 블라이히뢰더 변경백작이 없는 동안에.

"무척 어려운 일이므로 한동안 머물게 될지도 모르겠군요. 잘 부탁드립니다."

"예……."

이렇게 해서 우리는 블로아 변경백작의 딸이라는 골칫덩이를 데리고 있게 되었다.

*** *

"뭐라고 할까…… 대놓고 수상한 녀석이 왔네."

"얼굴에 '수상한 사람'이라고 적혀 있는 것 같아."

이나와 루이제의 말에 모두가 수긍했다.

결국 카를라 양은 귀빈 대우를 받으며 우리 바우마이스터 백작
가 저택에 머물게 됐다. 물론 감시원을 붙이기는 했지만 블로아
변경백작의 딸이 파괴 공작을 벌일 리도 없으므로 만일을 위해
지켜보기만 할 뿐이다. 무엇보다 그녀는 혼자 왔기 때문에 아무
것도 할 수가 없을 것이다.

지금 그녀는 객실에서 짐을 풀고 있다는 보고가 들어왔다. 그
렇다 해도 시종조차 거느리지 않고 혼자 온 것은 대단한 일이다.
보통은 있을 수 없지만 밀사라면 그럴 수도 있으려나.

이제 그녀에게 어떻게 대응할지를 모두에게 물으니 전원이 제
일 먼저 떠올린 의심을 재빨리 이나가 입에 올린다.

"로델리히 씨, 저 여자 정말로 블로아 변경백작의 딸일까?"

"이나 님, 그건 사실입니다. 그보다 나리 앞에서 거짓말을 하지
는 못할 테니까요."

딸을 교섭 대리인으로 보냈다가 거짓이라는 사실이 밝혀진다
면 블로아 변경백작가의 평판은 땅에 떨어질 것이다. 그러므로
그녀가 블로아 변경백작의 딸인 것은 사실일 거라는 논리다.

"다만 사정이 있는 분이지만요……."

엘리제는 그녀를 알고 있는 모양이다.

"사정이라…… 혹시 블로아 변경백작의 친딸이 아닌가?"

내 마음에 들도록 친척이나 가신 집안의 예쁜 딸을 양녀로 삼았다거나?

전국시대를 배경으로 한 드라마에서는 흔히 있는 설정이다.

"아뇨, 그녀가 블로아 변경백작의 딸인 것은 사실입니다. 지금까지 인지를 받지 못했을 뿐이죠."

엘리제의 말에 따르면 왕도에 벤커라는 관직도 없는 가난한 기사작 가문이 있는데, 그 집안의 딸을 블로아 변경백작이 왕도에 머물 때 비공인 첩으로 삼았다고 한다.

"그 딸이 낳은 것이 그녀입니다."

"인지를 하지 않았다는 말인가요? 블로아 변경백작가쯤 되는 집안이."

상대는 보잘것없는 기사작가의 딸이며 태어난 아이가 사내라면 몰라도 딸은 시집을 보내버리면 그만이다. 카타리나가 봤을 때는 곧바로 인지하는 게 보통이라고 한다.

"블로아 변경백작은 공처가이기도 합니다. 제멋대로 왕도에서 첩을 두고 자식까지 낳게 했다면 나중에 무슨 소리를 들을까. 최소한의 지원은 한 모양이지만 인지는 하지 않았습니다."

"그런데 어느 날 갑자기 인지를 했다. 수상하네."

"누가 생각해도 수상할 수밖에 없겠죠."

나도 빌마와 카타리나의 의견에 동의한다.

무서운 아내의 질책을 견디면서까지 첩과의 사이에서 낳은 딸을 인지한 것은 나와 맺어주어 대역전을 노리고 있다는 뜻이리라.

"카를라 씨는 그토록 아름다운 분이니까요."

엘리제와는 타입이 다르지만 카를라 양은 상당한 미인이다. 틀림없이, 아직 젊고 여성에게 굶주려 있는 나라면 낚일 거라고 생각했으리라.

블로아 변경백작은 무척이나 무례한 자로군.

"결국 내가 관계를 맺지 않으면 되는 거네."

섣불리 다가가 교류를 하면 이상한 소문이 퍼질지도 모른다.

그랬다가는 손녀딸 바보인 호엔하임 추기경이나 쓸데없는 분쟁으로 짜증이 나 있는 블라히히뢰더 변경백작에게 꾸지람을 들을 수도 있다.

옛 연인을 닮았다는 점도 왠지 좀 꺼려진다. 괜히 가까이 갔다 진짜 반하기라도 하면 골치 아프니까 이번 일은 전담 수행자를 임명하도록 하자.

"그래서 누구 자원할 사람은?"

카를라 양의 수행자 역할을 맡을 사람을 찾으려고 거수를 명했지만 아무도 손을 들지 않았다.

"이나는?"

"그런 복잡한 사정이 있는 사람은 조금⋯⋯."

"나도 대귀족의 따님은 긴장돼서 안 돼."

이나와 루이제는 카를라 양이 거물 귀족의 딸이라서 싫다고 한다. 하지만 그녀는 원래 기사작가의 딸인데. ⋯⋯뭐, 지금은 대귀족의 딸이지만.

엘리제는 물을 필요도 없다. 그녀는 내 본처가 될 몸이니 만일의 경우를 생각하면 허가할 수 없다.

"빌마는?"

"나도 그녀의 소문을 들었어. 그래서 조금은 거북하다."

왕도에 있던 빌마도 카를라 양의 출생에 대해 알고 있었으며 그쪽도 거의 틀림없이 빌마를 알고 있을 것이다. 그러므로 수행자역할은 사양하겠다고 한다.

"그럼…… 카타리나는?"

"벤델린 씨, 저는 이미 귀족이니까요."

그러고 보니 그랬다.

카타리나는 이미 명예 준남작이므로 카를라 양의 수행자 역할을 맡는 것도 이상하겠지.

"따지고 보면 블로아 변경백작가의 영애와 교류할 좋은 기회이지만……아쉽네요……."

"벨 님, 카타리나는 안 돼. 카를라 씨에게 넘어가 버릴지도 몰라."

"빌마 씨, 그렇지는 않을 거예요."

아닐 거라고 생각은 하지만 이제 막 귀족이 되어 들떠 있는 카타리나를 들쑤시면 일이 귀찮아진다. 그러므로 여성진은 전멸인가……그럼 이제 남은 건…….

"저요, 저요오오오! 제가 적합하다고 생각합니다!"

이제 와서 지금까지 한마디도 하지 않았던 엘이 큰소리로 외치며 손을 들었다.

"엘이?"

"나는 남자니까 카를라 양의 방 앞까지밖에 호위할 수 없지만. 그녀가 외출할 때는 호위도 필요하겠지? 그녀는 '그 사단을 만든' 블로아 변경백작가의 따님이니까."

그 반란 미수의 전말을 모르는 바우마이스터 백작가의 가신은 없다.

카를라 양에게 무례한 말을 하거나 최악의 경우 제재를 가하려 드는 자가 있을지도 모른다.

엘의 제안대로 호위는 필수인가…….

"엘, 용케 생각이 미쳤네. 그럼 엘에게…….."

"잠깐만! 벨."

"이나, 뭔가 걱정되는 점이라도 있어?"

"엘이 카를라 씨에게 수작을 걸거나 하지 않을까?"

"아~, 그럴 수도 있겠네!"

오랫동안 함께 지내다 보면 서로의 행동 패턴을 알 수 있다고 할까…….

이나와 루이제의 우려를 나는 전적으로 부정할 수가 없었다.

"두 사람 진짜 못됐구나. 난 그저 바우마이스터 백작가의 가신으로서 교섭을 하기 위해서 찾아온 블로아 변경백작가의 영애를, 빈틈없이 지켜야 한다고 생각했을 뿐인데."

"……."

잠깐, 잠깐, 엘! 너 뭔가 이상한 거라도 먹었냐?

아, 매일 우리랑 똑같은 걸 먹고 있던가…….

""""""…………."""""

나뿐만 아니라 엘리제 일행도 평소와 다른 엘을 눈을 동그랗게 뜨고 쳐다보고 있군.

그럴 만도 하지……완전히 다른 사람 같으니까.

"벨……아니, 나리, 카를라 양의 호위는 제게 맡겨주십시오."

"엘빈 씨, 정말로 괜찮겠어요?"

카타리나, 확실히 평소의 엘과 완전히 다르긴 해도 그런 말은 역시 실례가 아닐까?

"하하하. 카타리나 님은 무슨 말씀을 하시는 건지요?"

"……벤델린 씨가 알아서 하세요."

너무나 변해버린 엘의 모습에 카타리나도 두 손 들었다는 표정을 지었다.

"그래, 뭐…… 엘이라면 그쪽도 나와 연락하기 편하다고 생각할지 모르니까. 한 번 맡겨보자."

"성은이 망극하옵니다."

엘, 누가 봐도 알 만큼 기뻐 보이는구나.

나는 그 표정으로 알아차리고 말았다.

엘이 바우마이스터 백작가에 폭탄과도 같은 카를라 양에게 반해버렸다는 사실을.

끝날 것 같지 않은 분쟁에, 카를라 양이라는 골칫덩이에, 엘의 신분이 다른 사랑까지.

아무래도 나는 늘 성가신 일에 휘말려야 하는 팔자인 것 같았다.

막간1 엘이 사모하는 사람

신난다!

나는 벨에게 카를라 양의 호위로 임명받았다.

이로서 항상 같이 있을 구실이 생겼다.

그렇다, 나는 카를라 양의 얼굴을 본 순간 지금껏 느껴보지 못한 충격을 받았다.

본가에서 가련한 소녀를 발견했을 때도, 모험자 예비학교에서 귀여운 여자애한테 말을 걸 때도, 이렇게 큰 충격을 받은 적은 없었다.

틀림없이 이것은 나의 첫사랑이야.

지금까지 다른 여자에게 느껴왔던 기분, 그건 사랑이 아니었던 것이다.

내일부터는 비록 호위라고 해도 그녀 곁에 있을 수 있으니 이보다 기쁜 일이 또 있을까.

"하지만 그녀는 블로아 변경백작의 딸인가……."

바우마이스터 백작가와 적대 관계라는 사정보다 신분이 다르다는 점이 문제다.

설령 신분이 달라도…… 이나가 자주 읽는 책에는 종종 나오지만, 신분이 다른 사랑은 그리 쉽게 결실을 맺지 못한다. 그래도 나는 노력을 해보고 싶어졌다.

이루어질지 어떨지는 모르겠지만 어쨌든 노력조차 해보지 않는다면 나는 평생 후회할 것 같다.

게다가 돌파구가 없는 것도 아니다.

그녀는 원래 기사작가의 딸일 뿐이다.

그걸 돌파구로 어떻게든 실마리를…… 에이, 내 머리로는 잘 모르겠다.

어쨌든 지금은 조금이라도 카를라 양과 얘기를 나눠 정보를 얻는 거야.

이렇게 해서 나는 카를라 양의 호위를 맡게 되었다.

"카를라 님의 호위를 담당하게 된 엘빈 폰 아르님이라고 합니다. 뭐든지 분부만 내려 주십시오."

곧바로 그녀에게 인사를 했지만 잘못한 것은 없겠지?

실례를 범한 건 아니겠지?

무슨 일이든 첫인상이 중요하니까.

"카를라 폰 블로아입니다. 신세를 지도록 하겠습니다."

카를라 양도 인사를 해주었다. 으음, 아름다운 목소리로군. 이 나와 루이제의 목소리는 그녀에 비하면 개구리 울음소리나 마찬가지야.

"엘빈 씨."

"카를라 님, 그냥 엘이라고 부르십시오. 친한 사람들은 모두 그렇게 부르니까요."

"그렇군요…… 엘 씨."

좋구나~. 빌마의 퉁명스러운 목소리보다 만 배는 황홀해.

"엘 씨, 그럼 저도 카를라라고 불러 주세요."

"아뇨, 하지만……."

정말로 그렇게 부른다면 기쁘겠지만, 카를라 양은 변경백작의 딸이니 실례가 되지 않을까?

"엘 씨, 저는 급하게 인지를 받은 딸이며 그전에는 가난한 기사 작가의 딸에 불과했습니다. 신경 쓰지 마시고 공식적인 자리 외에서는 카를라라고 부르셔도 됩니다."

정말 다정한 사람이구나. 귀족이 어쩌고저쩌고 하며 시끄러운 카타리나보다 1억 배는 인격자야.

그리고 공식적인 자리 외에서는, 이라고 했지.

결국 현재로서는 그녀를 카를라 씨라고 부를 수 있는 사람은 나 하나뿐?

혹시 나 반쯤은 성공한 거 아냐?

"카를라 씨."

"네."

시험 삼아 불러보니 카를라 씨도 웃는 얼굴로 대답해주었다.

이 웃는 얼굴이 있으면 나는 어떤 것도 힘들지 않다.

좋았어어어! 최선을 다해 그녀와 더 친해지는 거야!

나는 괘씸한 자들로부터 그녀를 지키면서 조금이라도 친해지려고 노력했다.

다음 날 아침 나는 누구보다 빨리 일어나 카를라 씨가 묵고 있는 방 앞으로 서둘러 갔다.

그러자 그녀도 옷을 갈아입고 나오던 참이었다.

"안녕히 주무셨어요?"

"일찍 나왔네요, 카를라 씨."

"네, 습관이 되어서요."

"어라? 어제의 옷차림이 아니네요."

어제는 대귀족 영애에 걸맞은 호화로운 드레스 차림을 하고 있던 카를라 씨는 오늘은 이제부터 사냥이라도 나갈 법한 복장을 하고 있다.

양손에 활을 들고 있는 모습도 늠름하고 멋있었다.

역시 예쁜 사람은 뭘 입어도 예쁘구나.

점점 더 반해버릴 것 같다.

"바우마이스터 백작님께는 허가를 받았습니다. 이른 아침마다 활 연습을 했거든요."

"활 연습이요?"

변경백작의 딸이 말인가? ……맞다, 그녀는 원래 기사작가의 딸이었지.

"변경백작의 딸로 지내고 있는 것은 지난 1년 정도입니다. 그 전에는 본가가 가난하기도 해서 우리 모녀 또한 결코 안락한 생활을 보낸 것은 아닙니다. 고기를 얻기 위해 이렇게 수렵을 나가는 일도 많았습니다."

그런가? 수렵을 하는 카를라 씨라. 으음, 좋네. 나와 취미까지 잘 맞는다니 이건 신의 뜻이겠지? 뭐? 빌마도 그렇지 않냐고? 그

녀석보다 카를라 씨가 압도적으로 예쁘니까.

"활 연습이군요."

"예. 솜씨가 무뎌지면 안 되니까요. 블로아 변경백작가의 저택에서는 다들 못마땅한 얼굴을 해서요."

"그럴 것 같군요. 블로아 변경백작가의 딸이 어쩌고 하면서."

"맞습니다. 참으로 난감하기 이를 데가 없죠."

정말로 난감한 듯한 표정을 짓고 있는 카를라 씨도 멋있구나.

"그럼 저도 함께 연습을 하겠습니다. 평소에는 검술 수련을 많이 하는 편이니까요."

"예. 꼭 부탁드립니다."

꼭이라고 했다, 꼭이라고. 카를라 씨 쪽에서 먼저 그런 말을 꺼내다니…….

그렇다면 이건 이제 데이트나 다름없겠지.

카를라 씨와 하는 활 연습은 벨과 하는 것보다 1억 배는 근사하다.

좋았어어어어어. 여기서는 멋진 모습을 보여줘야지.

나도 활과 화살을 들고, 저택의 안뜰로 이동했다.

"카를라 씨는 활을 잘 쏘는군요."

"먹고 살기 위해서였으니까요."

카를라 씨와 함께 활 연습을 시작했지만 그녀의 활 솜씨는 대단했다.

화살이 연달아 표적 한가운데에 꽂혀 가는 모습을 보고 벨과 나는 도저히 상대가 안 됨을 깨닫는다.

"수련을 무척 많이 하셨군요."

"먹고 살기 위해 하다 보니 자연스럽게 실력이 늘었습니다."

정해진 수의 화살을 쏜 후 마른 천으로 땀을 닦으면서 그렇게 대답하는 카를라 씨는 너무나 아름다웠다. 나는 그녀에게 또 한 번 반해버린다.

"다음은 엘 씨 차례입니다."

"아, 네."

카를라 씨의 말에 제정신으로 돌아온 나도 그녀와 똑같은 발수의 화살을 표적을 향해 쏘았다.

솜씨는…… 카를라 씨에게 상대가 될 턱이 없나.

"엘 씨도 무척 잘 쏘시는군요."

"아뇨, 카를라 씨에게는 상대가 안 되겠네요. 어떻게 하면 카를라 씨처럼 잘 쏠 수 있는지 배우고 싶을 정도입니다."

"시간이 남으면 요령 정도는 가르쳐 드릴 수 있습니다."

"감사합니다."

카를라 씨가 내게 활을 가르쳐 주게 됐다. 나는 너무나 기뻐서 마치 천국에라도 올라간 듯한 기분이 들었다.

"바우마이스터 백작님은 바쁘신 모양이군요."

"예. 영지 개발이 이제 막 시작됐으니까요."

나는 카를라 씨의 호위를 계속한다.

그렇다 해도 딱히 대단한 일은 없겠지.

가장 염려된 것은 바우마이스터 백작가의 가신이 그 반란 미수 사건 때문에 카를라 씨에게 폭언이라도 퍼붓지 않을까 하는 점이 었지만, 모두들 바쁘기 때문에 카를라 씨를 상대조차 하지 않았다.

벨도 영지 개발이나 엘리제 일행과의 시간을 우선했기 때문에 식사할 때 잠깐 얘기를 나눌 뿐 카를라 씨와 별다른 교섭은 하지 않았다.

엘리제는 카를라 씨와 아는 사이였던 것 같지만 사교적인 인사 말을 건네고는 끝이었다.

당연한가…… 교섭을 시작하면 카를라 씨가 벨에게 시집을 가겠다거나 그런 말을 꺼낼 듯도 하니까.

벨과 전혀 교섭을 하지 못한 카를라 씨가 어떻게든 상황을 타개하려고 미인계를 시도할지도 모른다며 로델리히 씨가 벨을 가까이가지 못하게 한 것이다.

섣불리 벨과 카를라 씨가 함께 있다가는 블라이히뢰더 변경백작은 우려의 시선을 보낼 테고 블로아 변경백작은 두 사람이 잘 어울린다고 선언을 해버릴 것이다.

나는 카를라 씨가 스스로 그런 짓을 할 사람이라고는 생각지 않지만 그녀는 블로아 변경백작의 명령을 거역할 수 없을지도 모른다.

……아무튼 답답하네…….

오늘은 카를라 씨와 함께 바우르부르크의 마을에서 차를 마시고 있지만, 그녀와 가까워질 수 있는 방법이 떠오르지 않아 나는 조바심이 났는지도 모르겠다.

"카를라 씨, 이 가게의 케이크가 무척 맛있죠?"

"네, 그렇군요."

내게 케이크가 맛있는 가게를 알아보는 능력 따위는 없다. 그냥 사냥하고 오는 길에 벨 일행과 들렀던 가게 중에 제일 맛있다고 느낀 곳으로 왔을 뿐이다.

그래도 카를라 씨가 마음에 들어 하니 다행이었다.

안내한 보람이 있……잠깐만? 이거 혹시 데이트 같은 건가?

지금은 나와 카를라 씨 단둘이 있으니까.

그렇구나, 카를라 씨도 차마 거절을 못 했으니…….

확실히 상황은 안 좋을지도 모르지만, 어쨌든 나는 매우 유리한 고지까지 도달해 있는 것이다.

지금은 냉엄한 현실을 잊고 그녀와의 시간을 즐기기로 했다.

"바우르부르크의 발전은 그저 놀라울 따름입니다."

"벨의…… 바우마이스터 백작님의 마법 덕분이죠."

뭐, 다른 귀족의 입장에서는 반칙이나 다름없는 속도니까.

"바로 그것 때문에 아버님이 저를 이곳에 보내셨겠죠?"

어떻게든 벨과 관계를 맺고 싶다는 뜻인가.

하지만 카를라 씨는 어째서 내게 솔직하게 털어놓는 걸까.

"엘 씨는 제가 이곳에 와서도 아무것도 하지 않는 게 이상했겠죠?"

"네에, 뭐…….."

솔직히 말해 많이 이상하다. 벨은 그 일을 예상하고 나를 카를라 씨를 감시하는 호위로 임명한 셈이니까.

"제가 진짜로 블로아의 딸이라면 그렇게 했겠지만……."

"진짜 딸이요?"

뭐? 실은 카를라 씨는 블로아 변경백작의 진짜 딸이 아닌가?

"분하게도 피는 물려받았습니다. 하지만 지금까지 방치해 놓고 새삼 딸로서 이용당하기는 싫습니다."

그 기분은 나도 알지. 나도 본가의 가족과는 결코 좋은 관계가 아니다.

나와 카를라 씨는 비슷한 처지구나…….

"이곳에 온 것은 아버지의 명령을 거역할 수 없기 때문입니다. 그래도 그 답답한 블로아 변경백작가의 저택에 있는 것보다는 나을 것 같아서 이곳에 왔습니다."

카를라 씨는 지금까지는 새장 속의 새였구나.

지금도 우리의 경계를 받고 있지만 그래도 블로아 변경백작령에 있는 것보다는 나은 셈이다.

"그러므로 저는 스스로 블로아 변경백작가를 위해 뭔가를 할 생각은 없습니다. 게다가 분쟁은 이제 막 시작됐습니다. 그토록 규모가 큰 분쟁을 작은 계집애 하나가 수습할 수 있을 리가 없겠죠."

그렇겠지. 양쪽이 수천 명이 넘는 병력을 보내 서로 노려보고 있으니 여기서 벨과 카를라 씨의 혼인이 결정된다 한들 분쟁이 해결될 리가 없다.

"저는 바우마이스터 백작님과, 블로아 변경백작가 사람들이 기대하는 그런 관계가 될 생각 또한 없습니다. 그분들이 기뻐할 만한 일은 하고 싶지 않습니다."

만일 그렇게 되면 블로어 변경백작이 의도한 대로 되는 셈이니 카를라 씨는 그러고 싶지 않다는 건가.

"바우마이스터 백작님은 성실한 분 같더군요. 그 엘리제 씨가 그토록 헌신적으로 보필하고 있으니까요. 다른 약혼자분들과도 사이가 좋아 보여 부럽습니다."

엘리제와 카를라 씨는 둘 다 왕도에 있었기 때문에 서로 아는 사이인가.

그리고 자신은 벨과 그렇고 그런 관계가 될 마음이 없지만, 엘리제 일행과 벨이 사이좋게 지내는 모습을 보며 부러움을 느끼고 있다.

결국 카를라 씨에게는 결혼하고 싶은 마음이 있는 것이다.

"사실 이런 말을 하면 안 되겠지만 엘 씨와 있으면 저도 모르게 말을 하게 되요. 워낙 다정한 분이라 말이 쉽게 나오는지도 모르겠네요."

그렇게 말하면서 우아한 동작으로 마테차를 마시는 카를라 씨.

그녀는 벨이나 다른 사람들에게도 하지 않았던 말을 내게만 해주었다.

그리고는 내가 무척 말이 쉽게 나오는 사람이라고 한다.

할 수 있어!

나는 카를라 씨와 궁합이 아주 잘 맞는 거야!

그 사실을 안 것만으로도 오늘은 무척 큰 수확이라고 생각한다.

"오늘은 이대로 같이 바우르부르크 시내를 돌아볼까요? 왕도만큼 발전하지는 않았지만 카를라 씨의 기분도 한결 풀어질 겁니다."

여기서 나는 카를라 씨에게 놀러 가자고 제안했다.

본가와의 관계로 고민하고 있는 카를라 씨의 기분이 조금이라도 풀어지도록……이건 정식 데이트가 아니니까.

정식 데이트는 나중에 내가 꼭 신청할 것이다. 그래도 카를라 씨와 단둘이 외출을 한다…….

"엘 씨, 신경 써주셔서 감사합니다!"

좋았어어어어어! 받아줬다!

"그럼 갈까요?"

"예."

나는 카를라 씨와 함께 바우르부르크 시내를 탐색한다.

내게는 이미 익숙한 광경이지만 카를라 씨와 함께 있다는 사실 하나로 마치 천국에 온 것 같다.

카를라 씨는 생활 잡화나 장신구, 옷 등을 구경하고 있다.

다부진 사람이지만 이런 모습을 보면 영락없는 여자로군.

"……."

"왜 그러세요?"

다만 한 가지 궁금한 게 카를라 씨가 보는 건 서민 대상의 물건이 많구나.

좀 더 고급품을 보러 갈까 싶었다.

"블로아 백작령이라면 아버지나 주위 사람들이 말하는 '블로아 변경백작가의 딸에게 어울리는 물건'을 보겠지만 저는 원래 이런 물건들을 쓰면서 살아왔으니까요……. 지금은 이런 물건을 구입할 수 없지만 또다시 홀가분하게 살 수 있게 된다면 좋겠네요."

그렇게 말하면서 내게 빙긋 웃어 보이는 카를라 씨.

전에 이나가 말했지. 결혼의 장애 요소 중 하나가 생활 수준의 차이라고.

나와 카를라 씨는 신분 차이 때문에 결혼할 수가 없지만 생활 수준은 거의 차이가 없을 것이다. 그녀는 활을 잘 쏘고 함께 사냥도 하러 갈 수 있으니까.

결국 나와 카를라 씨는 잘 될 게 틀림없어!

저녁까지 바우르부르크 시내를 산책한 뒤 저택으로 돌아왔지만 정말 꿈같은 시간이었다.

"오늘은 감사했습니다. 오랜만에 예전의 저로 돌아간 것 같아 즐거웠습니다."

나도 카를라 씨와 이런저런 얘기를 나누며 서로에 대해 많이 알았다고 생각한다.

아직 길은 험난하지만 목표를 향해 크게 전진한 것처럼 느껴지는 시간이었다.

"그렇대."

"그거 귀중한 정보로군."

나도 항상 카를라 씨의 호위만 하고 있을 수는 없으니까.

그녀 옆에 있으며 얻은 정보를 주군인 벨에게 알려야 하는 것이다.

스파이 노릇을 하는 것 같아서 카를라 씨에게는 미안하지만, 그녀는 블로아 변경백작가를 위해 일하고 싶어 하지 않으니까 그 점을 벨에게 알려 바우마이스터 백작가 사람들이 그녀를 안 좋게 생각하는 걸 막아야 한다.

　"그렇게 말해놓고 사실은 다른 속내가 있는 건 아닐까요?"

　로델리히 씨, 그런 말은 카를라 씨에게 실례야. 카를라 씨의 고충을 모르니까 그런 소리를 할 수 있는 거라구.

　"하지만 그녀는 내게 어필을 해오지 않잖아. 그것도 그런 목적 때문이 아닐까?"

　벨, 아주 좋은 지적이야.

　"그렇게 믿게 만든 뒤에 나리에게 접근할 가능성도 있습니다."

　로델리히 씨, 그녀는 그렇게 천박한 짓은 하지 않아! 그 사람은 내게 천사 같은 존재니까.

　"그렇지는 않을 겁니다."

　여기서 카를라 씨의 생각을 믿어주는 사람이 나타났다.

　벨이 이 자리에 부른 클라우스 씨다.

　아마도 이런 모략이 얽힌 일에는 그가 보탬이 될 거라고 여겼으리라.

　"어째서 그렇게 생각하지, 클라우스?"

　"카를라 님의 출신을 생각하면 그렇게까지 블로아 변경백작가를 위해서 일을 할까요? 엘빈 님의 보고를 들으면, 오히려 일을 제대로 못한다는 질책을 받고 블로아 변경백작가에게 필요 없는 존재가 되기를 바라는 것처럼 보이는군요."

"하지만 모처럼 블로아 변경백작가의 딸이 됐는데 말인가요?"

로델리히 씨, 카를라 씨는 블로아 변경백작가의 딸이 되기 싫다고 한다니까.

"그건 로델리히 님의 가치관이며 카를라 님의 그것과는 다르다고 생각합니다."

역시 연륜이 있네.

클라우스 씨는 정확하게 카를라 씨의 의도를 파악하고 있는 것 같다.

"으으음, 그렇다면 별 문제 없겠지. 어쨌든 나는 앞으로도 카를라 양과 그다지 접촉하지 않을 거야. 그냥 지금처럼 지내면 되는 거 아냐? 블로아 변경백작가 쪽의 비장의 카드 한 장을 봉쇄하고 있는 셈이니까."

"그도 그렇습니다만……."

로델리히도 납득을 하며 보고는 끝났지만, 나는 한 가지 고민이 떠올랐다.

그것은 아무리 카를라 씨가 벨과 그렇고 그런 사이가 될 생각이 없다 해도 역시 그녀는 블로아 변경백작가의 딸이며 나와는 신분이 다른 것이다.

그 문제를 어떻게 해결할까?

나는 커다란 숙제를 떠안게 된다.

"엘빈 님, 무슨 고민이라도 있으십니까?"

보고를 마치고 카를라 씨 곁으로 돌아가려는 내게 클라우스 씨가 말을 걸어온다.

나는 조금 경계심을 품었다. 이 사람은 과거에 여러 가지 사건을 저질렀기 때문이다.

공적이 뛰어나기 때문에 벨이 써먹고는 있지만 로델리히 씨조차 경계할 정도다.

본인은 전혀 개의치 않는다는 점이 어떤 의미에서는 대단하지만.

"아뇨. 고민이라고 할 정도의 문제는……."

솔직히 말해도 되겠지만 그걸 클라우스 씨가 이용하지 않으리라는 보장도 없으니까.

만약 그렇게 되면 벨에게 폐를 끼치게 될지도 모른다.

"저는 엘빈 님의 네 배가 넘는 세월을 살아왔습니다. 대단한 경험을 하지는 않았지만 젊은 분에게 조언을 해드릴 정도는 됩니다. 또한, 얘기만 해도 마음이 편해지는 경우도 있으니까요."

그런 말을 들으니 털어놓고 싶은 충동이 생긴다.

대단한 경험을 하지 않았다는 것도 클라우스 씨의 겸손일 뿐이다.

그렇지만 역시 클라우스 씨로군. 교묘하게 사람의 마음속에 파고들어온다.

"사실은……."

나와 카를라 씨는 신분이 다른 점만 빼면 궁합이 잘 맞는다. 남은 건 그 가장 큰 문제를 어떻게 해결하느냐다.

내 머리로는 도저히 알 수가 없으니까.

"신분이 다른 사랑인가요? 저도 그와 비슷한 일이 있었지요. 신분의 차이라고 할 정도는 아니었지만요……."

"클라우스 씨한테도 말인가요?"

본인도 경험이 있다는 말을 들으니 더더욱 뭔가 해결책을 제시 해주지 않을까 하는 기대를 품게 된다.

어라? 그런데 클라우스 씨에게 부인이 있었나?

딸이 있으니 부인도 당연히 있겠지만, 그러고 보니 만난 적도 얼굴을 본 일조차 없다.

"이미 세상을 떠났지만 제 아내 얘기입니다. 예전에 저는 원래 명주를 이을 신분이 아니었다고 말씀드린 것 같은데요."

나와 마찬가지로 클라우스 씨도 적남이 아니었겠지.

"이런 제게도 약혼자가 있었습니다……."

이웃 농가의 차녀로 아무리 가난해도 독립하여 둘이 가정을 꾸려나가기로 약속했다고 한다.

"그런데 형님의 급사로 인해 갑자기 명주 자리가 제게 돌아왔 습니다. 그렇게 되자 이번에는 명주에게 어울리는 아내가 필요하 다고 주위에서 떠들기 시작했죠."

우리도 시골 영지라서 알지만 호농의 장녀로 약혼자를 바꾸는 건 예삿일이다.

"저는 그 결정에 반발했습니다…… 이것만은 결코 양보할 수 없다고 예전 약혼자인 마르타를 아내로 삼았습니다."

오오~, 의외로 과감한 짓을 했네.

설마 클라우스 씨에게 그런 정열이 있었을 줄이야…… 나도 본받아야겠는걸.

"하지만 마르타에게는 큰 부담이 되었던 모양입니다. 젊은 나이에 병이 들어 세상을 떠나고 말았으니까요."

주변에서 '농가의 차녀 따위가 명주의 아내 역할을 해낼 수 있겠느냐'고 부담을 주었을까. 우리 본가에서도 확실히 그렇게 될 테니까 나도 충분히 수긍이 된다.

"괜히 안쓰러운 짓을 했는지도 모르죠. 하지만 병상에서 마르타는 행복했다고 말해주었습니다. 저를 배려해서 그랬는지도 모르지만 그래도 충분히 기뻤습니다."

그런가, 클라우스 씨는 첫 부인을 병으로 잃은 뒤 후처를 들이지 않았구나.

이건 매우 특수한 경우다. 보통은 영주가 권하는…… 아아, 벨의 아버지와 클라우스 씨 사이가 나빴던 이유를 또 하나 알게 된 것 같다.

"엘빈 님, 나중에 후회하는 일이 없도록 잘 생각하십시오."

후회라……

그래. 지금은 무리지만 언젠가는 카를라 씨에게 고백해 그녀를 아내로 맞이하고 싶다, 구체적으로 어떻게 해야 할지는 모르겠지만 내 첫사랑은 이루어질 거라고 믿고 싶다.

제2화 바우마이스터 백작가 제후군 출진

"벤델린 님, 한 가지 책략을 말씀드릴까 합니다."

카를라 양이 온 지 1주일, 서로 계속 노려보고 있는 변경백작 간 분쟁의 영향으로 영내에서는 손에 넣을 수 없는 자재의 유입이 정체되기 시작했다.

그리고 또 하나 큰 문제가 있다. 바우마이스터 백작 저택이 완성되면 엘리제 일행과의 결혼식이 열릴 예정이지만, 대규모 분쟁이 끝나지 않으면 식을 올릴 수가 없다.

내 주군인 블라이히뢰더 변경백작이 분쟁 때문에 바빠서 전장을 비우고 결혼식에 참석할 수가 없기 때문이다. 그렇다고 해서 불참한다면 문제가 되는 정도가 아니라 결혼식 자체가 성립되지 않는다.

결국 어쩔 수 없이 방치하고 있었지만 상황이 더욱 궁지에 몰리게 된 셈이다.

"전부는 아니지만 꽤 많은 문제가 해결될 만한 책략입니다."

클라우스가 자신 있게 말을 하지만, 역시 어딘가 의심스럽다.

좋은 아이디어라고 생각해 덥석 물었더니 그 속에 함정이 설치되어 있었다, 그런 일이 절대로 없다고 할 수는 없으니까.

"어디, 들어나 보지."

그래도 달리 방도가 없기 때문에 나는 클라우스의 책략에 귀를 기울이기로 한다.

"벤델린 님이 분쟁에 참여하시는 것이 어떨까 합니다."

"하지만……."

"바우마이스터 백작가 제후군이 되겠지만 숫자가 많을 필요는 없습니다. 왜냐하면, 가장 큰 전력이 벤델린 님이니까요."

"나 말고는 수십 명만 있으면 충분하다 그건가?"

"예. 그 정도는 꾸릴 수 있지 않을까요."

꾸릴 수는 있겠지. 가장 어려울 듯한 보급도 그 정도라면 수월할 것이다.

"그리고 블로아 변경백작가를 철저하게 때려잡는 겁니다. 분쟁이니까 공격하는 것은 금지되어 있지만 벤델린 님의 마법이라면 충분히 대처 가능합니다."

내 마법으로 블로아 변경백작을 완패시키고 교섭의 자리에서 대폭적인 양보를 끌어내는 건가.

"블로아 변경백작가는 당주가 중병으로 동요가 크니까요. 승리한다면 교섭에서 좋은 조건을 끌어낼 수 있겠죠."

"우리가 이길 필요가 있나?"

"예, 있습니다."

클라우스는 얼마 전에 벌어진 후방교란 소동에 대해 보복하지 않으면 바우마이스터 백작가가 나중까지 크게 얕보일 거라고 설명한다.

"귀족으로서의 체면 문제죠. 또 하나 벤델린 님께 도움이 되는 것을 얻을 수 있습니다. 바로 무훈입니다."

분쟁이라도 이기면 참가한 귀족에게 관록이 붙는다.

영지를 가진 귀족은 정치가이자 군인이기도 하므로 자신의 영지를 지키기 위하여 무예에 뛰어난 편이 높은 평가를 받는다. 지금은 평화로운 시대이므로 분쟁에서 승리하는 것도 무훈이 된다는 얘기인가.

"나는 용을 두 마리나 물리쳤는데."

"그건 주로 모험자나 마법사로서의 공적이니까요. 분쟁은 종결을 위해 협상 같은 것도 하기 때문에 귀족으로서의 평가로도 이어질 겁니다. 벤델린 님은 신흥귀족이기 때문에 그런 것들이 나중에 큰 도움이 되겠죠."

지금까지는 클라우스가 하는 얘기가 모두 이치에 맞는다.

"무엇보다 지금까지 양군은 서로 노려만 보고 있을 뿐입니다. 이대로 방치해 두면 분쟁이 언제 끝날지 모릅니다."

그건 곤란하다. 바우마이스터 백작령의 개발이 지연되어 엘리제 일행과의 결혼까지 늦어질 가능성이 있으니까.

"어쩌면 상대도 그 점을 노리고 군대를 움직이지 않는 것일지도 모릅니다."

블라이히뢰더 변경백작이 애가 타기를 기다리는 건가. 개발 이권을 얻지 못한 데다 당주가 병석에 누워있어 궁지에 몰린 블로아 변경백작가이기 때문에 쓸 수 있는 최후의 수단인 셈이다.

"우리가 참전해서 전황에 변화를 준다는 뜻이겠지?"

"그렇습니다. 그리고 벤델린 님 개인에게도 좋은 일이라고 생각합니다."

"좋은 일?"

"엘빈님과 카를라 님의 일 말입니다."

"……."

엘은 성실하게 카밀라 양의 호위를 맡고 있지만, 그 녀석이 카를라 양에게 반했다는 것은 누가 봐도 한눈에 알 수 있으니까. 나 개인적으로는 엘의 친구로서 응원하고 싶지만, 바우마이스터 백작으로서는 신분이 다르므로 포기하라고 말할 수밖에 없다.

엘은 내가 이 세계에서 처음 사귄 친구라 잘 알지만, 이번에는 진지하게 사랑을 하고 있는 것으로 보인다.

지금까지는 귀여운 여자가 있으면 금방 말을 걸기도 했지만 솔직히 진심이라고 보기 어려운 부분이 있었다.

그런데 카를라 양에 대해서는 진지하게 대하고 있는 것처럼 보인다.

"으으……놀리기가 쉽지 않네."

평소의 루이제라면 당연히 엘을 놀렸겠지만, 이번에는 그 점을 알아차리고 아무 말도 하지 않을 정도니까.

"하지만 분쟁에서 블로아 변경백작가를 패배로 몰아넣는 일과, 엘과 카를라가 함께 있을 수 있는 일이 관계가 있나?"

"예, 있습니다."

분쟁에 패하면 카를라 양을 더욱 몰아붙일 것 같은데.

"말보다는 증거라 했으니 카를라 님에게 제안을 해보면 무척 흥미로울 것입니다."

클라우스가 보기 드물게 무척 즐거운 듯한 얼굴을 하고 있군.

엄청난 흉계를 생각한 듯한 표정이다.

"엘, 카를라 양에게 잠시 할 얘기가 있어. 다른 사람이 듣지 못하게 잘 감시해 줘."

"알았어."

클라우스를 데리고 카를라 양이 묵고 있는 방 앞으로 가자 엘이 불안한 표정으로 우리를 쳐다보았다.

뭐, 클라우스가 있기 때문이겠지. 뭔가 흉계를 품고 있는 것처럼 보여도 어쩔 수 없다. 그렇지만 클라우스니까.

"결과가 그렇게 나쁘지는 않을 거야."

"알았어."

나는 엘에게 걱정 말라고 얘기한 뒤에 카를라 양과 면회를 한다. 클라우스가 있기는 하지만 처음으로 1대1로 얘기를 하게 된다.

"단도직입적으로 말하겠소. 바우마이스터 백작가는 이번 분쟁에 군대를 보낼 생각이오. 영지 개발의 지연, 거기에 내 결혼식도 분쟁이 길어지면 지체될 가능성이 있고, 또한 무엇보다 주군인 블레이히뢰더 변경백작님을 도와야 하니까요."

전부 바우마이스터 백작으로서의 공식적인 참전 이유다. 자, 엘에게 카를라 양은 매우 총명하다고 들었는데, 블로아 변경백작으로부터 어떻게 대응하라고 지시를 받았을까?

"출진하시는 겁니까? 그렇다면 무운을 빌겠습니다."

"뭐?"

역시나 깜짝 놀라고 말았다. 천하의 클라우스조차 조금 놀란 눈치다.

나는 카를라 양의 본가인 블로아 변경백작가를 물리치기 위해 출진하는 것인데…….

혹시 블로아 변경백작군에는 우리를 쓰러뜨릴 비밀 병기라도 있는 건가?

"바우마이스터 백작님, 서로 속을 떠보는 일은 이제 그만두도록 하죠."

그만두자고 해도 그게 내 마음대로 되나…….

좋다고 하면 카를라 양은 정말로 솔직하게 얘기를 할까?

"바우마이스터 백작님, 저는 벤커가의 딸입니다. 세상 사람들은 대부분 제가 블로아 변경백작가에 인지를 받은 걸 부러워하지만 저는 가난해도 벤커가의 딸로 살고 싶습니다. 냉정하다고 생각하실지도 모르지만 저는 블로아 변경백작가가 이번 분쟁에서 패해도 전혀 상관없습니다."

설마 친딸에게 이토록 미움을 사고 있을 줄이야. 블로아 변경백작은 상당한 악당일지도 모른다.

"저도 동행해도 될까요?"

"뭣?"

카를라 양이 우리를 따라 오겠다는 말이 나는 또 한 번 놀란다.

"클라우스, 어떻게 생각해?"

"예. 그게 좋을 듯합니다."

"어째서 그렇게 생각하지?"

곧바로 클라우스에게 그 이유를 물었다. 마법 말고는 재주가 없는 내게는 전혀 이해가 되지 않는다.

"카를라 님은 벤델린 님과 교섭을 하기 위해 이곳에 와 계십니다. 따라서 벤델린 님 옆에 있어도 전혀 부자연스러운 일이 아닙니다. 이곳에 남게 되면 그건 그것대로 문제가 되겠죠……."

우리가 없는 동안 뭔가를 꾸민다고 해도……아니, 그럴 일은 거의 없겠지만……반란미수 사건으로 화가 나있는 가신들이 그녀에게 폭언이라도 했다간 그건 그것대로 문제다. 차라리 우리의 시선이 닿는 범위에 두는 편이 나은가.

"블로아 변경백작 쪽의 혼란도 노릴 수 있습니다."

"혼란?"

"예. 이번 블로아 변경백작가 쪽의 행동을 보면 뒤죽박죽이랄까 명령 계통이 하나가 아닌 듯한 느낌입니다."

"카를라 님의 파견은 블로아 변경백작 본인의 명령. 하지만 그는 병상에 누워있어 병사를 통솔할 체력도 없다……."

결국 후계자 다툼을 벌이고 있는 자식들이 병사를 내보낸 셈인가.

"우리 진지에 카를라 님이 계신다면 그쪽에서는 배신자라고 생각할지도 모릅니다."

"연줄이 생겼다 싶어 역으로 교섭을 하기 위해 움직일지도 모르겠군."

어쨌거나 블로아 변경백작가 쪽의 행동을 파악하기 쉽다는 이점이 있는 셈인가.

"(분쟁 뒤에 블로아 변경백작가는 배신자로 간주한 카를라 님을 파문할지도 모릅니다. 그렇다면 여러모로 좋지 않을까요.)"

클라우스가 슬며시 내게 속삭인다. 하지만 역시 대단하군. 공적인 이유와 사적인 이유, 두 가지를 모두 준비하여 내게 출병을 제안하는 건가. 역시 바우마이스터 기사작가에서는 클라우스의 재능을 감당하지 못했을 것 같다.

"알겠습니다. 그럼 카를라 양도 함께 가도록 하죠."

"전선에 나가기는 어렵겠지만, 구호나 취사, 빨래 같은 일을 하며 도울 수 있을 겁니다. 저는 가난한 귀족의 딸이니까 신경 쓰지 마십시오."

이렇게 해서 나는 바우마이스터 백작가 제후군의 출진을 결정했다. 그 사실을 먼저 클라우스가 얘기했던 내용과 함께 엘에게 전하니 그 녀석도 의욕이 넘치는 것 같았다.

"기다려라! 블로아 변경백작가! 내 손으로 네놈들의 숨통을 끊어주마!"

이렇게 해서 바우마이스터 백작가는 조금 뒤늦게 블라이히뢰더 변경백작과 블로아 변경백작이 벌이고 있는 분쟁에 참전하게 되었다.

***

"나리, 이곳은 제게 맡겨 주십시오. 무운을 빕니다."

"걱정 마."

우리는 로델리히의 전송을 받으며 북쪽에 있는 에차고 초원을 향한다.

나는 에차고 초원에 가본 적이 없기 때문에 '순간이동'은 쓸 수가 없다.

그렇다면 마도비행선을 타야겠지만, 바우마이스터 백작가 소유의 소형 마도비행선은 영내 개발 및 수송에 쓰이고 있어서 역시 쓸 수가 없다.

그래서 상인으로서 배를 소유하고 있는 암스트롱 도사의 차남 헨릭에게 빌려서 이동하게 됐다. 일시적으로 용선 계약을 맺은 것이다.

"바우마이스터 백작님, 모시러 왔습니다."

"수고했다. 역시 이럴 때는 소형 마도비행선이 편리하군."

"빠른 방향 전환이 이점입니다."

그밖에도 아무것도 없는 초원에 내릴 때는 대형보다 소형이 편한 것이다.

"한창 돈을 벌어야 할 텐데 미안하군."

"아뇨, 아뇨, 이익은 충분히 얻고 있습니다. 그래서 인원은 예정대로인가요?"

참가자는 우리 일행과 클라우스와 카를라 양 그리고 모리츠가 이끄는 바우마이스터 백작가 제후군이 포진을 하고 있다. 인원수는 50명 정도로 백작가의 제후군 치고는 그 숫자가 매우 적다.

하지만 지금의 바우마이스터 백작가로서는 이 인원이 한계다. 게다가 이 중 스무 명 정도가 매우 문제가 있는 인물들이다.

반란미수 사건에 참가했던 블로아 변경백작가의 전 가신들이 클라우스의 지휘 아래 참가하고 있었기 때문이다.

이 인선에는 많은 반대 의견이 나왔지만 클라우스는 그 반대 의견을 멋지게 봉쇄하고 그들을 참가시켰다.

"클라우스, 괜찮을까? 뒤에서 공격 받기는 싫은데."

내 정신은 그냥 평범한 사람이므로 만일 배신당하면 어쩌나 하는 우려가 드는 것이다.

"염려 마십시오. 그들은 절대 배신하지 않을 겁니다."

클라우스는 자신이 있는 모양이다.

"그들은 블로아 변경백작가로부터 그런 인물은 없다며 버림을 받았습니다. 목숨을 걸고 무모한 임무를 떠맡았는데 너무하지 않습니까? 결국 그들은 아무리 애써도 블로아 변경백작가로 돌아갈 수 없습니다. 그렇다면 마침 인원도 부족하니 우리 바우마이스터 백작가에서 고용을 하죠. 생색을 낼 수도 있으니까요."

적의 포로를 자기 가신으로 삼는 일은 군사 기록에도 종종 나오지만 실제로 행동에 옮기려면 상당한 용기가 필요하다.

"바우바이스터 백작가를 위해 분골쇄신 일하겠다고 합니다. 그들이 블로아 변경백작가로부터 받은 대우는 비참했습니다. 어쨌거나 단칼에 버려질 정도니까요. 하지만 이곳에서 열심히 노력하면 바우마이스터 백작가의 정식 가신이 될 수 있는 겁니다. 바보가 아닌 다음에야 일부러 블로아 변경백작가로 다시 넘어가지는 않겠죠."

클라우스가 잘 설득했는지 그들은 열심히 출진 준비를 하고 있었다. 처음에는 자신들의 반란 미수를 밀고한 클라우스에게 온갖 욕설을 퍼부었지만, 지금은 크게 신뢰하고 있는 것 같다.

클라우스도 나나 다른 가신들과의 사이에 서서 훌륭하게 중재를 하고 있다.

클라우스는 실질적으로 그들의 지휘관이나 다름없는 입장이지만 전혀 위세를 떨지 않는다. 옛 블로아 조의 리더에게 그대로 지휘를 맡기고 어려운 일이 있을 때 슬며시 도와준다. 자신이 직접 나서서 다른 가신들의 비난을 막아주고 있는 것이리라. 노련한 클라우스다운 방식이다.

"괜찮을까요?"

"괜찮을 거야."

도사와 달리 상식인인 헨릭은 걱정을 했지만 클라우스는 무모한 일은 하지 않으니까.

옛 블로아 조를 이끌고 반란을 일으킬 가능성은 매우 희박하다.

"나는 용케 설득했다 싶어 감탄스러운데……."

옛 블로아 조의 리더 토마스는 32세로…… 중년까지는 아니지만 이제 젊지 않은 나이의 인물이다. 블로아 변경백작을 모시는 하급 기사의 삼남이라고 클라우스가 알려주었다.

다른 인물들도 전부 비슷한 처지의 사람들뿐이다. 그렇기에 그런 무모한 작전에 이용됐으리라.

"다들 크게 의지하고 있는 것 같군요."

클라우스는 그들에게 새로운 성을 지어준 모양이다. 새롭게 태어나 바우마이스터 백작가를 섬기는 것이다.

"그들은 블로아 변경백작가에 원한이 깊을 테니까요. 배신하지 않는다는 점에서는 믿을 수 있을 겁니다."

이제 와 블로아 변경백작가로 돌아갈 수도 없기 때문이겠지. 물론 일은 열심히 하겠지만 클라우스는 그들의 퇴로를 끊었다고도 할 수 있다. 역시 클라우스는 뛰어난 책사다.

"바우마이스터 백작가는 벤델린 님이 자신의 공적으로 일으켜 세운 집안. 따라서 대대로 내려오는 가신이 존재하지 않기 때문에 누구나 가능성이 있습니다. 그리고 벤델린 님은 가신의 공적에 반드시 보답을 해주시는 분입니다."

클라우스는 나를 무척이나 추켜세웠지만, 실제로는 그렇게라도 하지 않으면 능력 있는 가신이 모이지 않는다는 사정도 있다.

"토마스 님 일행은 모두 독신인가요?"

"그런 임무에 이용될 정도니까. 누굴 부양할 만한 수입도 없지."

확실히 가족이 있는 자에게 한 번 쓰고 버리는 그런 임무를 맡기지는 못하려나.

"그렇다면 마침 잘 됐군요."

"뭐가 말이지?"

"실은 이번 출병으로 연기되고 말았지만 블라이히뢰더 변경백작님이 대규모 맞선회를 기획하고 있습니다."

확실히 그건 이미 계획되어 있다. 처음에는 내게 측실을 강요하는 모임이었다고 하지만, 내가 거절하자 엘과 로델리히에게 신부를 소개하는 모임으로 변경되었다.

하지만 둘만 내보내면 결혼 희망자들 사이에서 불만이 터져 나온다고 우리 쪽의 독신인 가신은 전원 참석할 수 있는 대규모 모임으로 더욱 진화한 것이다.

"공을 세워 정식으로 관직을 갖게 되면 여러분에게도 참가할 권리가 있다고 벤델린 님이……."

"오오오오오!"

"결혼할 수 있다!"

"갑자기 힘이 솟는다!!"

클라우스에게 맞선회 얘기를 듣고 모두가 의욕을 활활 불태웠다.

정식 관직과 맞선 얘기로 옛 블로아 조가 의욕을 드러낸다. 노련한 클라우스는 그들이 무엇을 원하는지를 잘 이해하고 있었다.

"엘 씨는 출진한 경험이 있으세요?"

"3년 쯤 전에 팔케니아 초원에 출진했었습니다."

"그 노(老)속성용을 퇴치했을 때로군요. 정말 대단하네요."

"저는 그냥 출진만 했을 뿐인데요."

클라우스 일행 말고도 우리 바우마이스터 백작가 제후군은 카를라 양이라는 색다른 인물을 데리고 있다.

그녀는 호위를 맡은 엘과 즐겁게 대화를 나누고 있지만, 과연 분쟁은 어떤 결과를 맞이할까?

그것은 신만이 아는 것이었다.

제3화 분쟁 이상? 전쟁 미만?

"갑작스레 참전한다는 연락은 받았지만 일찍 왔군요."

우리를 태운 소형 마도비행선은 블라이히뢰더 변경백작군이 주둔하고 있는 에차고 초원에 도착했다. 배에서 내리자 그곳에는 블라이히뢰더 변경백작과 가신들이 마중을 나와 주었다.

신참이라도 백작은 백작이므로 나름 신경 쓰이는 존재인 셈이다.

"하지만 인원이 많지 않아서요."

"그래도 큰 도움이 될 겁니다. 그렇죠? 블랜타크."

"무의미한 분쟁에 휘말려 버렸으니까요."

블라이히뢰더 변경백작의 호위를 맡고 있는 블랜타크 씨도 이런 귀찮은 일은 빨리 끝났으면 좋겠다는 얼굴을 하고 있었다.

그 기분은 나도 이해할 수 있다.

"엄청난 분을 함께 모시고 왔지만…… 그건 내가 참견할 영역이 아니겠죠."

카를라 양과의 밀약을 아직 블라이히뢰더 변경백작에게 얘기할 수는 없다.

아무리 내 주군이라도 바우마이스터 백작가 제후군의 편성에 트집을 잡을 수는 없겠지만.

"왠지 상상은 가지만 무척 악랄한 생각을 하고 있는 것 같군요. 나로서는 그쪽이 분쟁이 빨리 끝날 테니 반가운 일이지만요. 그럼 곧바로……."

시간이 아깝다는 듯이 블라이히뢰더 변경백작은 지금의 전황을 간단히 설명한다.

"현재 우리가 포진하고 있는 것은 동부와 남부에 걸친 에차고 초원의 경계선 근처예요. 병력은 일곱 개 가문 혼합으로 4천 명 정도. 일주일만 있으면 원군이 더 오겠지만 그러면 도합 6천 명 정도군요."

숫자가 적은 듯하지만 군을 편성해 배치하는 일만으로도 돈이 날아가기 때문에 어쩔 수 없다. 병사들에게 지급할 수당과 그들의 식비는 블라이히뢰더 변경백작 이하 제후군을 보낸 귀족가가 부담해야하기 때문이다.

"그래서 블로아 변경백작 쪽은요?"

"5천 명 정도예요. 특별한 움직임 없이 그저 서로 노려보고 있을 뿐이죠."

결전 따위는 양쪽 모두 바라지 않는다. 그렇게 됐다간 피해가 막심해질 테니까. 그러므로 자연스레 이렇게 서로 노려보고만 있게 되는 것이다. 병력은 어디까지나 위협을 위한 수단이다.

"다른 전장도 있어요."

계속해서 블라이히뢰더 변경백작은 경계선 일대의 자세한 지도를 책상 위에 펼쳤다.

"여기서 북서쪽으로 약 300km. 여기서는 블로아 변경백작의 종자인 벤켈 준남작가와 우리의 종자인 란셀 준남작가가 광산을 둘러싸고 서로 노려보고 있어요."

애당초 사건의 발단은 이 같은 경계선에서의 이권 분쟁의 재발이라고 한다.

"양가의 경계선에 있는 광산은 채굴량이 매우 많다는군요. 당연히 과거에 경합이 벌어졌고……."

과거에 몇 번씩 충돌이 있었지만 지금은 일단 절반씩 소유하는 형태가 되어 있는 모양이다.

"그런데 갑자기 그 협정을 어기고……."

어느 날 불쑥 블로어 변경백작 쪽의 헨켈 준남작이 군대를 보내어 란셀 준남작 쪽의 광부와 경비대를 광산에서 추방해버렸다고 한다.

그리고 지금은 광산을 점거하고 있는 헨켈 준남작가의 군대와 탈환을 노리고 군사를 보낸 란셀 준남작가 쪽이 서로 대치를 계속하고 있다.

"다행히 사망자는 나오지 않았지만."

어쨌거나 싸움인데 사망자가 나오지 않아 다행이라고 하는 이유는 섣불리 사망자가 나오면 분쟁의 수습이 어려워지기 때문이라고 한다.

"다시 50대50 정도의 상태로 가져가고 싶겠죠."

가끔씩 다툼을 벌여 스트레스를 풀면서 그 나름대로의 분배 방식에 양쪽이 마지못해 납득한다.

이것이 이 시대의 이권 분쟁의 정체였다.

"그러므로 무기는 훈련용으로 준비하겠습니다."

놀랍게도 이번 분쟁에 참가한 모든 병사들은 양쪽 모두 칼날을 무디게 만든 훈련용 장비를 쓰고 있는 모양이다.

되도록 사망자가 나오지 않도록 하기 위해서라고 해도 이렇게까지 철저할 줄은 몰랐다.

"네? 훈련용이요?"

"염려 마십시오. 헨릭님의 배에 실어 뒀다고 합니다."

옆에 있는 모리츠가 헨릭의 배에 인원수만큼 실어 뒀다고 보고했다.

잘은 모르지만 트리스탄이 재치를 발휘해 실어준 모양이다.

"트리스탄 님은 에드거 군무경의 아들이므로 그런 사정도 훤히 잘 알죠."

"살았네."

지금도 왕국 어딘가에서는 분쟁이 일어나고 있다고 하니, 에드거 군무경의 아들이 트리스탄이 잘 아는 것도 당연한 일인가.

"물론 날이 무디다 해도 둔기나 다름없으니 잘못 맞으면 죽는 사람도 있어요. 일반적인 무기에 비해 그 수는 크게 줄겠지만."

상대를 물리치는 게 아니라 붙잡아 숫자를 줄이고 나중에 교섭을 통해 화해금을 받는다고 한다.

중세 유럽의 귀족처럼 몸값으로 해결을 도모하는 모양이다.

중세의 기사와 용병이 주체가 된 전장에서는 싸움을 벌였는데도 사망자가 양쪽을 통틀어 한 명밖에 나오지 않은 경우가 예사로 있었던 모양이다.

적을 죽이기보단 붙잡아 몸값을 요구하는 편이 돈이 된다. 왕국 측도 되도록 사망자가 나오지 않는 싸움을 비공식적으로 장려하고 있다고 하는데, 여기서 비공식적이라고 하는 것은 공식적으로는 분쟁이 금지되어 있기 때문이다.

"이런 식으로 경계선에서 분쟁을 벌이고 있는 귀족은 양쪽을 합쳐 80곳이 넘어요. 이번에는 블로아 변경백작 쪽의 귀족이 갑자기 군사를 보내 우리 종자의 이권을 빼앗아 점거했기 때문에 우리 종자는 그것을 되찾기 위해 군사를 모아 대치하고 있는 거예요. 이렇게 동원된 군사의 수가 수십에서 수백 정도밖에 안 되는 작은 전장이 40곳가량이나 돼요."

확실히 블라이히뢰더 변경백작이 펼친 지도에는 많은 메모가 적혀 있었다.

○○기사작가의 군대가 갑자기 공유 삼림지대를 점거한 ○○기사작가의 군대와 서로 대치하고 있다거나, ○○준남작가의 군대가 재정(裁定-옳고 그름을 따져 판결하는 것)을 기다리기 위해 인원의 출입이 금지되어 있는 ○○강의 모래섬 지방을 멋대로 점거하여, 분쟁 상대인 ○○기사작가의 군대가 모래섬에서 병사를 물리라고 소란을 떨며 서로 대치하고 있다거나.

대부분 블로아 변경백작가 쪽의 기습이었으며, 블라이히뢰더 변경백작가 쪽의 귀족들은 일방적으로 공격을 받은 뒤 군을 소집해 자신들의 이권을 탈환하기 위해 호시탐탐 기회를 노리고 있는 것 같다.

"충돌한 귀족들은 있습니까?"

"아뇨, 아직이에요."

이게 이런 분쟁의 성가신 부분이다.

처음에 나온 광산은 모르겠지만, 결국은 얼마 되지도 않는 넓이의 영지 분쟁이나 수원지의 물을 얼마나 끌어가느냐 하는 내용이므로 본격적으로 충돌해 사상자가 늘어나면 오히려 손해를 보게 된다.

"그렇다고 이런 상황에서 군사를 보내지 않으면 상대의 실효 지배를 인정하는 꼴이 되니까요. 군사를 보내지 않는다는 선택지는 있을 수가 없어요. 귀족의 체면상 말이죠."

전생에서도 국가 간의 영지 분쟁은 흔한 일이었기 때문에 그 점은 이해할 수 있다.

괜히 '자자, 그러지 말고' 하며 약하게 나갔다간 상대가 얕잡아 보고 더 심한 요구를 해오는 경우도 있기 때문에 군대를 보내 대치하는 건 당연한 일이리라.

과연 귀족이라는 존재는 여러모로 돈이 드는 모양이다.

"이대로 끝나면 곤란하다는 겁니까?"

"몇몇 가문은 사전에 눈치채고 점거를 막았다고 하는데 나머지는 우리의 참패예요. 재정으로 들어가면 일방적으로 불리해져요."

아무리 규칙을 어긴 출병이라고 해도 선제공격을 한 블로아 변경백작가가 유리한 상황임에는 변함이 없다. 이래서는 재정에서 일방적으로 불리해지고 만다.

"어느 정도는 되찾고 싶다는 말씀이시죠?"

"하지만 그것도 쉽지가 않아요."

블라이히뢰더 변경백작군이 원군을 보내려 하면 블로아 변경백작군이 당연히 방해를 한다.

"난감하군요…… 이대로 재정으로 넘어가면 불리해져요……."

"그게 저들의 목적인가요?"

"그래요."

우리의 개발 이권에 참여하지 못해 원성이 자자하기 때문에 이런 식으로 부하들의 불만을 억누르려는 것이리라.

그리고 블로아 변경백작가가 모아둔 돈을 군사행동을 통해 지출하여 영내에 돈을 돌린다.

일종의 공공사업 같은 측면이 있는지도 모르겠다.

"그럼 제가 되찾도록 하죠."

"부탁해도 될까요?"

빌려온 소형 마도비행선을 타고 차례대로 분쟁지대로 날아가, 블로아 변경백작가 쪽 귀족의 군대를 제압하고 포로로 붙잡는다.

중간에 블로아 변경백작군 쪽에서 원군이라도 보낸다면 더 고마운 일이다.

몽땅 붙잡아 거액의 몸값을 뜯어내면 블로아 변경백작도 우리에게 시비 건 것을 후회하리라.

"그럼 부탁해요."

우리는 블라이히뢰더 변경백작에게 지도를 받아 소형 마도비행선을 타고 귀족의 군대끼리 서로 노려보고 있는 지점으로 급히 날아갔다.

"역시 도사님은 이번에 불참하셨네."

"남부와 동부의 분쟁에 왕궁 수석 마도사가 나타나 남부 편을 들면 문제가 되니까."

"그건 나도 알지만 왠지 도사님이라면 '재미있겠다'며 끼어들 수도 있을 것 같아."

"설마."

"아니…… 그 아버지라면 가능성이 있을지도……."

배 위에서 엘과 헨릭 씨와 그런 얘기를 하며 반나절을 보내는 사이 무사히 첫 번째 전장에 도착했다.

블라이히뢰더 변경백작이 처음에 설명했던, 광산을 둘러싸고 대립하고 있는 란셀 준남작령과 헨켈 준남작령의 경계선 근처이다.

확실히 경계선 상에 있는 광산 앞쪽에서는 삼백 명쯤 되는 란셀 준남작군이 진을 치고 광산을 경계하고 있는 듯하다.

광산을 잘 보니 헨켈 준남작가 쪽의 병사가 군데군데 보초를 서고 있었다.

"잘 오셨습니다."

처음에는 갑자기 마도비행선이 나타나자 양군 모두 놀랐지만 엘을 란셀 준남작군의 본진에 사자로 보내자 곧바로 남작 본인이 마중을 나온다.

란셀 준남작은 40세쯤 되어 보이는 평범한 아저씨였다.

"블라이히뢰더 변경백작님의 원군입니까?"

"예. 당장 광산을 탈환하도록 하죠."

"네? 괜찮겠습니까?"

광산을 탈환하는 것은 찬성이지만 그러다 희생자가 나오는 일은 피하고 싶다. 란셀 준남작의 얼굴을 보니 대번에 그렇게 생각하고 있음을 알 수 있었다.

"한 마디로 양쪽에 사망자가 나오지 않은 채로 끝나면 문제가 없는 거겠죠?"

"예. 그게 가장 최선의 결과니까요."

그렇다면 간단하다.

바우마이스터 자작령에서 반란군을 진압할 때와 마찬가지로 '에어리어 스턴'으로 마비시킨 뒤에 붙잡으면 된다.

'탐지'를 쓰면 놓치는 일도 없을 것이다.

"그럼 우선은 협정을 체결하죠, 브뤼아 님."

"아, 예. 저는 블라이히뢰더 변경백작님께 바우마이스터 백작님과 동행하도록 명받은 군감(軍監-군사를 감독하는 직책)입니다."

전쟁터에 귀족이 군을 이끌고 원군으로 나가면 어떤 문제가 발생한다. 그것은 수훈이나 전과의 인정과 그 분배다.

도움을 받아놓고 막상 전쟁이 끝나면 원군으로 온 귀족의 공을 빼앗으려 드는 귀족도 적지 않아서, 그것이 원인이 되어 새로운 말썽이 생기는 경우도 많았다.

그래서 이번 경우처럼 군감을 파견해 공식적으로 전과를 확인하고 기재하는 것이다.

또한 전과의 배분에 관한 협정도 있다. 포로나 군대가 갖고 있던 장비품, 비품, 금품, 식량 등의 권리와 포로의 몸값의 분배 비율 등이었다.

이번에 블라이히뢰더 변경백작이 파견한 군감은 브뤼아 씨라고 했다. 50세가량의 성실해 보이는 사람으로 딱 관료 느낌이 나는 인물이다.

"전부 마비시켜 움직이지 못하게 할 테니 포박하는 일을 도와주십시오."

"과연 용을 물리친 영웅님이군요……."

반란을 진압할 때와 달리 광범위의 '에어리어 스탠'이 되겠지만 오히려 범위나 대상을 선별할 필요가 없는 만큼, 나로서는 오히려 일하기가 편했다.

광산은 컸지만 사람이 있는 구역은 제한적이므로 나 혼자서도 거뜬히 할 수 있을 것이다.

"마비가 된 헨켈 준남작군 병사의 포박과 체포된 포로의 관리 그리고 되찾은 광산의 경비는 그쪽에서 맡아주십시오."

"그야 물론이죠."

우리 인원만으로 포박하려면 시간이 걸리고 포로 관리는 인원이 턱없이 부족하므로 불가능하다. 란셀 준남작에게 맡기고 나중에 경비를 지불하기로 하자.

"이걸 계기로 헨켈 준남작령을 점령하거나 하지는 않습니까?"

"아뇨, 옛날부터 내려온 불문율에 따라 그건 금기에 가까운 행위입니다."

처음에 헨켈 준남작가 쪽이 침공해 왔을 때 그럴 마음만 먹었다면 다른 란셀 준남작령을 점령하는 일도 가능했겠지만 상대는 그렇게 하지 않았다.

아니, 못한 것이라고 한다.

"어디까지나 다투는 것은 광산의 권리뿐. 그렇게 하지 않으면 싸움이 끝나지 않을 테니까요."

서로의 영지에 들어가 영주민을 죽이고 여성을 겁탈하거나 혹은 논을 못 쓰게 만들고 집을 불태우면 원한이 너무나도 커져버리기 때문에 어디까지나 광산을 둘러싼 분쟁이라는 형태로 국한한다.

다른 곳에서 이권을 다투고 있는 귀족들도 이 점은 마찬가지라고 한다.

"분쟁이 너무 심해지면 왕가에서 개입할 수도 있으니까요."

이 경우 제대로 된 재정은 기대할 수 없다.

"분쟁의 원인이 되기 때문에 광산을 국가가 몰수할 수도 있습니다. 옛날에는 그런 재정도 적지 않았다고 하더군요."

어디까지나 두 가문이 하나의 이권만을 다툰다. 그런 자세를 보이며 다른 세력의 개입을 막고 있는 것이라고 한다.

주군이나 혹은 블라이히뢰더 변경백작 같은 지역 총괄자는 같은 지역의 귀족을 도와주고, 그 대신 도움을 받은 귀족은 지역의 안정에 힘을 빌려준다.

옛날부터 그런 관계가 형성되어 있는 모양이다.

"그럼 협정을 체결합니다."

결국 바우마이스터 백작가는 광산의 이권에 전혀 관여하지 않게 됐다. 그 대신 전투 불능에 빠진 헨켈 준남작군의 소지품이나 포로의 몸값 같은 이권은 전부 바우마이스터가 쪽이 가져간다.

다만 나중에 포로 관리에 소요된 금액을 란셀 준남작가가 이쪽에 청구한다.

그밖에도 자세한 보충 사항이 있었지만 양쪽이 합의에 도달했기 때문에 브뤼아 씨가 서둘러 계약용 양피지에 기재하고 나와 란셀 준남작이 사인을 한다.

이 세계에서는 이미 서민에게도 종이가 보급되어 있었지만 이런 중요한 계약서류 등은 지금도 양피지를 쓰는 경우가 많았다.

"그럼 당장 광산을 되찾도록 하죠."

이곳과 상황이 비슷한 곳이 많아서 빨리 다른 곳도 도와주러 갈 수 있도록 우리는 곧바로 작전을 개시하기로 했다.

"저쪽 군에 마법사가 있나요?"

"예. 광산을 공격해 왔을 때 '불화살'을 날린 자가. 아마도 임시로 고용된 모험자겠지만요……."

준남작가 정도라면 극히 드물게 초급 마법사를 한 명쯤 거느리는 정도라고 한다.

란셀 준남작에 따르면 헨켈 준남작이 지금까지 마법사를 가신으로 삼았다는 정보는 입수하지 못했으며, 이번 출병에 맞춰 임시로 고용했을 것이라고 한다.

"함께 마비를 시킬 테니까 의미는 없지만요."

이게 카타리나 급의 마법사라면 이쪽의 '에어리어 스탠'을 방어하고 반격해올 가능성이 있지만, 란셀 준남작의 증언대로라면 그렇게 걱정할 필요는 없을 것 같다.

"준비는 됐지?"

"예."

토마스와 모리츠가 지휘하는 바우마이스터 백작군과 란셀 준남작이 이끄는 부대가 광산 앞에 모습을 드러내자 방어하고 있는 헨켈 준남작가 쪽의 병사들이 긴장한다.

"(가자!)"

하지만 그 긴장도 직후에 발동된 '에어리어 스탠'에 의한 마비로 끊어져 버렸다. 광산에 있는 전원이 마비되어 그 자리에서 꼼짝도 못하게 돼버린 것이다.

"돌입!"

양군 지휘관의 명령이 떨어지고, 마비되어 있는 헨켈 준남작군의 포박과 광산의 완전 점령이 시작된다.

"자, 뒷일은 이제 맡길까요?"

"예……."

내 역할은 이미 끝났고 란셀 준남작 역시 일부러 진두에 설 필요가 없다. 더 나서는 건 부하의 일을 빼앗는 꼴이 되기 때문이다.

거기서 마법 자루에서 탁자와 의자를 꺼내어 그와 그 측근에게 차를 권한다.

빌마가 탁자와 의자를 세팅하고 엘리제가 꺼낸 차 세트를 이용해 차를 끓이기 시작한다. 블라이히뢰더 변경백작 곁에 놔둘 수 없었던 카를라 양은, 그 신분을 감추기 위해 하녀복 차림으로 엘리제를 돕고 있었다.

"카를라 씨는 뭘 입어도 어울리는군요. 힘이 난다아아아아!"

엘은 좋은 걸 봤다고 크게 기뻐하며 모리츠 일행을 따라갔다.

이나와 루이제는 들뜬 엘이 무리하지 않도록 감시자로서 그를 따라 간다.

"바우마이스터 백작님의 부인께서 손수 차를 타주시다니 황공합니다."

"아직 약혼자이므로 신경 쓰지 마십시오."

이어서 알테리오 씨가 보내온 초콜릿이나 과자를 꺼내놓으니 그들은 흥미 깊은 표정으로 입에 넣었다.

"소문으로는 들었습니다만 맛있는 과자로군요. 아이들에게 조금 가져다줘도 되겠습니까?"

"얼마든지요."

선물용으로 잔뜩 건네니 란셀 준남작은 기뻐하며 당번병 소년에게 건네었다.

"그나저나 이번에는 갑작스러운 점거였다고 하던데요?"

"예. 옛날부터 저 광산의 이권 비율은 정기적으로 분쟁이 있어 왔지만요……."

당연히 양쪽의 주장은 '저 광산은 우리 것'이다. 다만 현실적으로 한쪽의 일방적인 점거를 인정할 수 없기 때문에 북측을 헨켈 준남작이, 남측을 란셀 준남작이 맡기로 했다고 한다.

"그런데도 분쟁이 일어납니까?"

"일종의 스트레스 해소라고 할까요……."

대가 바뀌거나 하면 새 영주의 힘을 과시한다는 이유로 병사를 보내어 서로 노려보게 되는 것이다.

"그래도 사전에 반드시 통고하는 것이 규칙입니다."

'이 광산은 우리 것이다! 며칠까지 병사를 보낼 테니까 단단히 각오하고 기다려라!' 하고.

반쯤은 형식적인 이벤트 같은 것인 모양이다.

그래서 양쪽이 병사를 보내 다른 경계선에서 서로 노려보다가 다섯 명가량 대표자를 보내 겨루기를 한다.

여기에 이기면 다음번에 분쟁이 일어날 때까지 광산에서 유리한 채굴이 가능하다고 한다.

"경계선에 소유 구조가 미묘한 광맥이 있는데 그곳의 이권을 얻을 수 있는 거죠."

"완전히 연습경기로군요."

"과거에는 필사적인 전투가 벌어져 양쪽 합해서 백 명이 넘는 희생자가 나온 적도 있다고 합니다. 그런데 그렇게 싸워봤자 얻는 것은 없고 귀한 가신이나 영내의 젊은이가 죽어버리니, 결국 이런 형식이 된 것은 선인의 지혜겠죠."

훌륭한 광산도 파낼 사람이 죽어버리면 의미가 없으니까 현명한 선택인지도 모른다.

그런데 이번에는 기습에 의한 광산의 완전 점거가 이루어졌다.

다른 귀족 간에도 비슷한 규칙을 가진 곳이 많은데 그게 전부 깨어져 모두 당혹해하고 있다고 한다.

"역시 블로아 변경백작가가 시킨 것인가요?"

"그런 것 같습니다."

그로부터 약 두 시간 후, 엘 일행이 돌아와 광산에 있던 모든 적을 포박했다고 전한다. 그리고 긴 대진을 위해 준비한 식량이나 물, 무기와 생활용품, 은상용 보석이나 현금 등 대량의 물자의 노획에도 성공한 모양이다.

"란셀 경, 종사장인 플리스 님이 광산 수비를 맡겠다고 하십니다."

"알겠다."

엘의 보고에 란셀 준남작은 귀족다운 모습으로 의젓하게 고개를 끄덕였다.

"방어는 문제없겠죠. 헨켈 준남작가는 병력이……."

"예. 8할 이상은 무력화 됐으니까요."

남은 십여 명의 전력으로는 3백 명의 수비병이 버티고 있는 광산을 함락하는 일은 택도 없을 것이다. 현 시점에서 헨켈 준남작가는 패배한 것이나 마찬가지다.

"그리고 헨켈 준남작을 붙잡았습니다!"

"그 자리에 있었단 말인가!"

란셀 준남작이 수집한 정보에 따르면 헨켈 준남작은 후방에서 지휘를 하고 있으며 광산에는 없다고 알려져 있었던 모양이다. 그러므로 헨켈 준남작 본인이 붙잡혔다는 말을 듣고 놀라는 것 같다.

"시찰이라도 하러 왔던 걸까요?"

"그렇겠죠. 바우마이스터 백작님으로서는 몸값이 늘어났으니 잘 된 일이군요."

일단 한 곳은 성공했지만 아직 갈 길이 멀다.

블라이히뢰더 변경백작에게 받은 지도에 따르면 이곳과 비슷한 분쟁 지역이 아직 수십 군데나 더 있기 때문이다.

게다가 서로 노려보고 있는 본군이나 분쟁 지역에 있는 다른 귀족들이 원군을 보내올 가능성도 있다.

만약 그렇게 되면 도로 아미타불이다.

"란셀 준남작님, 저는 다음 전장으로 가겠습니다. 수비는 문제없겠죠?"

"예. 만약 블로아 변경백작군이 원군을 보내 광산을 다시 탈환하려 해도 천 명 이상은 필요할 테니까요."

공격 측은 수비보다 세 배 이상의 병력이 필요하다는 법칙은 이 세계에도 존재하는 것 같다. 블로아 변경백작으로서도 이 광산을 탈환하는 일에 귀중한 병력을 할애했다가 희생자가 나온다면 의미가 없을 것이다.

"헨켈 준남작가도 잔존 전력을 감안하면 치안 유지가 고작이겠죠. 후계자 아들이 남아 있다고 합니다만, 영내를 통치하느라 바쁠 테니까요."

광산에서 붙잡힌 자들 중에는 헨켈 준남작령의 통치를 지탱하는 가신들도 포함되어 있던 모양이니 당연히 인원이 부족할 것이다.

일반 병사들은 대부분 징집된 영내의 농민들이다.

그들의 부재로 헨켈 준남작령의 생산력이나 세수가 떨어질 가능성도 높기 때문에 그야말로 엎친 데 덮친 격이다.

"이대로 재정이 내려질 때까지 광산을 사수하겠습니다."

"그럼 포로 관리를 잘 부탁드립니다."

"맡겨 주십시오."

란셀 준남작에게 포로 관리를 맡기고는 서둘러 다음 분쟁 현장을 향하여 이동을 시작한다.

몇 시간 후 우리는 마도비행선 위에서 강의 모래섬을 점거하고 있는 수십 명의 병사와 강기슭에서 그들과 서로 노려보고 있는 거의 비슷한 숫자의 병사를 발견한다.

"어디 보자…… 모래섬에 군을 배치한 예링 경이 블로아 변경 백작 쪽이고, 남쪽 강기슭에서 견제하고 있는 게 우리 쪽인 베커 경입니다."

군감으로 동행한 브뤼아 씨는 평소에는 문장관(紋章官-문장을 식별하거나 읽는 직책을 맡은 사람)을 맡고 있어서 이곳 남부의 영세 귀족의 당주나 자식들, 주요 가신의 얼굴과 이름, 그 경력 등을 모두 기억하고 있다고 한다.

어쨌든 이 나라의 귀족은 많다.

처음 보는 귀족을 만나기 전에 정보를 알려주는 문장관이 있으면 크게 도움이 되기 때문에, 거물 귀족 밑에는 반드시 문장관이 재직하고 있는 것이다.

이번에 그가 군감이 된 것도 내가 귀족을 잘 모른다는 점을 메우기 위해서였던 것 같다.

"양쪽 모두 기사작위를 갖고 있으며 작은 영지를 운영하는 귀족님입니다."

영세니 가난이니 직접적으로 말하지 않고 작다고 말하는 점이 세련된 대귀족가의 문장관다웠다.

문장관이라는 호칭은 옛날에 전장에서 적 귀족의 무구에 적힌 문장을 보고 그 인물을 특정하는 일을 했기 때문이라고 한다.

지금은 전쟁이 없기 때문에 같은 나라에 수없이 존재하는 자기편 귀족이나 그 가족 등의 정보를 모아 필요에 따라 주군에게 알려주는 것이 주요 임무다.

수천에서 수만에 달하는 귀족에 관한 정보를 기억하기 때문에 집에는 대대로 기억법에 관한 비전이 전해지고 있는 모양이다. 이야기법이나 머리글자법, 유사발음법 등이 그 비전일까.

옛날부터 기억력이 평범한 내가 봤을 때는 매우 부러운 능력이다.

"여기도 서로 노려보고 있나……."

양군이 서로 노려보고 있는 것은 모래섬의 소유권을 놓고 다투고 있기 때문이다.

옛날에는 강을 사이에 두고 영지가 나뉘어 있었지만, 어느 날 강이 물난리를 겪은 뒤 갑자기 모래섬이 생겼다.

따라서 당연히 양쪽 모두 영유권을 주장하고 있다.

"농지로 만들어봤자 수확량도 얼마 안 될 것 같은데……."

엘은 수십 명의 군사가 진을 치면 남는 공간이 거의 없는 모래섬을 보며 한숨을 내쉬었다.

"그렇다고 해도 그걸 주장하지 않을 수는 없는 게 귀족님이죠."

영지를 가진 귀족이 선뜻 내어주는 것은 말도 안 되지만 그렇다고 싸워봤자 그리 큰 이익이 날 리도 없기 때문에 오늘날에 이르기까지 양쪽 모두 모래섬에 대한 출입을 금지해왔다고 한다.

"하지만 몇 년 전부터 분쟁이 벌어졌죠."

농지가 아니라 그 모래섬에서 어업을 하면 물고기를 많이 낚을 수 있다고 멋대로 들어간 양쪽 영주민들 사이에 다툼이 발생했던 모양이다.

"그 뒤로 밤중에 멋대로 모래섬에 들어가 물고기를 잡네 마네 하며 싸움이 끊이지 않았다고 합니다."

내가 봤을 때는 이 정도 일로 그렇게까지 해야 하나 싶지만 실제로 거기서 생활하는 영주민 입장에서는 삶이 풍요로워지느냐 마느냐 하는 갈림길인 것이다. 양쪽 영주도 자존심이 있기 때문에 병사를 보내지 않을 수 없었으리라.

"다만, 모래섬의 점거는 너무 지나칩니다."

브뤼아 씨 말대로 이런 곳까지 점거하게 만들다니 블루아 변경백작은 무슨 생각을 하고 있는 걸까.

"후다닥 끝내도록 할까요."

순서는 아까와 다르지 않다. '에어리어 스탠'으로 마비시킨 뒤에 포로로 잡고 모래섬을 우리 편인 베커 기사작의 군대에게 점거하도록 하면 된다.

"이번에는 제가 하겠습니다."

모래섬이라 광산만큼 넓지 않기 때문에 자원한 카타리나에게 맡기기로 했다.

그녀가 '에어리어 스탠'을 발동하자 모래섬에 있던 예링 기사작가 쪽의 병사들이 쓰러져 움직이지 못했고, 한 시간도 못 되어 전원이 포박당했다.

"정말로 큰 신세를 졌습니다."

베커 기사작에게 감사 인사를 받고 점령지와 포로 관리를 맡긴 후 다음 포인트로 향한다.

나머지는 같은 작업이므로 생략하겠지만 나와 카타리나, 블랜타크 씨가 차례대로 마비시켜 현지의 우리 편과 함께 포박하는 작업의 반복이다.

"나왔구나! 용을 물리친 영웅 녀석! 이 몸이야말로 '화벽'이라 불렸……후에악!"

가끔 '에어리어 스탠'을 막으러 나오는 마법사도 있었지만, 그들도 곧바로 넉 아웃되어 포로 신세가 된다.

"이름 정도는 밝히게 해주는 게 어떨까요?"

"시간 낭비야."

'화벽'이라는 마법사는 초급과 중급 사이 정도의 마력을 갖고 있었다. 설령 마법을 펼쳐 싸웠다 한들 1분도 못 버텼을 것이다.

그는 내가 '스탠 웹'이라고 이름 지은 전기 채찍 마법을 맞고 곧바로 의식을 잃어버린다.

"일류라면 이름을 대는 동안 쓰러지거나 하지 않을 테니까."

"그건 그렇지만……."

카타리나는 기절한 채로 모리츠에게 포박당하고 있는 '화벽'을 보며 불쌍하다는 표정을 지어보였다.

"마법사의 숫자가 매우 적군요."

카타리나는 귀족 측이 고용한 마법사의 수가 적다고 지적한다. 게다가 수준도 너무 낮다고.

"중급 마법사는 그리 쉽게 고용할 수 없으니까요. 블로아 변경백작가에서도 새 마법사를 찾는 데 애를 먹고 있죠."

눈에 띄지 않게 동행하고 있는 카를라 양이 거물 귀족이라도 실력 있는 마법사를 고용하는 일은 그리 쉽지 않다고 설명해주었다.

"초급이나마 고용한 것만으로도 행운이라고 생각합니다."

"하지만 '화벽' 씨는……."

내가 봤을 때는 계약금 도둑이 아닐까 싶다. 마치 프로야구의 먹튀 용병 같은 느낌이다.

"수십 명끼리의 싸움에서 '불의 벽'을 만들 수 있는 마법사입니다. 원래대로라면 최대 전력이겠지만 이번에는 운이 없었던 것 같군요."

그렇게 말하면서 카를라 양은 나와 카타리나에게 시선을 보냈다.

"또 하나, 지난 10년가량 동부 지역은 마법사의 불모지였던 모양입니다."

어째선지 중급 이상의 마력을 가진 신인이 거의 데뷔하지 않는다고 한다. 고용하고 싶어도 지역 출신의 마법사가 죄다 고만고만하다고 블로아 변경백작가의 가신이 투덜대는 소리를 카를라 양도 들은 적이 있다고 했다.

마법사를 고용할 때는 그 마법사가 사는 지역의 귀족이 유리해진다. 대체로 보수의 시세가 정해져 있기 때문에 가까운 곳을 택하는 것이 인지상정이기 때문이다.

"사이가 나쁜 블라이히뢰더 변경백작님에게 바우마이스터 백작님이라는 비장의 카드가 생겼으니 아버지도 조바심이 났겠죠."

심정은 이해할 수 있지만 그렇다고 내게 그런 못된 장난질을 친건 조금 아닌 것 같다. 그보다 그 일이 아니었다면 내가 출진하는일도 없었······아니, 결국에는 하게 됐으려나.

"어쨌든 출진한 이상 바우마이스터 백작가로서도 적자를 볼 수는 없으니까. 그래서 힘 좀 썼지."

＊

지난 보름동안 블라이히뢰더 변경백작이 알려준, 분쟁을 계속하고 있던 귀족들의 다툼은 전부 수습됐다.

블로아 변경백작가 쪽의 귀족이나 그 군대가 나와 카탈리아의 '에어리어 스탠'으로 모두 붙잡혔고, 다투었던 이권이나 영지도 전부 블라이히뢰더 변경백작 쪽에 의해 점령됐기 때문이다.

몸값과 화해금 때문에 울상이겠지만, 먼저 규칙을 어기고 시비를 걸어온 것은 그쪽이니 신경 쓸 필요 없으리라.

"지금 돌아왔습니다."

"보고는 들었어요. 블로아 변경백작을 깜짝 놀라게 해준 모양이군요."

"몸값만으로도 꽤 뜯어낼 겁니다."

"포로를 대량으로 잡았다죠. 사망자가 나오지 않은 점은 다행이군요."

우리의 참전으로 전황은 단숨에 블라이히뢰더 변경백작 쪽으로 기울어지게 된 것이다.

제4화 무의미한 긴 대진과 그 생활

우리의 마법으로 블로아 변경백작가 쪽의 귀족이나 병사를 다수 포획해 이번 분쟁에서 압도적 우위를 결정짓는다.

원정이 끝났기 때문에 바우마이스터 백작가 제후군은 블라이히뢰더 변경백작가의 본진 안에 진지를 만들었다.

군의 총인원이 53명밖에 안 되기 때문에 오래 걸리지는 않았다.

병사들은 블로아 변경백작 제후군과 서로 대치를 계속하고 있지만…… 상대가 움직이지 않으므로 한가했다.

엘리제는 종군 신관으로서 병사를 치료……하나 싶었지만 전투가 없기 때문에 치료 마법을 쓸 정도도 아니고 물이 맞지 않아 배탈이 난 병사를 치료했을 뿐이다.

너무 한가해서 이나 일행과 함께 식사 준비나 빨래를 하고 있다.

군대 또한 사람들이 모인 집단이라 식사도 하고 옷도 갈아입어야 하기 때문에 의외로 바쁜 것이다.

몇 명의 남자 병사도 거들었으며 여기에 원래는 손님인 카를라 씨도 가세했다.

"저는 오랫동안 이런 생활을 해왔기 때문에 오히려 즐겁습니다."

처음에는 블로아 변경백작의 딸이라고 멀리했던 이나와 루이제도 지금은 허물없이 사이좋게 대화를 나누게 됐다.

"벨! 카를라 씨 정말 멋지지! 그야말로 여성의 귀감이야!"

엘은 그런 가정적인 카를라 양에게 점점 열을 올리고 있다.

"우리도 카를라 씨와 마찬가지로 열심히 밥이며 빨래를 하고 있는데…….."

"자자, 지금의 엘에게 그런 말을 해봤자 의미가 없으니까."

나는 그건 지금 콩깍지가 씌었기 때문이라며 루이제를 말렸다. 지금의 엘에게는 루이제가 만드는 진수성찬보다 카를라 양이 만드는 조악한 밥이 압도적으로 맛있을 테니까.

"오늘 스튜는 정말 맛있네! 다른 때와 달라. 틀림없이 카를라 씨가 만든 스튜일 거야!"

엘은 카를라 양이 만든 스튜를 혼자 극찬했다.

내가 봤을 때는 엘리제나 카타리나가 만든 스튜와 비슷한 맛이었지만.

"그보다 상대는 정말로 아무 짓도 안 하네."

이곳 에차고 초원 이외의 전장은 우리의 활약 덕분에 블로아 변경백작 쪽이 단연 불리해졌다. 처음에는 비겁한 불시 기습으로 압도적 우위에 섰지만 홀라당 뒤집혀버린 것이다.

이 전황을 조금이라도 호전시키려고 블로아 변경백작가 쪽도 움직이지 않을까?

"으으음. 처음에는 아무것도 하지 않았는데 이제 와서 말인가요……? 조금이라도 점수를 따려는 의도일까요?"

아침 식사 후 블라이히뢰더 변경백작이 불러서 가보니, 그는 앞쪽에 전개해 있는 블로아 변경백작군을 주시하고 있었다. 뭔가 움직임이 있던 모양이다. 잠시 지켜보자 적 진지에서 수십 명의 기사와 진 차용 용병들이 모습을 보인다.

"나는 블로아 변경백작가에서 모르는 자가 없는 라이히아르트 슈타이나우어다! 블라이히뢰더 변경백작군의 용자에게 일기토를 청한다!"

잇따라 이름을 밝히며 무기를 쳐드는 적군의 젊은 기사나 표창장이 목적인 용병들. 여기에 블라이히뢰더 변경백작이나 그 종자를 모시는 기사, 우리 쪽의 진 차용 용병들이 응전하며 곳곳에서 일기토가 시작됐다.

"겨루기가 시작됐군요."

"겨루기요?"

"원래는 일기토지만 보통은 사망자가 나오지 않도록 하기 위해 겨루기를 하죠."

그래서 모든 무기는 날이 무딘 훈련용이었나.

"옛날의 대참사를 교훈으로 삼아 규칙이 정해진 것입니다."

내 옆에 서 있는 클라우스가 슬그머니 해설을 해주었다.

"아참, 클라우스 씨는 그 싸움에 참전을 했었죠?"

"가까스로 살아남았다는 느낌입니다. 다시는 겪고 싶지 않군요."

블라이히뢰더 변경백작은 클라우스를 알고 있었다. 이미 그 경력도 자세히 조사한 모양이다. 이야기를 나누고 있는 동안 잇따라 겨루기의 승패가 가려진다. 이기고 환호하는 자에 지고 분해하는 자, 패자는 무기를 버리고 승자의 진지로 연행되어 간다.

"진지로 연행해서 어떻게 하는 거지?"

"패자를 고용한 귀족이 승자를 고용한 귀족에게 몸값을 지불합니다. 그리고 승자에게는 표창장과 포상을 건네죠."

이번에도 곧바로 클라우스가 설명을 해주었다.

귀족을 섬기는 기사는 주군에게 상을 받고 높은 평가를 받아 인사고과 자료로 남으며, 용병은 표창장과 상을 받는 것은 물론 잘하면 관직까지 얻을 수 있는 건가.

"분쟁은 그리 많지 않지만 겨루기에서 자기 가신이 크게 패하면 그 귀족의 평가가 떨어집니다. 약한 가신밖에 없는 귀족은 얕보일 테니까요."

그래서 몇 안 되는 외부인을 위한 자리를 이용해 새 가신을 고용하는 건가. 그 자리가 많지 않으니까 용병도 필사적일 수밖에 없는 것이다.

"승부는 6대 4정도로 유리한가?"

그 말을 듣고 보니 블라이히뢰더 변경백작 쪽이 승자가 많은 것 같다.

애당초 블로아 변경백작 쪽이 의도했던, 일기토에서 우위를 점한다는 의도는 달성되지 못한 것 같다.

"나리, 출진 허가를!"

우리는 아무도 안 나가나 했더니 옛 블로아 조의 리더인 토마스가 지원해왔다.

"이길 자신은 있나?"

"맡겨 주십시오. 인연이 있는 상대가 있으니까요."

"벤델린 님, 여기서는 허락을 해주시는 편이……."

클라우스가 일기토에 찬성했기 때문에 뭔가 의도가 있구나 싶어 나는 토마스에게 출진을 허락했다.

"감사합니다!"

토마스는 블라이히뢰더 변경백작에게 빌린 말에 올라타더니 서둘러 한 기사에게로 향한다.

"너는!"

"일기토를 청한다!"

토마스는 자신과 나이 차가 별로 크지 않은 기사와 일기토를 시작했다.

"우세하군. 그렇다 해도……."

토마스에게 일기토 신청을 받은 기사는 크게 동요하고 있던 것 같은데…….

"거의 틀림없겠지만 토마스 님의 형제가 아닐까요."

그렇군. 그렇다면 납득할 수 있다.

가문을 위해 버림을 받은 동생이 형을 일기토로 꺾고 자신의 실력을 과시하는 건가.

두 사람은 한동안 겨뤘지만 밀리던 적 기사가 토마스의 일격을 맞고 말에서 떨어져 포로가 된다.

"토마스는 말도 잘 타는 것 같군."

"재주가 무척 많은 분입니다."

고용한 뒤에 알았지만 토마스는 꽤 쓸모 있는 인재였다.

검이나 창, 활, 말타기는 물론 교양과 계산 등도 어느 정도까지는 능숙하게 해내기 때문이다.

천재는 아니지만 더부살이 하던 시절부터 틈날 때마다 뭔가를 익히려고 노력한 모양이다.

할 수 있는 일이 늘어나면 언젠가 독립해서 가정을 꾸릴 수 있다고 스스로를 격려하고 노력했을 것이다.

새로 편성한 조도 수준급으로 지휘하는 모습이 그야말로 바라고 바라던 인재였다.

"블로아 변경백작가 쪽의 기사를 붙잡아 돌아오는 모양입니다."

"표창장과 상을 내리면 되나?"

"예. 그것이 귀족의 역할입니다."

수많은 승부가 끝나자 블라이히뢰더 변경백작이나 제후군에 참여한 다른 귀족들도 표창장과 포상 준비를 시작한다.

"클라우스, 표창장은 어떻게 쓰는 거지?"

"그건 말입니다……."

오래전에 자신도 표창장을 받았던 클라우스는 그것을 쓰는 법도 숙지하고 있었다.

언제 어디서 누가 누구를 일기토에서 붙잡았는지, 그 공적을 기리며 표창장과 상을 내리는 취지를 적는 거라고 설명해 준다.

"이런 방법으로 사기를 높이는 건가……."

"예. 표창장은 자신의 무공을 증명하는 소중한 물건이니 자리를 얻고자 하는 진 차용 용병이라면 더욱 필요하겠죠."

역시 연륜은 무시할 수 없는 건가, 클라우스는 절묘한 타이밍에 내게 조언을 해준다.

"토마스 님이 돌아온 모양입니다."

붙잡힌 것이 퍽이나 분했는지 여전히 계속 쏘아보는 블로아 변경백작 쪽의 기사를 데리고 토마스가 돌아온다.

"수고했다. 그래서, 이 포로가 된 기사의 이름은 무엇이지?"

"크리스트하르트 레체르트입니다."

레체르트는 토마스가 성을 바꾸기 전에 쓰던 가명(家名)이었을 것이다. 클라우스의 예상대로 그 포로는 토마스의 형이었다.

"오신지도 얼마 되지 않았는데 토이파 님의 무공은 참으로 대단합니다."

클라우스가 말하는 토이파는 토마스가 새롭게 얻은 가명이다.

어차피 일회용으로 버려진 직후 레체르트가에 토마스라는 이름의 남자는 없는 것이나 마찬가지가 되었기 때문에 클라우스가 정성껏 가명을 생각해 주었다고 한다.

"토이파라고? 너는 내 동생이다!"

아무래도 포로로 잡혀 흥분했는지 이 크리스트하르트라는 남자는 바보 같은 말을 내뱉었다.

"크리스트하르트라고 했나. 토마스 토이파는 내 가신인데, 그대의 동생이라는 말인가?"

"당연하지! 토마스는!"

그는 마침내 자신의 실언을 깨달은 모양이다!

레체르트가는 토마스를 바우마이스터 기사작령에서의 반란에 참가시키기 위해 그 존재를 없애 버렸는데, 그런 남자를 동생이라고 떠벌린 것이니까.

"정말로 토마스가 그대의 동생이오?"

"아니…… 닮았을 뿐이라고 생각한다."

"닮았다?"

존재하지도 않는 사람을 닮았다는 것도 이상한 이야기다.

아무래도 동생에게 일기토에서 패하여 붙잡힌 탓에 크게 동요하고 있는 모양이다.

"아니, 그런 남자는 본 적도 없다!"

"그렇군요……."

크리스트하르트의 말에 토마스는 이제 자신이 레체르트가로 돌아갈 수 없음을 깨달은 모양이다. 조금은 쓸쓸한 표정을 지었다.

"나리, 토이파 님에게 포상금과 표창장을."

"아, 그랬지."

나는 클라우스의 조언대로 급히 펜으로 적은 표창장을 건네고, 마법 자루에서 예전에 엘이 알려주어 구입해둔 강철검을 하사한다.

매우 고가의 물건으로, 기사들은 보통 이 정도의 검에 가문(家紋)을 새기고 항상 차고 다닌다고 한다.

"앞으로도 토마스의 활약을 기대하겠다."

"감사합니다!!"

"그 다음은……(클라우스, 시세를 모르겠어.)"

"(금화 두세 닢입니다.)

포상금으로 금화도 건네야 하지만 그 시세를 잘 모르기 때문에 슬며시 클라우스에게 물어본다.

몰랐다면 블라이히뢰더 변경백작에게 묻고 체면을 좀 구기면 되겠다고 생각했지만, 역시 녀석은 알고 있었던 것 같다.

"(용케도 알고 있군.)"

"(연륜이라는 것이죠.)"

시세를 알았기 때문에 여기서는 토마스의 충성심을 높여 두고자 금화 다섯 닢을 슬쩍 자루에 넣어 건넸다. 모 전국 시뮬레이션 게임에 나오는 가신에게 포상금을 주어 충성심을 높이는 구도이다.

하지만 포상금은 평균적으로 봐도 일본 돈으로 2백에서 3백만 엔 정도다.

분쟁이 그리 자주 있는 것이 아니기 때문에 그때는 귀족도 모아둔 돈에서 척척 포상금을 낼 것이다.

주변의 시선도 있기 때문에 인색하게 굴지도 못하니, 귀족이란 돈이 드는 생물인 셈이다.

"앞으로도 바우마이스터 백작가를 위해 분골쇄신하겠습니다."

포상금과 표창장을 받아든 토마스는 껑충껑충 뛰기라도 할 것처럼 기뻐하면서 동료들 곁으로 돌아간다.

"이런 장면을 보면 바우마이스터 백작도 귀족이 다되었군요."

블라이히뢰더 변경백작은 그런 내 모습을 보고 혼자 감개무량한 것 같다.

"그나저나 엘빈도 겨루기를 하나요?"

"네?"

"엘빈이 저기 있는데요."

물론 그런 허가는 내린 적이 없지만, 내 시선 끝에서는 엘이 블로아 변경백작가 쪽의 기사와 일기토를 펼치는 광경이 보였다.

"저 바보……."

"엘빈도 젊으니까 공을 세우고 싶었겠죠."

블라이히뢰더 변경백작의 말이 맞지만 엘이 붙잡히면 되찾기가 성가실 테니까 일기토에는 나가지 않기를 바랐다.

"우세한 것 같군요."

엘의 상대는 생각보다 강하지 않았던 모양이다. 십 분쯤 검을 겨루더니 엘에 의해 말에서 떨어져 붙잡혔다.

"나리, 적의 기사를 붙잡아 왔습니다."

다른 귀족도 있기 때문에 엘은 나를 나리라고 부르면서 의기양양한 얼굴로 돌아왔다.

붙잡은 기사도 젊은 애송이에게 졌다고 진심으로 분해하는 표정을 지었다.

"이 바보야! 누가 너더러 일기토에 나가래!"

"그렇지만 나도 공을 세우고 싶은걸!"

공은 공이므로 표창장과 포상금을 내렸지만 먼저 꿀밤부터 날리는 걸 잊지 않았다.

어째서냐고?

엘은 공을 세우고 싶기도 했겠지만, 그 이상으로 카를라 양에게 멋진 모습을 보여주고 싶었던 것이다.

"카를라 씨! 저도 이겼어요!"

***

"오—호호호호! 제가 바로 서부 제일이라 일컬어지는 마법사 카타리나 린다 폰 바이겔 명예 준남작이랍니다. 당신들 블로아 변경백작가의 마법사에게 마법으로 승부할 것을 청합니다!"

다음 날이 되자 이번에는 카타리나가 적 진지에서 날카로운 소리로 외쳤다.

"벨, 카타리나는 이런 모습이 참 잘 어울리네……."

"확실히……."

그런 캐릭터라고 나는 이나에게 설명한다.

그래서 그녀가 뭘 하고 있느냐 하면 어제 열린 일기토의 마법사 버전인 셈이다.

귀족은 거물일수록 여러 명의 마법사를 거느리고 있다.

보통 마법사는 쓸데없는 승부를 하지 않지만 분쟁은 전쟁이나 마찬가지다. 마법사끼리 겨뤄 그 실력을 주위에 널리 알리는 것이다.

"카타리나 씨는 기뻐 보이는군요."

"이름을 높일 기회니까요."

바이겔가의 부흥을 이뤄냈지만 그녀는 당연히 더 큰 약진도 생각하고 있으리라.

스스로 마법 일기토에 참가하여 무공을 올리려 했다. 이런 규모의 분쟁은 좀처럼 없기 때문에 그런 자리에서 무공을 높이는 일은 그 귀족의 명예로 이어진다.

일기토에 여자가 참전하는 것은 금기라서 루이제나 빌마는 재미없다고 한숨을 내쉬었지만 마법사만은 예외였다.

숫자가 매우 적기 때문에 가끔은 여성 마법사 간의 솜씨 대결도 열린다고 한다.

"카타리나 씨가 괜찮을까요?"

엘리제가 내게 마테차를 따라주면서 묻는다.

카타리나가 자기소개를 하는 와중에 우리는 블라이히뢰더 변경백작이나 블랜타크 씨와 함께 차를 즐기고 있었다.

아마도 참전하고 있는 다른 귀족들도 마찬가지일 것이다.

전쟁터에서 부주의한 것 같지만 귀족이란 그런 곳에서도 우아하게 행동하며 상대에게 심리적 부담을 주는 존재인 모양이다. 게다가 우리의 경우는 전황이 압도적으로 유리해져서 여유가 생겼기 때문이기도 하다.

"괜찮을 거야. 카타리나 아가씨에게 이길 수 있는 마법사는 좀처럼 없을 테니까."

역시 이 시간부터 술을 마실 수는 없어서 따분한 듯이 마테차를 마시던 블랜타크 씨가 내 대신 엘리제의 질문에 대답했다.

"승부란 무슨 일이 일어날지 모릅니다."

엘리제는 워낙 자상하니까 카타리나를 걱정하고 있는 것이겠지.

"괜찮아. 이런 승부에서는 치명적인 기술은 쓰지 못하니까."

블랜타크 씨도 그저 한가하게 앉아만 있는 건 아니라서 남는 시간에 블로아 변경백작가가 거느리고 있는 마법사에 대해 조사를 해두었다. 그는 블라이히뢰더 변경백작의 수석 마법사이므로 승부에 대비하여 이미 부하들이나 카타리나에게 설명을 한 것이다.

"블로아 변경백작가의 마법사는 중급뿐이며 임시로 대단한 실력자를 고용했다는 정보도 없어. 꽤나 큰 실수를 저지르지 않는 한 카타리나 아가씨가 질 일은 없어."

"마력량이 낮은 마법사가 마력량이 높은 마법사를 꺾으려면 기습이나 상대의 약점에 대한 효과적인 공략, 알려지지 않은 치명적인 기술 쓰기, 이 정도가 아니면 어려워."

"오오, 빌마 아가씨도 잘 아는군. 그러니까 안심해. 엘리제 아가씨."

"엘리제 님, 마법사끼리 일기토를 벌일 때는 이런 수를 쓰기 어려우니 안심하십시오."

완전히 내 조언자 역할로 자리를 잡은 클라우스도 엘리제에게 걱정하지 말라고 한다.

"서로 이름을 밝힌 뒤에 대결을 펼치기 때문에 기습이라도 하지 않으면 그리 쉽게 카타리나를 이기지 못할 거야."

"벤델린 님이 그렇게 말씀하신다면⋯⋯."

엘리제는 마침내 안심했다.

"그 승부를 받아들이겠다! 블로아 변경백작가의 수석 마법사 '돌풍' 비엔코 로우켈이다!"

"카타리나의 제안에 블로아 변경백작가 쪽에서 한 마법사가 이름을 대며 나온다.

나이는 마흔 살쯤 됐을까?

흔한 로브 차림의 중년 남성이 지팡이를 들고 카타리나와 대치한다.

"어라?"

"왜 그래? 백작님."

"저 사람 그리 대단해 보이지 않는데……."

이렇게 말하면 실례일지 모르지만 같은 수석 마법사인 블랜타크 씨와 비교하면 실력이 무척 떨어져 보였다.

"그 부분은 숫자로 메우고 있으니까."

최근 한동안 동부에 유력한 마법사가 나오지 않아서 블로아 변경백작가에서는 상급 마력을 가진 마법사의 고용에 실패했다. 그래서 중급을 몇 명 고용해 그들 중 나이가 많거나 통솔력이 뛰어난 사람을 잠정적으로 수석으로 임명하고 있다고 한다.

"블랜타크 님처럼 압도적인 실력으로 수석이 된 것이 아니군요."

"그렇지."

엘리제가 블랜타크 씨에게 차를 따라주면서 질문했고 그는 차를 마시면서 그에 대답한다.

한 풀 기세가 꺾인 양군의 대치는 기본적으로 따분함과의 싸움이다보니, 일기토는 우리만이 아니라 병사들도 이걸 오락으로 받아들여 즐거운 얼굴로 구경하고 있었다.

"저 블로아 변경백작가 쪽의 마법사는 카타리나를 이기기 어렵지 않을까?"

"못 이겨."

"그럼 왜 나오는 거야?"

엘로서는 이기지도 못할 승부에 수석 마법사가 왜 나서는지 잘 이해가 되지 않는 모양이다.

하지만 귀족 입장에서는 나가는 것이 당연하리라. 승패를 떠나 상대의 도전에 응하지 않는 것은 블로아 변경백작가 쪽이 지는 것보다 더 큰 망신이니까.

"자, 정정당당히 승부를 겨루자!"

서로 이름을 밝힌 후 카타리나와 '돌풍'의 대결이 시작된다.

일단은 '돌풍'이 먼저 양 팔에서 두 개의 '회오리'를 만들어 카타리나에게 내쏜다.

양손으로 동시에 두 개의 바람 마법을 만들어내는 걸 보면 역시 숙련된 마법사라고 나는 생각했다.

"하지만…… 카타리나를 상대로 저 정도 마법으로는……."

카타리나는 곧바로 자기 주변에 '회오리'를 전개시켜 '돌풍'이 내쏜 회오리를 상쇄시킨다.

"아직이다!"

계속해서 '돌풍'이 양팔로 회오리 마법을 계속 내쏘지만, 그것들은 모두 카타리나가 주변에 전개해 둔 회오리에 의해 튕겨 나간다.

"이런 승부에서는 마법의 위력과 마력의 양만이 승부를 결정짓는다."

"오로지 그것뿐인가요?"

"그래, 다른 요소는 필요 없어!"

결국 '회오리'를 연발하다 마력이 떨어진 '돌풍'이 항복하며 이번 대결은 막을 내린다. 그는 카타리나에게 지팡이를 건네며 항복했다.

"나는 블로아 변경백작가 전속 마법사 '불 채찍' 로이 자르니아다! 정정당당히 승부를 겨루자!"

계속해서 카타리나는 '불 채찍'이라는 서른 살쯤 된 중급 레벨의 마법사와 싸움을 시작했다.

그는 양손으로 '불 채찍'을 만들더니 그것을 번갈아 휘두르며 카타리나를 공격하기 시작했다.

정면에서 날린 일격을 카타리나가 막자 동시에 바로 뒤에서도 공격이 날아온다.

이번에는 사각에서의 공격을 막자 다시 직후에 같은 장소에 '불 채찍'이 날아왔다.

'불 채찍'은 이 마법을 훌륭하게 연구, 훈련하여 자기 것으로 삼은 것 같다.

"다만······."

"어어! 대단하네요!"

"그래서 이런 조건의 싸움이라면 '불 채찍'에게 승산이 없지."

블랜타크 씨의 예상대로 '불 채찍'에 의한 교묘한 연속 페인트 공격은 모두 카타리나가 전개한 '수벽'에 의해 차단당했다.

어디서 공격해도 '수벽'을 뚫지 못하고 허무하게 치이익 하는 증발음과 수증기를 내뿜을 뿐이다.

"'불 채찍'의 불 계통 마법은 오랜 세월 수련을 쌓아서 익힌 가장 뛰어난 계통의 마법이다. 반대로 카타리나 아가씨에게 물 계통은 서툰 축에 속하지."

그런데도 그 위력만 놓고 보면 카타리나의 물 계통 마법이 더세다.

이것이 상급 레벨과 중급 레벨의 차이, 절대로 넘을 수 없는 벽이라고 한다.

"실력은 좀 전의 '돌풍'과 크게 다르지 않아. 블로아 변경백작가가 중급 여러 명으로 전속 마법사를 유지하고 있다는 증거지."

몇 분 뒤 '불 채찍'은 카타리나가 역습을 펼쳐 전개한 '수벽'에 둘러싸인 채 지팡이를 버리고 항복했다. 이로써 카타리나는 연승을 거뒀다.

"제 실력을 보셨나요?"

카타리나는 블로아 변경백작가 전속 마법사 두 사람을 포로로 붙잡아 의기양양한 표정으로 돌아온다.

그녀가 싸웠던 곳에서 이번에는 다른 마법사들이 대결을 시작했다.

블로아 변경백작가나 블라이히뢰더 변경백작가 모두 아직 여러 명의 전속 마법사가 남아 있었기 때문이다.

이기면 명예와 포상금을 얻을 수 있기 때문에 이 때다 싶어 승부에 나서는 마법사들이 많았다.

"이변은 전혀 없었네."

"루이제 씨, 이변은 지켜보는 사람은 즐거울지도 모르지만 제 입장에서는 견디기 어려운 일인걸요."

"뭐라고 할까 전혀 위험하지 않았어."

"이런 승부니까요."

돌아온 카타리나에게 루이제가 차를 건네면서 말을 건다.

"실전에서는 상급이라도 기습이나 약점을 공격당하면 질 수도 있지만요…….."

이런 형식의 승부라면 정면으로 서서 신호와 함께 싸우기 때문에 마력이 강한 자가 이기는 게 당연하다.

카타리나의 승리는 오히려 필연이라고 할 수 있었다.

"허를 찌르는 건 좋은 수지."

"실전에서는 그렇겠지만 이건 명예를 건 일기토예요, 이나 씨."

이런 식의 일기토에서 기습 공격 같은 짓을 했다가는 그자는 비겁자로 전락하고 만다. 그럴 바에는 차라리 수락하지 않는 편이 낫다고 카타리나는 이나에게 설명해주었다.

"그런데 블랜타크 씨나 벨은 안 가?"

"나는 패스."

블랜타크 씨는 블라이히뢰더 변경백작가가 거느린 수석 마법사다.

현 상황에서 블로아 변경백작가가 그에게 이길 만한 마법사를 거느리고 있지 않은 이상, 아랫사람들에게 승부를 할 권리를 양보해줄 필요가 있다고 한다.

"애당초 내가 이런 승부에서 이긴다고 새삼 뭘 얻겠냐?"

공적이나 명예 같은 것은 이미 충분히 얻은 블랜타크 씨다.

일부러 중급 이하의 마법사와 싸울 이유는 없거니와 괜히 아랫사람들의 기회를 빼앗는다고 미움만 살뿐이리라.

"벨도 마찬가지인가."

공적은 이미 차고도 넘치며 이번 싸움에서도 40곳이 넘는 블로아 변경백작가 쪽 가문의 귀족과 주요 가신, 병사들을 붙잡았다.

블라이히뢰더 변경백작으로부터 '이제 쉬어도 좋아요'라는 말을 들을 정도니까.

"도사는?"

"올 리가 없잖아."

남부와 동부의 귀족들 간의 다툼에 왕궁 수석 마도사가 나서면 일이 성가셔질 테니까. 그렇다 해도 엘의 의문은 쉽게 이해가 간다.

그 사람이라면 '재미있을 것 같다'는 이유로 승부에 참전할 가능성도 부정할 수 없으니까.

"게다가 블로아 변경백작가 쪽이 울상이 될걸."

도사가 오면 당연히 지기인 이쪽 편에 설 테니까 전력비가 절망적으로 벌어져 그건 그것대로 큰일일 것이다.

"저기, 벤델린 씨, 제 포상금은요?"

"없어."

"어째서죠?"

"카타리나도 귀족이잖아!"

지금 카타리나의 신분은 블라이히뢰더 변경백작가의 요청에 의해 참전한 바우마이스터백작가의 친족이자 종자인 바이겔 준남작가의 여당주이다. 다만, 군사를 보낼 수 없기 때문에 대신 자신의 마법사 능력으로 협조하고 있다.

"카타리나가 붙잡은 귀족이나 병사, 마법사를 비롯한 모든 사람들의 몸값은 그대로 수익이 될 테니까. 내가 포상금을 주면 우스워지잖아."

"듣고 보니 그렇네요……."

잠정적이긴 해도 귀족가의 당주가 됐는데도 아직 카타리나에게는 그러한 자각이 별로 없어 보인다.

"당주가 직접 공을 세웠으니까 포상금보다 소득이 크잖아. 교섭도 대관인 하인츠의 아들에게 맡기면 되고!"

"그랬군요! 잠시 깜빡했어요!"

바이겔 준남작령의 개발에 돌릴 수 있는 돈이 늘어난다는 걸 알고 카타리나는 기분이 좋아져 차를 마시기 시작한다.

"아아—, 진력이 나는군."

우리보다 먼저 참전한 블랜타크 씨는 이제 이 분쟁이 따분한 모양이다.

"싸우는 건 부하에게 양보해야 하고 마법 자루로 보급은 해야 하고. 정말 따분해 죽겠군."

카타리나의 참전으로 이쪽은 마법사에 의한 일기토에서도 우위에 섰다.

하지만 그 패배 때문에 블로아 변경백작군은 다시 진지에 계속 틀어박혔고 분쟁은 더 장기화되어 버린 것이다.

***

"안 좋은 상황이군요……."

"네에……."

바우마이스터 백작가가 분쟁에 참가한 이후로는 우리 편이 단연 유리해졌다.

이대로 재정으로 가져가면 우리의 압도적 승리로 끝나겠지만 블로아 변경백작가 쪽은 거북처럼 목을 쏙 집어넣고 나오질 않는다.

종자들의 싸움과 기사와 마법사에 의한 일기토까지 몽땅 패해 버려서 어떻게도 할 수가 없는 걸까?

"너무 몰아세웠나?"

"멀쩡한 상대라면 몰라도 지금의 블로아 변경백작을 상대로 그런 배려는 소용없어요. 몰아붙여 재정으로 몰고 가는 수밖에 없겠죠."

내 의문에 대답하듯이 블라이히뢰더 변경백작이 자기 의견을 말한다.

다른 귀족들도 같은 의견인 것 같다.

"더 몰아붙여 엉덩이에 불을 붙일 수밖에 없습니다."

바우마이스터 백작가 제후군 본진으로 돌아와서 의논하자 클라우스도 비슷한 의견을 말했다.

"더 몰아붙인다고?"

"예. 블로아 변경백작가의 차기 당주라고 주장하는 분들을 끌어낼 때까지는요."

나는 카를라 양에게 정보를 알려달라고 했지만, 확실히 블로아 변경백작가 제후군은 여러모로 이상하다.

"저 제후군을 지휘하고 있는 건 우리의 종사장이니까요."

제후군은 별동대가 아닌 이상 당주나 후계자가 지휘하는 것이 상식이다. 그런데 지금은 블로아 변경백작의 종사장이 지휘를 하고 있다고 한다.

"아버지는 병상에 누워 계세요. 만일 이곳에서 제후군을 지휘하고 있는 동안 아버지가 세상을 떠나면 남아 있던 쪽이 상속에 유리할 테니까요."

최악의 경우 유언을 위조할지도 모르니까 차기 당주 자리를 놓고 다투고 있는 카를라 양의 오빠들은 블로아 변경백작의 곁을 떠나고 싶지 않은 건가.

"군대의 지휘는 고드윈에게 맡기면 별 문제 없을 테니까요."

블로아 변경백작의 종사장은 고드윈이라고 한다. 대군의 지휘에 익숙하며 재산도 많아서 별 볼 일 없는 하급 귀족보다도 큰 힘을 갖고 있다……내 본가의 종사장과는 하늘과 땅 차이군.

"그 고드윈의 딸이 필립 오라버니의 본처니까요."

차기 블로어 변경백작의 자리를 놓고 싸우고 있는 것은 장남 필립과 차남 크리스토프. 필립은 모친의 신분이 낮으며 아내도 중신(重臣)이라고 하지만 배신의 딸이다. 반면에 차남인 크리스토프는 모친과 아내 모두 귀족의 딸이었다. 나이도 한 살 밖에 차이가 나지 않는 탓에 후계자 다툼이 더 꼬여 있는 셈이다.

"제후군을 이끄는 고드윈은 필립 오라버니의 지지자이며 제후군 간부나 보급 등을 담당하고 있는 군정관은 크리스트프 오라버니의 지지자입니다. 두 사람이 없어도 제후군은 지휘할 수 있는 셈이죠."

그 대신에 여러 가지 문제가 발생하고 있는 것 같지만……

"군인 기질의 장남과 문관 기질의 차남의 싸움인가."

소설 같은 데 흔히 나오는 진부한 이야기다.

"벨, 어떻게 할 거야?"

"클라우스 말대로 엉덩이에 불을 붙일 수밖에 없겠지."

"하지만 블로아 변경백작가 쪽은 완전히 물러가 버렸는데."

초반의 우세가 순식간에 열세로 변하고 거기에 지휘관도 없다. 어떻게 해야 좋을지 몰라서 지금은 현상유지를 위해 움직이지 않는 것인가.

"그래도 우리는 움직일 거야."

이렇게 해서 우리는 더욱 적극적인 행동을 개시했다.

"빌마, 쓸 수 있어?"

"걱정하지 마. 자신 있어."

"확실히 달필이네. 나랑은 전혀 다르구나."

의외라고 하면 실례일지도 모르지만 사실 우리 중에 글씨를 제일 잘 쓰는 사람이 빌마다.

지난 며칠 동안 종군 신관인 엘리제의 호위를 맡으며 너무나 따분했던 탓에 할 일을 주자 기쁜 모양이다.

"진짜. 조금은 의외였어."

루이제가 나와 똑같은 얘기를 한다.

"루이제는 글씨를 못 쓰니까."

"아니야. 내 글씨는 독창적이야."

독창적이라기보다는 판독에 시간이 오래 걸린다고 해야겠지만, 아무튼 루이제의 이 자신감은 어디서 나오는 것일까.

참고로 엘리제는 빌마 만큼은 아니지만 글씨를 잘 썼으며 카타리나와 이나는 평범, 나와 엘은 조금 못 쓰는 편이다.

"이런 분쟁의 시기에는 내가 쓰는 글씨가 암호로서 도움이 될지도 몰라."

"아니, 그런 일은 없을 거야."

적은 물론이고 아군도 읽지 못한다면 그건 암호로써 쓸모가 없다.

"벨은 참 무례하구나. 그래서 이건 뭐야?"

"구인 광고."

그렇다. 나는 빌마에게 구인 광고의 작성을 부탁한 것이다.

"구인 광고?"

"아―, 바우마이스터 백작가의 신규 취업자 모집 게시문……인가?"

대상은 적과 아군들 속에 있는 진 차용 용병들이다.

오랜만에 대귀족 가문 간에 분쟁이 벌어지자 취업 기회다 싶어서 오기는 했는데, 양 진영의 대치가 하염없이 길어지고 있는 탓에 그들은 이만 돌아가고 싶은 마음이 굴뚝 같았다.

식사와 잠자리는 보장받았지만 그들은 일기토 등을 통해 실력을 어필할 수 없다면 이곳에 있는 의미가 없다. 게다가 용병간의 네트워크를 통해 늘 새로운 분쟁 정보가 들어오기 때문에, 다른 곳으로 옮기려는 자가 나오기 시작할 것은 시간문제다.

물론 귀족 측으로서는 곤란한 일이다. 조금이라도 분쟁에 드는 비용을 줄이려면 싼값에 고용할 수 있는 그들을 분쟁이 끝날 때까지 붙잡아 두어야 하는 것이다.

"채용시험으로 그들을 붙잡아두는 거구나."

"블라이히뢰더 변경백작의 허가도 받았으니까."

실은 블라이히뢰더 변경백작이 불러온 진 차용 용병들 사이에도 이탈의 움직임이 있는 탓에 그는 어떻게 대응할지 고심하고 있던 것이다.

머무는 것에 대한 대가로 분쟁 종료 후 정규로 취업시키는 인원수를 늘리거나 보너스를 주면 당연히 경비가 늘어난다.

블라이히뢰더 변경백작에게는 당장의 골칫거리였기 때문에 바우마이스터 백작가 취업자 모집 건은 당장 허락했다.

인원을 붙잡아 둘 수 있을 뿐 아니라 상대 쪽 병력도 줄일 수 있으니까.

대상은 양쪽 진영에 와있는 진 차용 용병들로 채용 기준은 능력과 인격이 일정 이상에 도달한 자.

일단 구인 광고에는 50명 모집이라고 적어 놨지만 채용 기준에 도달하면 전원 채용할 예정이다.

어차피 내게는 사람을 보는 눈이 없으므로 판정은 모리츠와 클라우스에게 맡기기로 했다.

분하지만 사람 보는 눈에서는 노련한 클라우스를 따라갈 수가 없기 때문이다.

"호오, 진 차용 용병 중에서 실력 있는 자를 고용한다고?"

블랜타크 씨가 좋은 생각이라며 감탄했다.

소개장이 없기 때문에 수습 근무 기간을 둬야겠지만 우리의 인재 부족을 조금이나마 해소할 수 있을지도 모른다.

쓸모가 없으면 정식 고용을 하지 않으면 되니까 정규 채용자가 없더라도 우리가 손해 볼 일은 없다.

"고용된 자가 남을 테니까 분쟁인데도 진 차용 용병이 하나도 없다는 사태는 피할 수 있겠군."

진 차용 용병은 분쟁에 참가하는 귀족의 군세를 불리는데 필요한 존재다.

그들을 놓치지 않아도 될 것 같아서 블랜타크 씨도 안도하고 있었다.

"아아, 그렇죠. 어느 쪽 진영이든 채용시험과 면접은 받을 수 있게 할 테니까요."

"진짜냐! 전대미문의 일을 하는구나. 하지만 나쁘지 않은 아이디어인가."

몇 분 후, 빌마가 커다란 천에 쓴 구인 광고가 양군의 사이에 나붙었다.

오라! 취업 희망자들이여!

바우마이스터 백작가에서는 소개장이 없어도 받을 수 있는 임시 채용시험을 실시합니다.

채용 수 : 채용 기준을 충족한 상위 50명.

대우 : 면접 시 설명

직종 : 무관, 문관, 경비대. 성적 우수자는 간부 등용 가능.

비고 : 현재 블로아 변경백작가에 있는 자도 채용시험에 응시할 수 있습니다.

"응시자들이 쇄도하고 있군……. 이런 조건이라면 당연한가."

이번 구인 광고가 나붙은 직후에 양군의 진 차용 용병들이 거의 전부 몰려왔다.

너무 많아서 블라이히뢰더 변경백작이나 다른 귀족들로부터 인원을 빌려 채용 시험과 면접을 실시하고 있다.

장소는 일기토가 열린 양군 사이의 초원으로, 무예 솜씨를 보기도 하고 계산이나 문장 작성 같은 필기시험을 치르기도 했으며 모리츠와 클라우스가 최종 면접을 실시하기도 했다.

이 파격적인 행위를 블로아 변경백작가 측은 넋이 나간 채 지켜보고만 있을 뿐이었다.

적의 진 차용 용병을 채용시험에 불러서는 안 된다는 법도 없으니 불평할 근거가 없었기 때문이다.

"이런 사태는 저쪽도 예상을 못 했겠죠."

갑작스레 시작된 채용시험의 모습을 보면서 블라이히뢰더 변경백작은 웃고 있었다.

"진 차용 용병들도 더 이상 남을 가치가 없다고 이탈을 생각하고 있었을 테니 붙들어 두기에는 최고의 방법이죠?"

진 차용 용병들의 가장 큰 목적은 분쟁에 참가해 돈을 버는 것이 아니라 표창장과 포상금을 받아 경력을 쌓아서 언젠가는 귀족

가문에 취업하는 것이다.

그런데 블라이히뢰더 변경백작 정도의 거물 백작이라도 신규 채용은 그리 흔치가 않다.

기껏해야 이번 분쟁이 끝나고 엄선에 엄선을 거쳐 한두 명. 취업 절벽도 이런 취업 절벽이 없는 것이다.

그런데 느닷없이 바우마이스터 백작가에서 50명이나 채용한다고 하니 응모자가 쇄도하는 게 당연하리라.

"이로서 분쟁이 끝날 때까지 군세의 숫자를 유지할 수 있겠군요."

블라이히뢰더 변경백작은 한 시름 덜었다는 표정이다. 다음 기회를 찾아 떠나려는 진 차용 용병을 붙들려면 임시로 막대한 비용이 들겠지만 우리가 채용해 버리면 돈 한 푼 들이지 않고 군세의 수를 유지할 수 있으니까.

"반대로 블로아 변경백작가 쪽은 진 차용 용병이 줄어드는 걸 막을 수 없겠죠. 이건 타격이 크겠네요."

분쟁은 전쟁이 아니지만 재정에 들어가기 전까지 군의 숫자를 유지하는 편이 당연히 유리하다.

"양군의 진 차용 용병이 동시에 줄어든다면 몰라도 결국 전부 우리 쪽으로 옮겨왔으니까요."

우리는 가신의 숫자가 부족하므로 크게 문제가 있는 인물 만 빼고는 모두 채용해 버렸다. 반년의 수습 기간이 있어서 그동안 어떤 문제가 생기면 제외하면 그만이다.

"마침내 바우마이스터 백작가 제후군이 모양새를 갖추게 됐군."

"역시 50명은 좀 그렇다 싶었거든요. 귀족이란 겉모습에 신경 쓰는 족속이니까요."

임시로 병사를 보냈다 해도 영지를 가진 백작가에서 53명의 제후군은 너무 적다.

현재는 모리츠가 제후군을 재편성하면서 훈련을 계속했고, 지휘관이 부족한 탓에 토마스도 그 보좌역을 맡고 있다.

클라우스는 인원수가 늘어났기 때문에 보급에 대해 헨릭과 교섭을 진행하고 있다. 소비하는 식량이나 비품이 갑자기 열 배 이상 늘었기 때문이다.

"쓸쓸하군요."

블라이히뢰더 변경백작이 진 차용 용병이 한 명도 남지 않은 블로아 변경백작 쪽의 진지를 보며 중얼거렸다.

"쓸쓸한가요?"

"네. 그들의 약점을 간파해 용병을 고용하고 있는 우리가 할 소리는 아니지만 분쟁에서 진 차용 용병은 전장의 꽃이기도 하니까요."

내게는 꽃이라기보다 시끄러운 사람처럼 느껴지지만.

"채용되지 않은 용병은 다음 분쟁지를 향해 떠났습니다."

블라이히뢰더 변경백작 쪽도 진 차용 용병이 하나도 남지 않았지만 단순히 우리의 제후군으로 모였을 뿐이다. 그 때문에 양쪽의 세력은 블라이히뢰더 변경백작 쪽이 완전히 우위에 섰다.

"과연. 블로아 변경백작가 쪽에 대한 도발로는 이 방법이 최고였네요. 이로서 더욱 궁지에 몰린 블로아 변경백작가가 재정을 제안해오면 좋겠군요."

　내가 생각한 도발책에 의해 블로아 변경백작가 쪽은 사기가 떨
어져 더욱 불리해져 버린 것이다.

제5화 이긴 거나 다름없지만 분쟁은 계속된다

"나리, 제가 지휘관을 맡아도 될까요?"

"왜 안 된다고 생각하지? 토마스."

"저는 원래 블로아 변경백작가에 있던 자이니까요."

제후군을 이끌 지휘관이 부족하므로 옛 블로아 백작 조에서 토마스를 비롯해 몇 명을 발탁했지만, 너무나도 있을 수 없는 인사 발령에 토마스는 불안을 느낀 것 같았다.

"우리는 새롭게 많은 인원을 받아들였다. 이제는 너희도 중견이므로 당연히 그에 맞는 책임을 져야지."

"저희가 벌써 중견이라는 말입니까? 진 차용 용병들과 고용된 날짜도 그리 차이가 나지 않는 것 같습니다만……."

"다른 귀족 가문이라면 몰라도 우리는 역사가 길지 않아. 보름 선배면 대충 다른 가문의 몇 년 선배와 비슷하다고 생각해 줘."

"더없는 영광입니다."

현실적으로 아직 수습 기간인 신입을 덜컥 지휘관급으로 발탁할 수는 없는 노릇이니까.

토마스 일행은 클라우스가 목덜미를 꽉 움켜쥐고 있다. 블로아 변경백작에게 돌아갈 수도 없으니 그들은 바우마이스터 백작가에서 열심히 노력하는 게 최선인 것이다. 돌아가 봤자 더부살이보다 못한 대우를 받을 테니 돌아가고 싶은 마음도 없겠지만.

"바우마이스터 백작가에서 1년 넘게 일한 가신은 얼마 되지 않으니까. 참고로 가장 오래된 건······."

"이야~, 카를라 씨가 만든 스튜는 진짜 맛있네요."

그렇다, 나와 엘리제 일행을 지키는 호위부대의 지휘관을 맡고 있는 엘이었다.

처음에는 명목뿐이었지만 준남작 시절부터 따지면 근무 경력이 3년을 넘는다. 루이제, 이나와 함께 가장 오래된 고참인 것이다.

"그 고참께서는 카를라 양이 만든 요리에 푹 빠져 있지만."

"이것저것 의문도 많고, 블로아 변경백작가의 장래가 걱정되는 부분이군요."

분쟁 상대인 블로아 변경백작가의 딸이 우리 진지에서 엘리제 일행과 함께 식사 당번을 하고 있으니까.

"그녀는 비밀 특사로 대접하고 있어."

"아뇨······ 블로아 변경백작가 쪽에 이미 다 드러났습니다······."

카를라 양이 바우마이스터 백작가 제후군에 있다는 건 정찰을 하면 금방 알 수 있다. 쌍안경으로 보면 유치원생도 알아볼 수 있을 것이다. 당연히 블로아 변경백작가 쪽은 당황하고 있으리라. 자신들의 주군의 따님이 적군들 틈에서 요리와 빨래를 하고 있으니까.

"제 발탁도 그런 의미입니까?"

후방교란을 위해 보낸 자가 적군에서 지휘관을 맡고 있는 것이다. 이것 역시도 블로아 변경백작가 측은 당황하고 있을 것이다.

"물론 그것도 있지만 우리는 늘 인원이 부족해. 능력 있는 자는 빨리 출세할 수 있는 구조라고 할 수 있지."

"과연, 납득했습니다. 이 기회를 꼭 잡도록 하겠습니다."

토마스는 마침내 납득을 한 모양이다. 애당초 돌아갈 수도 없었거니와 그는 하급 배신 기사가문 출신이다. 기사작가의 실정은 예전의 우리 본가를 보면 알 수 있지만 귀족이 임명한 배신 기사의 생활은 그보다도 더 못하다. 상당한 거물이 아니면 농사나 수렵 같은 부업을 해야 겨우 입에 풀칠을 할 수 있을 정도니까.

"토마스는 카를라 양을 보고도 긴장하지 않는군."

따지고 보면 주군가의 따님이다. 얼굴을 마주치면 긴장할까 싶었지만 그런 것처럼 보이지는 않았다.

"예전의 제 처지에서는 주군가의 따님과 얼굴을 마주칠 기회가 없었으니까요. 저분이 카를라 님이라고 해도 솔직히 감이 오질 않습니다."

"그렇군."

너무도 까마득한 존재라 의식조차 하지 못한 셈인가.

"그런 카를라 님을 예사롭게 대하는 엘빈은 거물이군요."

아니, 그건 토마스의 큰 착각이다.

저 녀석은 그저 카를라 씨에게 반해 어떻게든 같이 있으려고 할 뿐인 바보니까.

"엘 씨. 스튜 더 드릴까요?"

"물론이죠. 카를라 씨의 스튜는 얼마든지 먹을 수 있습니다."

이쪽은 일 얘기를 하고 있는데 엘은 태평하게 카를라 양이 만든 스튜를 먹고 있었다.

"그나저나 블로아 변경백작은 어쩔 작정일까?"

"뭔가 역전할 책략이라도 있는 게 아닐까요?"

"그렇게 좋은 책략이 있다면 계속 틀어박혀 있을까?"

"하긴, 명백히 우책(愚策)을 생각하고 있을 가능성도 있지만요."

패배가 계속되며 활로가 사라진 듯한 블로아 변경백작군은 여전히 거북목처럼 움츠러들어 있다.

그 모습을 바라보며 차를 마시는 게 대체 몇 번째일까.

"카를라 양, 당신 생각은 어떤가요?"

그녀가 솔직하게 얘기할지는 알 수 없었지만 나는 만일을 위해 물어보기로 했다.

"아마도 눈앞의 블로아 변경백작군은 기능을 완전히 상실했겠죠."

"그렇다면?"

"책임자가 없기 때문에 급속히 악화된 전황에 대응하지 못하고 그저 지키고 있을 뿐이라고 생각합니다."

다음 대 블로아 변경백작의 후보인 두 아들은 상속의 우선권을 거머쥐기 위해 병상의 블로아 변경백작의 곁을 떠나지 않는다. 따라서 군을 지휘하고 있는 종사장 입장에서는 지금과 같은 전황에서 독자적으로 손을 쓰기가 어려운 것이다.

"명령이 오지 않는 건가?"

"제후군을 이끌고 있는 고드윈은 필립 오라버니의 지지자이지만, 제후군 안에는 크리스토프 오라버니의 지지자도 있으니까요."

"서로 견제하며 움직이지 못하는 건가……."

이기고 있거나 팽팽한 상태라면 그래도 괜찮겠지만 지금의 전황에서는 악수가 아닐까. 뭐, 나야 우리 편이 아니니까 상관없지만.

"이대로 가면 확실히 블로아 변경백작가 쪽이 불리한 재정안을 받아들이게 될 겁니다. 어쨌든 바우마이스터 백작님 덕분에 크게 뒤지고 있으니까요."

기다리는 일은 진력이 났지만 이제 승리가 확실한 블라이히뢰더 변경백작은 기쁜 듯했다.

뒤지고 있는 블로아 변경백작가 쪽은 전장에 나오지 않는 후계자 후보들에게 보고하기조차 어려우리라.

아니, 이미 보고가 도착하여 그들도 고심하고 있을까?

"실례합니다!"

그런 생각을 하고 있으려니 그곳에 한 배신이 숨을 헐떡이며 뛰어 들어온다.

"무슨 일인가요?"

"블로아 변경백작가 쪽이 재정 신청을 해왔습니다."

불쑥 사자가 본진을 찾아와 재정을 시작하고 싶다는 취지의 편지를 전하고 갔다고 한다.

실제로 그의 손에는 그 편지가 들려 있었으며, 블라이히뢰더 변경백작은 서둘러 그 편지의 봉투를 열고 내용을 확인했다.

"봉인도 없나요……? 편지의 글귀는 판에 박은 듯한 내용이군요."

귀족이 이런 편지를 보낼 때 밀랍을 녹여 봉인한 후 가문 도장을 찍는 것을 전생에서 본 기억이 있다. 해외 드라마인지 영화인지는 잊었지만.

이 세계에도 비슷한 관습이 있는 모양이지만 이번에는 그게 없다. 블라이히뢰더 변경백작은 고개를 갸웃거리면서 편지를 읽어 내려간다.

"보낸 자의 이름은 종사장 고드윈인가요…… 조금 약하군요."

"안 되나요?"

"안 된다기보다 교섭 상대로서 지위가 낮아요. 최소한 후계자 후보가 나와야……."

마침내 분쟁을 끝낼 재정이 열리게 됐지만 블라이히뢰더 변경백작은 상황을 낙관하는 것 같지 않았다.

"어쨌든 블로아 변경백작가 쪽도 이제 한계겠죠. 저쪽에서 먼저 재정 얘기를 꺼낸 이상 봐줄 생각은 없지만요."

내가 참가하지 않은 기간까지 포함하여 두 달 가까이 이어지고 있는 블라이히뢰더 변경백작과 블로아 변경백작에 의한 분쟁은 다음 단계로 넘어갔다.

모든 전장에서 전부터 갖고 있던 이권과 영지를 전부 잃었고, 많은 귀족과 가신과 병사들이 체포되었으며 본진 간의 전투에서도 전속 마법사가 붙잡혔다.

누가 봐도 블로아 변경백작 쪽이 불리한 것은 명확했다.

이대로 계속 대치한다 한들 블로아 변경백작 쪽이 유리해질 리는 만무하다. 비용 등을 고려하면 더욱 불리해질 뿐이다.

어차피 질 바에는 일찌감치 결판을 내 들어갈 비용을 줄이려는 의도일지도 모른다.

하지만 아직 뭔가 비장의 카드를 갖고 있을 가능성도 있어서 재정에는 나도 참여하게 되었다.

역시 블라이히뢰더 변경백작의 암살을 꾀한다든가 하는 일은 참아줬으면 좋겠다.

"그렇군요. 빌마 씨와 엘리제 씨도 참가를 부탁드립니다."

재정이 열리는 장소는 양쪽의 군사가 서로 노려보는 초원의 중심지대로 결정됐다.

그곳에 급히 대형 텐트를 치고 양쪽 모두 스무 명까지의 수행원이 인정된다.

블라이히뢰더 변경백작은 몇 명의 가신과 블랜타크 씨 그리고 제후군에 참가하고 있는 귀족 몇 명과 그 가신을, 나는 빌마와 엘리제를 데리고 참가하게 됐다.

솔직히 빌마는 이런 류의 교섭에 큰 도움이 안 되겠지만 에드거 군무경의 양녀이고 호위로서는 더할 나위 없기 때문에 뽑힌 것이다. 엘리제도 그 호엔하임 추기경의 손녀이니 당연히 가야 할 것이다. 이 나라는 교회의 영향력이 미치지 않는 곳이 거의 없으니까.

"그렇게 긴장하지 않아도 돼요. 오늘은 얼굴을 대면하는 정도니까."

귀족으로서 처음 교섭에 임한다는 생각에 나답지 않게 긴장을 했던 모양이다. 그걸 본 블라이히뢰더 변경백작이 내게 말을 걸어 긴장을 풀어주었다.

재정은 하루에 끝나지 않는다고 한다.

양쪽이 독자적인 재정안을 주장하며 합의에 이르지 않을 경우에는 양쪽의 조건을 조율한다고 하는데…… 과연, 이래서는 하루이틀에 끝나지 않겠군.

평행선을 달릴 듯한 대략적인 합의가 끝나면 이번에는 담당 가신들이 실무자 협의를 진행하고, 세칙 조율이나 조건 이행을 확인해야 하니 확실히 이건 대장정이 예상된다.

"그렇다 해도 저쪽은 압도적으로 불리하니까요. 지불할 금액을 얼마로 줄이느냐가 목적이겠죠."

무리하게 영토의 소유권을 이쪽이 가져온다 해도 시간이 지나면 도로 아미타불이 되는 경우가 많다고 한다.

예컨대 대가 바뀌면 새 당주가 '예전에 빼앗긴 권리를 되찾겠다!'고 선언하여 온 가문의 지지를 얻어서 또다시 병사를 보낸다는 것이다.

게다가 한쪽이 독점하면 이제 다른 한쪽에 쓸데없는 화근을 남겨 싸움이 커질 가능성도 있다고 한다.

양쪽 모두 그런 점을 잘 이해하고 있으며 결국에는 끝이 없기 때문에, 소유권을 각기 절반 정도로 모호하게 해놓는 편이 좋은 것이다.

"예전 조건으로 되돌리려면 거액의 화해금과 붙잡힌 사람들에 대한 몸값을 지불해야 하죠. 포로로 잡힌 기간이 길면 그 액수는 더 늘어날 테고."

포로는 각각의 신분에 맞게 대우해야 한다. 귀족이나 간부에게는 돈이 들기 때문에 당연히 그 비용은 몸값에 얹혀진다.

"게다가 분쟁의 원인은 저쪽에 있으니까요."

규칙을 어기고 사전 고지도 없이 습격까지 했으니 화해금 액수는 상당한 고액이 될 거라고 블라이히뢰더 변경백작은 설명했다.

"어쨌든 우선은 대면을 해야겠죠."

완성된 대형 텐트에 가까이 가니 블로아 변경백작 쪽의 병사 한 명이 날카로운 소리로 피리를 분다.

그에 호응하듯이 블라이히뢰더 변경백작 쪽에서도 같은 피리 소리가 울려 퍼졌다.

"준비가 완료됐군요. 그럼 갈까요?"

블라이히뢰더 변경백작의 재촉에 총 스무 명의 교섭단이 텐트 앞까지 걸어간다.

도착하자 텐트의 입구가 열린다. 안으로 들어오라는 뜻인 것 같다.

블라이히뢰더 변경백작을 선두로 안에 들어가자 스무 명이 서로 마주보고 앉을 수 있도록 긴 탁자와 의자가 놓여 있었다.

"귀하가 블라이히뢰더 변경백작님이십니까?"

"그래요. 그쪽은 블로아 변경백작이 아닌 것 같은데요."

"총대장 대리인, 종사장 고드윈 클레버입니다."

"대리라구요……?"

블라이히뢰더 변경백작은 종사장인 고드윈과는 교섭이 타결되기 어렵지 않을까 하는 우려를 하는 것 같다.

"권한은 얼마나 위임을 받았나요?"

"교섭 내용은 곧바로 필립 님께 전달할 것입니다."

"그렇군요……또 다른 후계자 후보인 크리스토프 님은?"

"크리스토프 님은 후계자 후보가 아닙니다!"

고드윈은 갑자기 소리를 높였다. 결국 그는 필립의 명령으로 움직이고 있으며 크리스토프 쪽은 전혀 배려하지 않겠다는 뜻이다.

"(블라이히뢰더 변경백작님, 이 교섭에 의미가 있나요?)"

"(없을지도 모르지만 하지 않을 수가 없어요)"

여기서 고드윈과 합의해도 크리스토프나 그의 지지자가 재정안에 반대할 가능성이 있다. 아니, 그럴 가능성이 매우 클 것이다. 그래도 이대로 계속 기다리는 것보다는 낫다는 얘기일까?

"한 가지 얘기해도 될까요?"

"예. 무엇입니까? 바우마이스터 백작님."

"누가 됐든 블로아 변경백작의 아드님은 이 자리에 나오지 않는 겁니까?"

만일을 위해서 물어보기로 한다. 자, 어떤 대답을 해올까?

"필립 님은 바쁘십니다. 그리고 크리스토프 님에게는 그럴 자격이 없습니다."

그도 그렇군. 당신은 필립의 대리인으로서 블라이히뢰더 변경백작과 교섭을 벌이고 있으니까 필립이 바로 다음 대 블로아 변경백작이라고 말하고 싶은 건가. 무척이나 억지스러운 수법이군.

"예를 들자면 영애인 카를라 님을 대리로 삼는 방법은?"

이것도 블로아 변경백작가에 대한 비아냥이다. 그녀가 우리 쪽에 있다는 것은 고드윈도 이미 파악하고 있을 테니까.

"카를라 님은 여성이므로 그럴 권한이 없습니다."

"그런가요? 종사장이 대리인으로 나오는 것보다는 낫지 않을지."

"교섭을 시작하시죠."

보기 좋게 무시당해버렸다. 이쪽 요구를 받아들일 수가 없을 테니 당연한가.

곧바로 교섭이 시작됐지만 예상대로 양쪽의 주장은 크게 차이를 보였다

"그 같은 조건은 받아들일 수 없습니다. 현재 상황을 잘 판단한 후에 안을 내주십시오."

"저는 필립 님께 인정받은 재정안 밖에 승인할 수 없습니다."

여기서 상식에 입각한 재정안을 블로아 변경백작 쪽이 받아들인다면 막대한 몸값과 화해금을 지불해야 하게 된다. 그리고 그런 조건을 받아들인 필립이 블로아 변경백작가에서 어떤 취급을 받을까?

특히 크리스토프를 지지하는 가신들로부터 맹비난을 받을 것이므로 오기로라도 대등한 조건으로 가져가지 않으면 파멸에 이르는 것이다.

그렇다고 해서 교섭 상대가 크리스토프라고 해도 달라질 것은 없다. 크게 불리한 재정안을 받아들이면 이번에는 필립을 지지하

는 가신들로부터 비난을 받을 것이다.

이런 상황에서 교섭이 진전될 리가 없겠지.

"현실을 제대로 파악하고 있는 겁니까?"

"본군은 아직 거의 손실이 없소. 일전을 더 겨룬다 해도 우리는 고집을 꺾지 않을 거요."

정말로 싸울 리는 없겠지만 교섭을 길게 가져가 조금이라도 유리한 조건을 끌어내려는 의도가 뻔히 보였다.

블로아 변경백작가 쪽이 경제적으로 더 궁핍하니까, 어차피 나아가도 지옥, 물러나도 지옥이라면 끈질기게 버텨 화해금을 조금이라도 할인받는 편이 낫다고 여긴 것 같다.

"지금은 유리해도 이쪽이 원군을 보내면 또 불리해질 거요!"

"과연. 또다시 병사를 보내 분쟁 안건을 되찾겠다. 좋아요, 그때는 우리도 추가로 병사를 보낼 겁니다."

원래 공격보다는 수비 쪽이 유리하며 그때는 나와 블랜타크 씨와 카타리나도 다시 출진한다.

'에어리어 스탠'으로 마비시킨 뒤 붙잡아서 몸값을 요구하면 사람을 죽이지 않고 돈까지 벌 수 있는 아주 짭짤한 장사인 셈이다.

블라이히뢰더 변경백작은 그 점을 강조하며 블로아 변경백작 쪽으로부터 양보를 끌어내려고 했다.

"그나저나 바우마이스터 백작의 의견은 어떤가요?"

블라이히뢰더 변경백작이 내게도 의견을 말하도록 얘기를 건네 왔다.

"조건은 먼저 제시한 대로입니다. 그쪽이 받아들이지 않는다면 우리도 싸울 뿐이죠."

이런 자리에서는 약한 모습을 보여선 안 된다. 우리가 압도적으로 유리한 이상 상대에게 양보한다는 건 있을 수 없으니까.

""""…………."""""

내 말에 교섭 자리에 나온 블로아 변경백작의 무관들은 얼굴이 새파래졌다. 또다시 전투가 벌어져 대량으로 포로가 생겼다간 몸값 때문에 파산할 수도 있기 때문이다.

그렇다고 여기서 이판사판이라며 사람을 죽이는 전쟁을 벌였다간 이번에는 왕궁에서 간섭이 들어온다.

지금까지 귀족 간의 분쟁을 그냥 눈감아 준 것은 일부의 폭도를 제외하고 최대한 사망자가 나오지 않도록 통제를 해왔기 때문이다. 일종의 스트레스 해소로 취급하여 묵인해 온 것인데 그것을 어겼다간 최악의 경우 블로아 변경백작가는 멸문을 당할 가능성도 있었다.

"잠시 차라도 마실까요."

블라이히뢰더 변경백작의 제안에 의해 교섭은 일시 휴식을 갖게 되었다.

"그러고 보니 목이 마르군, 엘리제."

"네."

나의 지시로 엘리제와 빌마가 차를 끓여 우리 편 사람들에게 나눠주기 시작한다. 곁들인 과자는 새로 만든 초콜릿 쿠키이다.

이런 자리에서는 상대에게 여유로운 모습을 보이기 위해 일부러 우아하게 차를 마시기도 하고 과자나 혹은 가벼운 식사를 하는 경우도 있다.

하지만 이러한 배려는 어디까지나 우리 편에게만 해당된다. 만일 적군에게 먹고 마시게 했다가 운 나쁘게 급사라도 하는 날에는 독살을 의심받기 때문이다. 이런 자리에서는 자기가 먹을 음료와 음식은 자기들끼리 준비하는 것이 관례였다.

"이 과자 정말 맛있군요."

"이번에 제 단골 상인이 블라이히부르크의 점포에도 공급한다고 합니다."

"그거 부럽군요. 우리 크리거 자작 영내에서도 꼭 판매를 해주시기 바랍니다."

"그럼 시기를 보아 그 상인을 보내겠습니다."

"감사합니다."

"바우마이스터 백작님, 우리 크메슈 남작령도 부탁드립니다."

일부러 태평하게 과자 상담을 벌여 블로아 변경백작가 쪽의 조바심과 분노를 유도하자 마침내 그들도 참지 못한 것 같았다. 서로 처음의 조건을 갖고 돌아가 내일 다시 새로운 재정안을 내놓는다는 결론을 내리고 오늘은 해산하게 되었다.

"내일은 조금 더 합의가 이루어질까요?"

"글쎄요. 잘 모르겠군요. 저쪽에서는 최소한 대등한 판정으로 가져가고 싶을 테니까요."

"그런 조건은 처음부터 무리이지만요……."

"게다가 그는 조건을 인정할 권한이 없으니까 이 자리에서 협

129

상이 타결되는 일은 없겠죠……."

고드윈의 뒤에 있는 필립이 이런 조건을 받아들일 리가 없다.

하지만 거부만 계속해도 분쟁은 끝나지 않으며 괜히 쓸데없이 블로아 변경백작의 재정만 타격을 받을 뿐이다.

여전히 나아가도 지옥, 물러나도 지옥인 셈이다. 안 그래도 미개척지 개발 이권에서 밀려나 있는 판국인데…….

"애당초 만에 하나 필립이 재정안을 받아들인다 해도 크리스토프 쪽이 일축할 가능성이 높겠군요."

"그렇죠. 그래도 우리는 교섭을 계속할 수밖에 없어요."

첫째 날의 교섭은 단순한 대면이었다. 하지만 이틀째가 되자 양상이 돌변했다.

"교섭의 공평성을 유지하기 위하여 왕도에서 멀러 외무위원이 오셨습니다."

갑자기 블로아 변경백작 쪽이 왕도에서 왔다는 법무 귀족을 데려온 것이다.

50대 초반 정도의 배가 불룩하게 나온 그 남자는 왠지 부정부패와 매우 친숙해 보였다.

애당초 공평성을 유지한다고 해놓고 이쪽에 아무런 통지도 없이 불쑥 데려온다는 게 너무 수상하다. 역시나 멀러 외무위원은 교섭이 시작되자 일방적으로 블로아 변경백작 쪽의 편을 들기 시작한 것이다.

"왕궁은 더 이상의 동부와 남부의 소란을 바라지 않습니다. 여기서 똥고집을 피워봤자 소용없으니 분쟁 전의 상태로 되돌리고 붙잡혀 있는 귀족들의 몸값을 시세대로 지불하는 선에서 마무리합시다."

어제 블로아 변경백작 쪽이 내놓은 조건을 멀러 위원이 마치 앵무새처럼 읊기 시작한 것이다. 그것도 친절하게 더 이상 분쟁이 지속되는 건 왕궁도 바라지 않는다는 대의명분까지 덧붙여서 말이다.

당연히 말도 안 되는 소리다.

블라이히뢰더 변경백작은 어제와 마찬가지로 블로아 변경백작가 쪽의 잘못을 지적하고 어제와 똑같은 조건을 얘기한 뒤 자리에서 일어섰다.

"그 멀러 외무위원은 누구죠?"

"외무경을 맡고 있는 슈틸리케 후작의 종자입니다."

그러고 보니 왕도에서 머물 때 그 이름 정도는 들어본 적이 있다.

다만 헬무트 왕국에서 외무경의 영향력은 크지 않다. 그 이유는 유일한 외국인 어쿼트 신성제국과의 교섭밖에 할 일이 없기 때문이다. 당연히 그 조직은 작으며 외무경에 속하는 귀족의 숫자도 많지 않다. 만일 좀 더 많은 외국이 존재했다면 외무경 관료도 각광을 받았겠지만.

게다가 200년 넘게 전쟁이 없기 때문에 그 업무라고는 정기적으로 제국에 가는 친선단의 편성과 제국 수도에 있는 대사관에서 정보를 수집하는 정도다.

게다가 친선단의 편성과 가이드는 교역을 담당하는 상무성이

나 공무성의 관할과 겹쳐 있으며 정보 수집 또한 대사관에 왕국군의 주재무관이 파견되어 있기 때문에 이 역시도 업무를 절반가량 빼앗기고 있다.

그럼 '이런 귀족들 간의 재정은?' 하고 묻는다면 이 또한 같은 나라의 귀족 간의 분쟁이므로 내무경 관할로 되어 있어서 '전 각료 중에서 가장 존재감이 없는' '몸의 장기에 비유하면 맹장'이라는 평가를 받을 정도였다.

"외무위원이라 해도 특별히 하는 일은 없습니다. 그저 귀족에게 나눠주기 위해 존재하는 자리일 뿐이니까요."

그런 명예직이기 때문에 어느 누구도 그의 동향에 신경 쓰지 않는다.

만약 재정에서 큰 영향력을 휘두를 수 있다면 사전에 루크너 재무경 등이 주의를 주었을 것이다.

"블라이히뢰더 변경백작님은 그 사람을 아십니까?"

"예."

법의자작이며 능력 면에서는 평범. 다만 블로아 변경백작의 여동생을 아내로 삼은 인연으로 외무위원에 취임한 인물인 모양이다.

"명백히 블로아 변경백작 쪽 사람이군요."

"뭐, 아무런 도움도 되지 못하겠지만요."

멀러 외무위원은 왕궁의 명령으로 이번 교섭에 참여한 것이 아니기 때문이다.

게다가 교섭 자리에서 이쪽을 위협하듯이 왕궁의 이름을 들먹였으니 찍어 누르는 건 쉬운 일이었다.

"상황이 그러하니……슈틸리케 외무경께서 블로아 변경백작가의 편을 들었다고 인식해도 되겠죠?"

"그것은 큰 오해입니다. 항시 왕궁에 대기할 의무가 있는 외무위원이 멋대로 분쟁의 재정에 뛰어든 것도 모자라 왕궁의 이름을 들먹이며 한쪽 편을 든다는 건 절대로 있어서는 안 되는 일이니까요."

모든 각료가 마도 휴대통신기를 갖고 있기 때문에 나는 언제든지 슈틸리케 외무경과 통화를 할 수 있다.

그러고 보니 그와는 처음 대화를 나눴지만 이쪽의 호소를 받아들이는 도량은 있는 모양이다. 그는 멀러 자작의 행동은 독자적인 것이라고 단언했다.

"사적으로 얼굴을 내민 자가 공적인 직책을 입에 올리는 것은……아니, 그 이전에 관직을 가진 자라면 오해를 부를 수 있으므로 얼굴을 내밀어서는 안 됩니다. 그는 위원 자리에 어울리지 않는군요."

"그 판단은 외무경 각하의 재량에 속하는 것이니 저로서는 참견할 수 없습니다. 다만 멀러 자작의 행동은 상식을 벗어나 있다고 생각합니다."

"충분히 해임 사유가 됩니다. 녀석이 하는 말은 무시하셔도 좋습니다."

사적인 이유로 공직을 입에 담고 왕궁의 이름도 들먹였으며 다른 부서의 직권에까지 손을 댔다. 게다가 귀족가 간의 분쟁에서 일방적으로 인척 관계에 있는 한쪽 편을 든 것이다. 그것이 얼마나 위험한지를 생각하면 그의 해임은 당연하다고 할 수 있다. 불쌍하게도 이제 그는 더 이상 외무위원이 아니다.

아무래도 멀러 자작은 슈틸리케 외무경에게 특별히 아까운 인재도 아니었던 모양이다. 이제 조금 후면 그도 본인의 해임 사실을 알게 되겠지만.

"그렇게 해서 슈틸리케 외무경에게 신세를 졌으니까 초콜릿이나 과일 등을 적당히 챙겨 보내라고 알테리오 씨에게 전해줘."

"알겠습니다."

슈틸리케 외무경과의 통화를 마친 후 곧바로 로델리히에게 통신을 보내 그에게 답례를 보내라고 부탁했다.

뇌물은 아니지만 신세를 졌기 때문에 최소한의 답례는 할 필요가 있는 것이다. 한 번 더 얘기하지만 이것은 결코 뇌물이 아니다.

"훌륭한 인맥이군요."

"하지만 그 자작이 일자리를 잃었어도 그게 재정의 진전으로 이어진다는 보장도 없죠."

블로아 변경백작의 비장의 카드였던 멀러 자작은 사흘도 못 되어 자취를 감춰버렸다. 아무래도 외무위원직에서 잘려 재정 자리에 얼굴을 내밀 형편이 아닌 모양이다.

그걸 어떻게 알았느냐 하면 어제 왕궁에서 재정의 중재를 맡을 특사를 보낸다고 연락이 왔기 때문이다.

특사는 베커 내무경 밑에서 귀족적의 관리를 맡고 있는 크납슈타인 자작.

나이는 30세 정도로 짧은 머리를 정확히 가운데서 양 가르마를 탄 모습이 성실한 관리 같은 인물이다.

어찌된 일인지 관직을 세습하는 귀족은 대대로 비슷한 분위기나 용모를 가진 사람이 많다. 군인 가문인 암스트롱 백작가 사람들이 그 전형적인 사례이리라.

"특사인 마튜 오스카 폰 크납슈타인입니다. 혹시 몰라서 미리 말씀드리지만 저는 어느 쪽 편도 들 생각이 없으며 어디까지나 중립적인 입장에서 일을 할 겁니다."

제일 처음 인사 한마디를 하더니 이제는 조용히 듣는 역할에 집중한다.

그는 이곳에 오기 전에 이번 분쟁의 경위와 지금의 상황을 조사했다고 한다. 그리고 그 정보와 과거의 재정안을 참고로 자기 나름대로의 재정안을 갖고 있는 것 같다.

하지만 그것을 입에 담는 건 쌍방의 교섭이 좀처럼 타결되지 않을 때뿐인 모양이다.

되도록 당사자끼리 해결하는 게 왕궁에서 재정안을 강요한 형태가 되지 않아 원만히 수습되기 때문이라고 한다.

"그럼 어제에 이어서……."

그렇게 말하는 블라이히뢰더 변경백작의 표정이 밝지가 않다. 왜냐하면 지난 나흘 동안 서로의 조건에 차이가 너무 커서 해결의 실마리조차 잡을 수 없었기 때문이다.

"몸값은 별도 교섭. 분쟁 안건을 분쟁 이전의 상태로 되돌리는 화해금은 백만 센토요."

"같은 말을 몇 번을 하게 만드는 거요? 그 돈으로는 이번 분쟁의 식비조차 되지 않소."

"백 1만 센트."

"지금 장난하는 거요? 나로서는 화해금 없이 이쪽이 확보하고 있는 이권을 전부 인정한다는 조건도 상관없소만."

"장난하지 마시오!"

예상했던 일이지만 양쪽의 주장은 평행선을 달릴 뿐이다.

블로아 변경백작 쪽은 자신들의 자존심을 지키면서 최대한 경제적인 손실을 피하고 싶다는, 정말 파렴치한 생각을 갖고 있다. 반면에 다른 쪽인 블라이히뢰더 변경백작은 그렇게까지 큰 욕심은 없는 모양이다.

일방적인 압승이라고 해도 너무 과도한 액수를 요구하면 상대가 똥고집을 부릴 거라고 생각하는 것 같다.

자기편 귀족들을 봐서 너무 크게 양보할 수는 없지만, 하루빨리 매듭짓고 우리의 개발을 돕는 편이 더 이익이라고 판단하고 있는 것이리라.

"화해금은 5억 센트요. 더는 물러설 수 없소."

이번 분쟁으로 큰 어려움을 겪은 귀족들에게 분쟁 전의 상태로 되돌리는 것을 납득시킨다. 그러기 위해서는 어느 정도의 현금을 건넬 필요가 있지만, 그것을 블라이히뢰더 변경백작이 부담할 이유는 없다.

한마디로 돈을 낼 수 없다면 지금의 상황을 용인하라는 뜻이다.

나름대로의 체면이 있는 블라이히뢰더 변경백작으로서는 이것이 최대한의 양보인 것이다.

"그렇게 큰돈은 낼 수 없소!"

블로아 변경백작 쪽의 책임자인 고드윈은 거친 목소리로 그 제안을 거부했다.

블로아 변경백작가가 아무리 지방의 수장이라 해도 그 화해금을 한꺼번에 낼 수 있는지는 의문이 남는 부분이리라. 이번에는 전쟁비용도 꽤 많이 들었으며 보나 마나 포로로 잡힌 귀족들의 몸값도 부담해야 할 것이다.

게다가 이 돈을 내도 미개척지 개발 이권에는 참여하지 못하니 경제적으로는 더욱 궁핍한 미래가 예상되었다.

"바우마이스터 백작은 어떻게 생각하십니까?"

"예. 서로의 주장에 차이가 너무 크기 때문에 이대로는 며칠이 지나도 해결되지 않을 것 같군요. 그 몸값의 액수도 더 오르겠지만요."

몸값에는 포로의 관리비도 없는 게 상식이라 분쟁이 길어지면 길어질수록 부담이 늘어날 것은 당연했다.

"저는 아직 어려서 화해금의 시세를 잘 모릅니다. 그래서 말이지만, 중립이신 특사님에게 지표가 될 만한 안을 부탁드리면 어떨까요?"

"제가 말입니까?"

"예. 계산은 되어 있으리라 생각합니다만."

"그렇습니다. 만일을 위해 계산은 해두었습니다."

성실한 관료 타입인 크납슈타인 자작은 자기 나름의 재정안을 만들어 두었다. 따라서 그걸 공개하게 만들어 블로아 변경백작

쪽에게 현실을 깨우쳐 주는 길밖에 없다.

"다만 이런 왕궁 쪽의 재정안은 거의 채택된 경우가 없습니다."

"상관없습니다. 채택이 되지 않아도 지표가 될 수는 있으니까요."

"……만일을 위해 듣도록 하겠소."

블라이히뢰더 변경백작도 고드윈도 내 제안을 받아들인 듯
하다.

아니, 블라이히뢰더 변경백작은 틀림없이 그 제정안을 받아들
일 것이다.

왜냐하면 왕궁은 어느 쪽 편도 들지 않고 지금의 상황을 객관
적으로 판단해 재정안을 만들기 때문이다. 이쪽이 불리해질 일은
없으며 어느 정도 화해금이 줄어든다 해도 그것을 받아들이는 편
이 유리하다.

블라이히뢰더 변경백작 입장에서는 화해금이 다소 줄어드는
건 개발 이권으로 금방 메울 수 있다고 생각할 테고 왕궁 쪽 재정
안에 순순히 따름으로서 왕국에 생색을 낼 수도 있다.

분쟁 당사자인 귀족들이 불만을 표해도 이권을 조금만 늘려주
면 해결 가능하다고 생각하고 있을 것이다.

게다가 만일 블로아 변경백작가 쪽이 그 재정안을 받아들이지
않을 경우 그들은 왕궁으로부터도 미움을 사서 고립의 정도가 더
욱 심해지게 된다. 일이 어떻게 흘러가든 블라이히뢰더 변경백작
에게는 손해가 없는 것이다.

"알겠습니다. 그럼 시험적으로 계산한 재정안을 발표하겠습니
다."

조건은 블라이히뢰더 변경백작이 처음 내놓은 것과 거의 차이가 없었다. 유일하게 화해금 액수만 4억 센트로 감액됐을 뿐이다.

"화해금의 액수가 너무 높소!"

"과연 그럴까요?"

　블로아 변경백작 쪽의 항의에 크납슈타인 자작은 표정 하나 변하지 않고 고개를 갸웃거렸다.

"그 화해금의 근거가 뭐요?"

"근거 말입니까?"

　크납슈타인 자작은 냉정한 표정을 유지한 채 화해금 내역을 얘기하기 시작한다.

"이번 분쟁은 조문이 없는 관습법이라 해도 블로아 변경백작가 쪽 귀족들의 기습으로 시작됐다고 들었습니다. 사전 통지는 법에 기재되어 있지는 않지만 오랜 세월 동안 지켜져 왔습니다. 따라서 블로아 변경백작가 쪽은 관습을 어긴 책임을 져야 합니다. 그 다음은……."

　크납슈타인 자작은 짐짓 내 쪽에 시선을 보냈다.

　관습을 어긴 기습에 나를 출병시키지 않기 위한 후방교란 공작.

　그 사실은 당연히 왕궁에도 알려졌으며 그 또한 재정안이 블로아 변경백작가 쪽에 불리해지는 이유가 됐다.

"왕궁은 포로에 대한 몸값에 대해서는 관여하지 않습니다. 그 쪽에서 규정에 따라 교섭해 주십시오. 그리고 분쟁 조건을 분쟁 전 상태로 되돌리기 위한 화해금 말입니다만, 이렇게까지 열세에 놓였다고 해서 자포자기하여 내지 않았다가는 전부를 잃을 것으로 판단됩니다만······."

서로 노려볼 뿐이라면 '양쪽의 병사를 물려라'는 말로 끝나겠지만 이미 실제로 싸움이 벌어져 블로아 변경백작가 쪽은 모든 걸 잃은 상태다.

왕궁 쪽으로서는 화해금을 지불하라고 할 수밖에 없다고 크납슈타인 자작은 설명했다.

"어쨌든 너무 비쌉니다!"

"느닷없이 공격을 받고 권리를 잃을 뻔했던 당사자들이 그 말을 들으면 크게 분노할 것 같은데요?"

애당초 분쟁 전의 상태로 되돌리는 것만으로도 불만이 터져 나올 가능성이 있는 것이다.

그 나름대로 적절한 화해금을 지불하지 않으면 그들이 납득할 리가 없었다.

"그리고 저로서는 한 가지 의문이 있습니다만."

크납슈타인 자작은 블로아 변경백작가 쪽에 묻고 싶은 것이 있다고 한다.

"무엇입니까?"

"재정안이 체결된다 해도 누가 사인을 할 거죠?"

"그건 당연히 필립 님의 대리인인 저입니다."

전혀 표정과 목소리가 변하지 않은 크납슈타인 자작의 질문에 고드윈은 뭘 당연한 것을 묻느냐는 말투로 대답했다.

"고드윈 님의 사인으로는 그 재정안은 이행되지 않을 가능성이 있겠죠?"

"하지만 저는 필립 님의 대리인이자……."

"이상한 점이 그겁니다. 이번 분쟁 말입니다만, 책임자인 블로아 변경백작님은 대체 뭘 하고 계십니까?"

크납슈타인 자작은 한 번도 얼굴을 드러내지 않는 블로아 변경백작에게 의문을 품고 있는 것 같다.

"블로아 변경백작님 본인이 사인을 하지 않으면 아무리 합의를 한다 해도 제정안은 무의미합니다. 또 한 가지, 고드윈 님은 필립 님의 대리인이라고 하시지만 필립 님은 아직 블로아 변경백작님의 후계자로 지명받지 않았습니다. 그런 그의 대리인에게 대체 무슨 권한이 있다는 겁니까?"

귀족적(貴族籍) 관리를 맡고 있는 크납슈타인 자작은 블로아 변경백작의 후계자 분쟁을 파악하고 있기 때문에, 필립이 아직 후계자로 지명되지 않은 사실을 알고 있는 것이다.

"만일 블로아 변경백작님이 직접 사인할 수 있는 상태가 아니라면, 필립 님이 대리인으로 나와도 상관없겠죠. 하지만 후계자로 지명 받지 않았다면 블로아 변경백작님의 위임장을 지참하는 것이 규정입니다. 애당초 고드윈 님은 대리인을 맡을 자격이 없습니다."

크납슈타인 자작은 논리정연하게 블로아 변경백작가 쪽의 잘못을 지적했다.

지적당한 내용에는 전혀 틀린 부분이 없어서 고드윈의 안색은 파랗게 변해 간다. 그도 그 사실을 알고 있었겠지만 필립의 명령이라 대리인이 될 수밖에 없었으리라.

"크납슈타인 자작님, 한 가지 말씀드려도 될까요?"

"무엇입니까? 바우마이스터 백작님."

"실은 저희 집에 블루아 변경백작님의 영애인 카를라 님이 와 계십니다만, 그녀에게 대리인의 자격이 있습니까?"

여기서 슬쩍 동요책을 써보기로 한다. 카를라 양이 우리 집에 머물고 있다는 정보는 고드원도 파악하고 있겠지만 무슨 목적으로 와있는지는 알지 못한다.

그것은 그녀가 블로아 변경백작의 명령으로 움직이고 있기 때문이며, 필립의 명령으로 움직이는 고드원의 입장에서는 기분 나쁜 존재인 셈이다.

나의 제안에 고드원의 안색이 더욱 파래졌다.

"위임장이 없다는 점은 같지만 고드원 님보다는 자격이 있습니다. 카를라 님을 대리인으로 교섭안을 체결하고 그녀가 블로아 변경백작님께 사인을 받는 방법도 가능하겠죠. 조금 변칙적이기는 하지만……."

"잠시만요! 그런 일방적인 방법은 인정할 수 없소!"

크납슈타인 자작의 제안에 고드원은 곧바로 항의했다.

"일방적? 그렇지 않습니다. 어떤 재정안도 분쟁 당사자 쌍방의 사인이 있다면 이는 유효합니다. 카를라 님이라면 블로아 변경백작님께 직접 재정안을 가져가실 수 있겠죠? 반면에 고드원 님의 경우는 먼저 필립 님을 경유해야 합니다. 최선이라고 할 수는 없겠지만 차선의 방법이기는 합니다."

크납슈타인 자작의 정론에 고드원은 입을 닫고 말았다. 반론을 하려고 해도 본인들이 100% 잘못했다는 걸 알고 있기 때문에 대꾸할 수가 없는 것이다.

"애당초 블로아 변경백작님은 뭘 하고 계시는 겁니까? 이런 시기에 얼굴조차 내밀지 않으시다니……. 병상에 있다고 하시지만 그렇다면 아드님을 제후군 총대장으로 임명하고 교섭이 신속히 진행되도록 위임장을 건네주셔야 합니다. 분쟁 초기의 규정을 어긴 기습도 그렇고, 지금의 블로아 변경백작가에 통제라는 것이 존재합니까?"

크납슈타인 자작은 어디까지나 중립적인 위치에 있는 사람이지만, 블로아 변경백작가 쪽의 대응이 너무도 무력한 탓에 블로아 변경백작가 쪽에 일방적으로 주의를 주는 흐름이 되고 만다.

성실한 관료 타입인 크납슈타인 자작으로서는 규칙을 지키지 않는 블로아 변경백작가 쪽의 대응을 용납할 수 없는 것이다.

"아니면 블로아 변경백작님은 이미 돌아가신 겁니까?!"

"아뇨, 그런 것은……."

"위독해서 말씀을 하실 수 없는 상태입니까? 그렇다면 먼저 차기 당주를 결정해야 하지 않을까요?"

"아뇨…… 나리는 지금도 건재하십니다."

이날의 교섭은 고드원이 일방적으로 비난을 받는 전개로 흘러간 탓에 또다시 아무것도 결정하지 못한 채 저녁이 되어 버렸다.

제6화 갑작스러운 야습

"나리, 밤중에 죄송합니다만…….."

"무슨 일이지?"

오늘도 소득 없이 교섭을 마친 후 잠자리에 들었지만 한밤중에 갑자기 모리츠가 흔들어 깨웠다.

눈을 비비면서 묻자 블로아 변경백작군 쪽에 움직임이 포착되어 전군에 긴급대응 지령이 내려졌다는 보고였다.

나는 모리츠와 토마스에게 군을 통솔하도록 명령한 후 서둘러 블라이히뢰더 변경백작에게로 갔다. 그곳에서는 블라이히뢰더 변경백작과 귀족들이 심각한 표정으로 가신들에게 지시를 내리고 있었다.

"수십 년 전의 악몽이 재현되는 건가요…….."

블라이히뢰더 변경백작이 블로아 변경백작군의 진지를 보면서 중얼거린다.

나도 마법 자루에서 꺼낸 쌍안경으로 상태를 살핀다. 문외한이 봐도 블로아 변경백작군은 전투개시 직전임을 알 수 있었다.

"교섭이 뜻대로 잘 안 되니까, 싸워서 우위를 점하겠다는 심산일까요?"

"바우마이스터 백작, 여기서 전쟁에 이긴다 한들 왕국이 블로아 변경백작가를 용서할 것 같나요?"

나 역시 그러긴 어려울 거라고 생각한다. 지금 현재 왕국이 통치에 만전을 다하고 있는 덕분에 귀족들이 전쟁을 하지 않는 것이라는 전제를 깨뜨려 버리기 때문이다. 자칫하면 블로아 변경백작가가 멸문을 당할 위험성도 있었다.

"그렇다면 어째서 이런 무모한 행동을?"

"크납슈타인 자작의 정론 때문에 궁지에 몰렸기 때문이겠죠."

크납슈타인 자작의 지적은 매우 올바른 것이었다. 고드윈은 제대로 반론조차 펴지 못하고 얼굴이 파랗게 질린 채로 듣고만 있었다.

"제가 왕궁에 블로아 변경백작의 잘못을 보고하기 전에 정신없는 상황을 틈타 처리하고 싶은 거겠죠."

거기서 크납슈타인 자작 본인이 모습을 보인다. 앞으로 전쟁이 벌어질지도 모르는데 그는 여전히 냉정한 모습이었다.

"저는 그저 블로아 변경백작 쪽의 미흡한 준비를 지적했을 뿐이지만, 고드윈 님은 저와 함께 블라이히뢰더 변경백작 제후군을 괴멸시킨다…… 거기까지 꿈꾸고 있지 않을까요? 정세를 혼란에 빠뜨려 일단 지금은 이 상황을 무마하려는 생각일까요?"

"그런 짓을 해봤자 길게 보면 결과는 더 나빠질 뿐일 텐데요……."

"바우마이스터 백작님, 고드윈 님에게는 장래보다 지금 상황을 얼버무려 넘기는 게 중요하겠죠."

자신 또한 표적이 될지도 모르는데 크납슈타인 자작은 무섭도록 냉정했다.

"하지만 갑자기 기습을 받지 않아 다행이군요."

"저쪽이나 우리나 훈련도가 그렇게 높지는 않으니까요."

한밤중에 소리도 내지 않고 불도 거의 피우지 않은 채 군의 대열을 갖추고, 상대에게 들리지 않도록 전진하여 같은 편끼리 싸우지 않도록 야습을 감행한다……그렇게 훈련이 잘 된 군대는 지난 200년 사이 이 대륙에서 자취를 감췄다고 한다. 정예병을 훈련시키고 유지하려면 엄청난 비용과 시간이 들기 때문이다.

"아무래도 지금까지 보이지 않던 예비 부대가 있던 모양이군요."

후방에 아직 군대를 숨겨두고 있었는지 블로아 변경백작가 본군은 총 1만 명 정도로 늘어나 있었다.

인원수가 두 배 가까이 되었기 때문에 선제공격을 하면 이길 수 있다고 생각하고 있으리라.

"그 대신 어마어마한 희생이 나오겠지만요."

"제가 옛날에 참여했던 분쟁 때보다도 훨씬 많은 인원이 죽겠군요."

나를 따라온 클라우스조차 표정이 어두워질 만큼 무모한 전쟁이다.

만일 여기서 블로아 변경백작가 쪽이 이긴다 해도 양쪽에 큰 화근을 남길 뿐이다.

정말로 전쟁이 벌어진다면 왕궁도 더 이상 개입을 망설이지 않을 것이다.

"거참…… 좋지 않은 짓만 골라서 하는군요."

블라이히뢰더 변경백작은 투덜거리면서 자군에게 영격 명령을 내렸다.

"일시적인 철수는 하지 않습니까?"

"이런 밤중에 통제를 유지한 채 철수하기는 어렵습니다. 일방적으로 유린당해 오히려 희생자가 더 많이 나올 겁니다. 영격이 오히려 나아요. 게다가⋯⋯."

블라이히뢰더 변경백작이 내 얼굴을 보았다. 블랜타크 씨나 카타리나와 함께 마법으로 영격하기를 기대하는 건가.

"그보다는⋯⋯."

"아아, 안돼요. 카를라 님은 억지력이 되지 못하겠죠."

내가 말을 끝맺기도 전에 블라이히뢰더 변경백작이 내 책략을 기각해 버렸다.

확실히 고드윈은 카를라 양이 이쪽에 있다는 사실을 이미 알고 있으니까⋯⋯.

"카를라 님은 대피하도록 하십시오."

이렇게 된 이상은 마법으로 영격할 수밖에 없다. 하지만 그 전에 나는 카를라 양을 포함한 여성진의 대피를 명령했다. 역시 이런 상황에서 여성을 남겨두는 일은 위험하다고 판단했기 때문이다.

그런데 엘리제 일행은 명령을 거부했다.

"저는 벤델린 님 곁에 있겠습니다."

"그렇지만 만에 하나 잘못될 수도 있으니까."

"어디까지나 만의 하나겠죠? 저는 벤델린 님 옆에 있는 게 더 안전하다고 믿으니까요."

강한 어조는 아니었지만 엘리제는 이 자리에서 대피하기를 단호히 거절했다.

"나도 남을래. 지금 달아나봤자 어차피 늦은 데다 벨 옆에 있는 편이 안전한걸."

"맞아. 모험자로서의 내 감도 그렇게 말하고 있어."

"내 감도, 벨 님과 함께 있는 편이 안전하다고 말해주고 있다. 벨 님을 지키는 게 내 일이야."

이나, 루이제, 빌마도 이 자리를 피하라는 명령을 거부했다.

"벤델린 씨, 이 같은 상황에서 제 마법도 없이 헤쳐나갈 수 있을까요. 저도 남겠어요."

카타리나까지 남겠다고 선언한 이상, 나로서도 전력을 다할 수밖에 없겠군.

"벨, 최악의 경우에는 내가 너를 데리고 달아날 테니까."

엘은 만일의 경우에는 나를 데리고 달아나겠다고 단언했다. 나 혼자라도 살아남으면 바우마이스터 백작가에 대한 타격은 크지 않으리라고 판단한 것이다.

"그 말은 듬직하지만 지금 너는 카를라 양의 호위니까. 그녀도 꼭 피신을 시켜줘."

만일 카를라 양이 죽어버리면 쓸데없이 일이 꼬일 가능성이 있으니까.

"아뇨, 신경 쓰지 마세요. 고드윈은 제가 죽어도 아무렇지도 않게 생각할 테니까요."

"하지만 필립 님은 카를라 양에게 신경을 쓰고 있지 않을까요?"

지금까지 그녀에게 들은 얘기에 따르면 갑자기 인지를 받은 카를라 양에게 자상하게 대해준 사람은 필립과 크리스토프 두 오빠

뿐이었다고 한다.

"물론 자상한 분들이지만 제가 고드윈에게 말살돼도 그를 엄벌에 처하지는 않을 거예요……자상함도 딱 거기까지일 뿐이죠. 게다가 대외적으로 저는 바우마이스터 백작님과 교섭을 하러 왔으니 여기서 대피할 수는 없습니다."

여기서 자기만 살아남아봤자 소용없다는 건가……그녀도 블로아 백작가에 자기 자리 하나 없는 불쌍한 사람이군.

"엘, 카를라 양의 호위를 맡길게."

"알았어. 하지만 최악의 상황이 되면 너를 들쳐 매고라도 달아날 거니까."

"그렇게 되지 않도록 빌어줘."

엘 녀석 책임감이 무척 강한데 그래. 다시 봤네.

"두 사람은 훌륭한 주종관계이자 친구이기도 하군요. 부럽네요."

"오랜 세월을 함께 해왔으니까요."

하지만 카를라 양이 부러워하자 곧바로 헤벌쭉 하며 웃는다.

……다시 봤다는 말은 취소해야 할지도 모르겠군.

"이렇게 된 이상 마법으로 영격할 수밖에 없겠죠?"

블로아 변경백작군에 희생이 많이 나오겠지만, 우리 쪽에서 나오는 것보다는 낫다……아니, 잠깐만.

"블랜타크 씨!"

"왜 그래?"

"의논할 게 있어요."

나는 블랜타크 씨에게 불쑥 떠오른, 희생을 줄일 수 있는 방안이 가능한지 여부를 물었다.

"꽤나 무모한……아니, 백작님의 마력량이라면 못할 것도 없지만……알았다. 나리, 저도 돕기 위해서 최전선으로 가겠습니다. 다른 마법사들의 지휘를 부탁드립니다."

"알겠어요. 바우마이스터 백작의 솜씨를 보도록 할까요."

블랜타크 씨는 내 아이디어를 받아들이고 함께 전선으로 가게 됐다.

"벤델린 씨, 저는요?"

"당연히 도와줘야죠."

카타리나도 우리를 따라오게 되었다.

"엘리제, 부상자가 나왔을 때를 대비해 후방에서 기다려줘."

"네."

엘리제가 잘못되면 부상자를 치료할 사람이 없으므로 후방에 대기하는 게 가장 좋은 방법이다.

"엘도 카를라 양과 함께 후방에서 대기해."

"나는 앞에 나가고 싶은데……."

"엘리제의 호위도 부탁해."

"알았어……."

엘도 카를라 양의 호위로 후방에 남겨둔다. 엘리제가 혼자가 되어 버리니까 그 호위도 겸해서.

"이나, 루이제, 빌마는 우리의 경호를 맡아."

"알았어."

"맡겨둬."

"벨 님을 지킨다."

역할 분담도 결정되어 우리는 서둘러 아군 본진 앞쪽에 섰다. 블로아 변경백작군은 언지 돌격을 개시해도 이상하지 않을 상황이다.

"그래서 백작님의 제안 말인데."

나는 블로아 변경백작군을 '에어리어 스탠'으로 전투 불능으로 만드는 방법을 블랜타크 씨에게 제시했다.

광역 공격마법으로 섬멸하는 편이 확실하겠지만 내게 수천 명의 인간을 죽일 각오 같은 건 없었다.

"평범한 마법사라면 어렵겠지만 백작님이라면 가능할지도 모르지."

"가능할지도 모른다, 인가요?"

"넓은 지역에 '에어리어 스탠'을 전개하는 일이니 막대한 마력이 필요해지지. 소모 마력을 늘리는 요인은 그밖에도 더 있어."

본래 '에어리어 스탠'은 별로 움직이지 않는 표적을 목표로 사용하는 마법이다. 움직이는 표적이라면 그 움직임을 예측해 그물을 쳐야만 한다.

"이쪽을 향해 빠른 속도로 돌격해 오는 대군을 기절시키려면 아주 짧은 순간에 강렬한 '에어리어 스탠'을 날릴 필요가 있지. 다른 때보다 소비 마력이 늘어날 거야."

그리고 범위의 넓이도 있다.

"야습의 이론을 보자면 우선 기마대가 제일 먼저 돌격해온다. 그들이 본진의 마방책(馬防柵—말을 막기 위해 세우는 울타리)을 무너뜨린 후 보병대가 뒤따르는 거지. 후방에는 궁병도 있을 거야. 이렇게 적이 있는 구역과 없는 구역이 있지만 있는 곳에만 '에어리어 스탠'을 발동할 방법은 없다. 따라서 광대한 범위에 마법을 걸어야 하니 소비 마력도 막대해지겠지."

"과연. 역시 블랜타크 씨예요."

"하지만 거기까지 생각을 해내도 정작 내게는 핵심인 '광역 에어리어 스탠'을 걸 마력이 없으니까. 마지막 하나는 현장에서 설명하마."

우리가 본진 앞에 설치된 마방책 앞에 나서자 블로아 변경백작군은 정렬을 마치고 당장이라도 돌격하려 하고 있었다.

"대충 계산해도 나와 카타리나 아가씨 둘이서 5분의 1을 맡는게 고작이야."

"다른 마법사들은요?"

"그 녀석들은 달리 할 일이 있으니까."

블랜타크 씨와 얘기를 하고 있으려니 마침내 블로아 변경 백작군이 돌격을 개시했다.

선두는 기사가 지휘하는 기마대이며 이어서 뒤쪽에서 대량의 화살이 쏟아져 내린다.

"다른 마법사는 아군을 빗발치는 화살로부터 지키는 게 고작이야. 우리도 '마법 장벽'을 칠 마력이 아까우니까. 알아듣겠지? 아가씨들."

"알겠어요."

"자, 벨은 마법에 집중해."

"여기부터는 우리의 일이야."

제일 앞에 있는 우리에게도 예외 없이 화살이 쏟아져 내리므로 이나, 루이제, 빌마는 그걸 막는 것이 일인 셈이다.

나와 블랜타크 씨, 카타리나는 그 자리에 쭈그리고 앉아 마법 자루에서 대량의 마정석을 꺼낸다. 평소에 남은 마력을 저장해두는 물건이다.

이것들을 이용해도 과연 블랜타크 씨의 계획대로 될지는 모를 일이다.

"소나기 같아……."

"맞았다간 피투성이가 되겠지만."

우리 앞에 선 세 사람 중 이나는 창을 대차륜처럼 휘둘렀고 루이제는 주먹과 발차기로 순식간에 화살을 지면에 떨어뜨려 간다. 빌마는 도끼를 휘둘러 바람을 일으켜 우리에게 날아오는 화살의 궤도를 전부 바꿔버렸다.

"블로아 변경백작군은 화살 부대의 훈련도가 무척 낮군."

세 명 모두 대충하는 것처럼 보여도 무척 뛰어난 기술이다.

"이렇게 되면 백작님의 마력량에 모험을 걸 수밖에 없군. 백작님, 5분의 4를 부탁해."

"최소한 3분의 1정도는 맡아주실 수 없을까요?"

"유감이군. 백작님의 마력량이 눈부신 속도로 늘어난 덕에 나와는 이제 차이가 크게 벌어져 버렸거든."

블랜타크 씨와 카타리나가 대략 2천 명 정도를 '에어리어 스탠'의 그물로 붙잡는다는 계획이다.

나는 나머지 약 8천 명. 최근 한동안 영지 개발로 마법을 원 없이 써서 마력량도 순조롭게 늘어났기 때문에 내게 큰 역할이 맡겨진 셈이다.

"알겠습니다."

절반만 마비를 시키지 못해도 양군은 피로 얼룩진 싸움을 시작해야 한다.

나 혼자 8할이니까 만일 두 사람이 실패해도 군사의 숫자상으로는 우위를 점할 수 있으므로 원군이 올 때까지 충분히 버틸 수 있다. 따라서 내 책임이 매우 막중했다.

"카타리나 아가씨는 담당하는 범위만 확실하게 부탁해."

"알겠어요. 하지만 이 마법은 마력의 컨트롤이 어렵네요."

"가르쳐 준 대로만 하면 할 수 있어."

소나기처럼 쏟아져 내리는 화살을 이나 일행이 막는 동안, 우리 셋은 동시에 '광역 에어리어 스탠'을 발동시키기 위해서 정신 집중을 시작했다.

"체내의 마력을 가늘고 길게 짜서 쓰는 게 아니라 최대치를 유지한 상태에서 방출해. 몸에서 마력이 떨어지기 전에 갖고 있는 마정석에서 차례차례 빨아들이는 거야. 어려우면 동시에 한다고 생각해. 어쨌거나 마력이 끊어지면 마법도 멈추니까 조심하고."

세 사람이 갖고 있는 마정석의 개수는 총 60개 정도.

블랜타크 씨가 계산한 바로는 모든 마력을 기절하기 전에 다 쓴다면 그럭저럭 대부분 전투 불능으로 만들 수 있다고 한다.

"실패하면 내가 벨 님과 카타리나를 들쳐 매고 엘리제 님이 있는 곳까지 갈게."

"그래. 엘리제 아가씨에게 '기적의 빛'을 쬔 다음 달아나."

블랜타크 씨는 빌마의 제안을 받아들였다. 내가 죽는 일 만큼은 피하고 싶다는 건가.

"그렇다면 루이제와 내가 블랜타크 씨를 들쳐 매고 달아나면 되겠네."

"어쩌면 영감 냄새가 조금 날지도 모르지만 참아야겠지."

"이 녀석! 나 아직 그 정도 아니야!"

루이제의 지독한 소리에 블랜타크 씨는 거친 목소리로 투덜거렸다.

"웬만한 영감탱이보다는 훨씬 쌩쌩하니까. 돈 번다고 찌들어 살지도 않았고……."

그런 얘기를 하고 있는 동안 블로아 변경백작군의 선진, 기마 부대의 모습이 보였다.

하지만 여기서 성급하게 마법을 걸어서는 안 된다. 최적의 타이밍에 '광역 에어리어 스탠'을 거는 게 작전 성공의 열쇠니까.

"조바심내지 마. 조금 더 기다려……."

'광역 에어리어 스탠'을 거는 최적의 타이밍을 지시하는 건 가장 베테랑인 블랜타크 씨다. 나라면 타이밍을 놓칠 가능성이 있다.

양군의 거리가 가까워지자 화살을 맞고 낙마하는 자, 미처 방패를 내밀지 못하고 화살에 맞는 자 등등 그야말로 진짜 전쟁터로 변해가고 있었다. 블라이히뢰더 변경백작도 연습용 활이 아니라 진짜 화살을 썼다.

이제 피장파장인 셈이다.

"지금이다!"

블랜타크 씨의 신호에 맞춰 우리는 제각기 분담했던 구역을 향해 '광역 에어리어 스탠' 마법을 발동시킨다. 지정한 범위가 워낙 넓었기 때문에 마력이 소모되어 가는 게 스스로도 느껴질 정도다. 서둘러 갖고 있던 마정석에서 마력을 빨아올린다.

한 개, 두 개, 세 개 마정석이 순식간에 비어가고, 마지막 하나가 비어버린 순간 10미터 앞까지 다가온 적군이 일제히 땅바닥에 주르륵 쓰러졌다.

기사는 경직된 말과 함께 그 자리에 벌러덩 자빠졌고 보병도 낙법조차 쓰지 못한 채 쓰러져 버린다.

"잘 된 건가?"

당장 확인하고 싶었지만 지금의 내게는 그럴 힘이 없다.

블랜타크 씨와 카타리나는 마력이 모두 고갈되어 그 자리에서 의식을 잃은 것 같다.

"벨, 괜찮아?"

"나도 틀렸어…… 뒤를…….."

이나에게 '부탁한다'고 말하기도 전에 나는 그대로 완전히 의식을 잃어버린 것이었다.

***

"……."

"괜찮아? 벨?"

나, 블랜타크 씨, 카타리나 셋이서 1만 명에 달하는 블로아 변경백작군에게 '에어리어 스탠'을 걸고서 마력이 떨어져 기절했다. 거기까지는 기억하고 있었지만 그 이후의 기억은 없다.

적은 밤에 기습을 해왔는데 지금은 햇빛이 눈부시다.

아무래도 나는 꽤 오랫동안 잠들어 있었나 보다. 그리고 간이 침대 위인 것을 보면 여기는 우리 군의 텐트 안인가.

"블로어 변경백작군은?"

"전멸했어."

정신을 차린 나를 걱정스럽게 바라보는 이나가 우리가 기절한 뒤의 일을 설명해 주었다.

"광범위의 '에어리어 스탠'은 성공했어."

셋이 분담하여 모든 마정석을 쓴 것이 주효한 것 같다.

실제로 이나가 보여준 내 마정석은 몽땅 마력이 비어 있었다.

"블랜타크 씨와 카타리나도 마력이 고갈되어 자고 있어."

"그렇구나…… 하지만 엘리제는 어째서 내게 '기적의 빛'을 쓰지 않았지?"

마력을 회복시켜 줬다면 나도 싸움의 뒤처리를 도울 수 있었을 거라는 생각을 한다.

"엘리제는 치료하느라 정신없이 바빠, 네 편 내 편 할 것 없이 부상자가 워낙 많아서 말이야. 블로아 변경백작군이 거의 대부분 전투불능 상태에 빠졌기 때문에 부상자 치료를 우선해 달라고 블라이히뢰더 변경백작님이…….”

뒤처리는 우리가 아니어도 할 수 있다는 건가. ‘에어리어 스탠’의 성과와 상관없이 부상자가 나올 것은 이미 짐작했던 일이라 엘리제는 사전에 이미 치료 마법 요원으로서 필요했던 것이다.

“피해가 그렇게 많았어?”

“사망자만 2백 명 가까이 돼.”

나는 어젯밤 일을 떠올려 간다. 블로어 변경백작군 전부를 ‘에어리어 스탠’으로 붙들기 위해 상대를 최대한 끌어들였지만, 그때 양군 모두 무수한 화살을 쏘았다.

“급소에 맞은 사람도 있어서 우리 쪽은 열세 명의 사망자가 나왔대.”

블라이히뢰더 변경백작군은 방비를 갖춘 후 영격 자세를 취했기 때문에 피해는 블로어 변경백작군에 비할 바가 아니었지만 그래도 피해는 피해다. 사망자가 나온 사실에는 변함이 없다.

“나머지는 기병에 사상자가 집중됐나.”

“그래.”

매우 빠른 속도로 달리는 말에 타고 있을 때 말과 함께 마비되어 낙마했으니 사상자가 집중되는 게 당연했다.

일본의 전국시대나 에도시대에는 낙마하여 죽은 무사나 영주도 많았으며, 이 세계의 경주마처럼 커다란 말에서 가차 없이 떨어진다면 사망자가 급증하는 게 당연했지만 양군에 의한 진짜 싸움보다는 낫다고 위안할 수밖에 없다.

어이없는 패배라면 어이없는 패배지만, 뒤쪽에서 ‘에어리어 스탠'을 피한 블로아 변경백작군 병사가 몇 백 명쯤 됐던 모양이다.
뭐, 갑자기 눈앞의 아군이 쓰러졌기 때문에 특별히 저항도 하지
않고 무기를 버려버렸다고 했지만.

그 후 블로아 변경백작군이 있던 본진의 접수도 감행했지만 물
자 등을 지키기 위해 백 명 정도밖에 병사가 남아있지 않아서 본
군이 전멸했다는 소식을 듣자마자 곧바로 항복했다고 한다.

"엘이 군사를 이끌고 가서 본진 접수에 성공했어."

"그 녀석 활약이 아주 대단하네."

카를라 양의 호위만 하고 있던 건 아니었나.

"'임시지만 제가 지휘관으로 임명됐습니다'라며 카를라 씨에게
의기양양하게 떠들어 댔지만."

"뭐, 기분은 이해해……. 책임 있는 역할을 맡은 남자는 여자에
게 인기가 많으니까."

"엘은 카를라 씨만 있으면 의욕이 넘치지."

지금 현재로서 카를라 양의 존재는 엘에게 플러스인 셈이다.

눈앞에 당근이 매달린 말과 같다는 기분도 들긴 하지만…….

"……그래서, 엘이 병사를 이끌고 나간 탓에 가뜩이나 사람이
부족한 우리 본진이 더 허전해 보이는 건가."

주위를 둘러보지만 병사의 모습이 거의 보이지 않는다.

새로 고용한 녀석들까지 데리고 적 본진을 접수하러 간 건가.

"블라이히뢰더 변경백작군 쪽에서 원군을 보내와 본진 외에 식
량 보급소를 점령하거나 패잔병을 포박하는 일도 맡고 있어."

승리가 결정되어 아군은 우리가 없어도 별문제 없이 움직이고 있는 것 같군.

"수비병은 많지 않았겠지만 그래도 무사히 점령을 했나?"

"본진과 함께 갔으니까. 희생도 거의 없고 지키고 있던 병사도 모두 항복했대."

대부분 기사나 귀족이니까 마지막 한 사람까지 싸우는 일도 없었겠지. 그건 다행이네.

"대승리로군."

1만의 적군을 맞아 절반의 전력으로 큰 희생 없이 승리를 거뒀으니까 다행이라고 생각한다. 희생자가 생긴 건 가슴 아프지만 그 점은 어쩔 수가 없다.

"적의 주요 귀족과 가신들은?"

"모두 포로로 붙잡았어."

높으신 분들 중에는 사망자가 없나…… 하지만 새로운 몸값 추가로 블로아 변경백작가의 부담이 더 대폭 늘어난 셈이다.

"그 일로 블라이히뢰더 변경백작님이 하실 말씀이 있대."

"알았어."

오랫동안 잠을 잤기 때문에 마력은 이미 회복되어 있었으며 마력량이 조금 더 늘어난 기분마저 들었다.

그 대신 무시무시한 공복감이 몰려오며 현기증마저 느껴지는 것 같다.

나는 마법 자루에서 초콜릿을 꺼내 입에 넣고 나서 이나의 도움을 빌려 간이침대에서 몸을 일으켰다.

161

"괜찮아?"

"드래곤 골렘과 싸웠을 때랑 비슷해. 곧 괜찮아질 거야."

조금 있으니 뇌에 당분이 전해졌는지 머리가 개운해졌다.

이정도면 블라이히뢰더 변경백작 곁으로 갈 수 있을 것이다.

"부축해줄까?"

"일어났더니 조금 어지러운걸. 잠시만 부탁해."

"알았어."

부축을 받자 이나에게 좋은 냄새가 났다. 남자만 있는 전쟁터에서는 누리기 힘든 일이지만 큰 공을 세운 만큼 이 정도는 상관없으리라.

"카타리나는?"

"저쪽에. 아직도 자고 있을 거야."

조금 떨어진 간이침대로 이동하자 카타리나는 이미 눈을 뜨고 있었다.

"배가 고파서…… 그래도 지금은 참을래요."

"다이어트 해?"

"벤델린 씨?! 어, 어디까지나 만일을 위해서예요."

"만일을 위해서라…….."

딱히 살찐 것처럼 보이지는 않는데. 오히려 마력을 엄청나게 쓴 탓에 조금 야위지 않았나?

"……그보다 블라이히뢰더 변경백작이 부르고 있어. 명예 준남작님."

"그랬죠."

그녀도 귀족이라 호출을 받았지만 마력을 전부 써버린 뒤 반나절 가까이 잠을 잤기 때문에 생각만큼 쉽게 일어서지 못하는 것 같다. 간이침대 위에서 멍하니 앉은 채로 있었다.

"자, 단 걸 입에 넣어봐. 한결 편해질 테니까."

"단 것은……."

"블랜타크 씨에게 배웠지. 에잇! 다이어트 같은 거 안 해도 돼!"

이렇게 되면 억지로 입에 넣어줄 뿐이다.

하지만 손으로 밀어 넣으면 입을 다물 수도 있기 때문에 여기서는 냉정한 판단력을 빼앗아 버리는 것이 좋겠다. 나는 초콜릿의 한쪽 끝을 입에 물고 그대로 카타리나와 키스를 하면서 혀로 그것을 밀어 넣는다.

억지로 입으로 옮겨 먹게 만든 것이다.

"후우우웁!"

예상치 못한 내 행동에 이런 쪽으로는 전혀 면역이 없는 카타리나는 머리가 끓어오르는 것 같았다.

얼굴을 새빨갛게 만든 채로 넋이 나가 있지만, 입속으로 들어온 초콜릿은 열심히 먹고 있다.

"조금 더 먹여줄까."

연이어 세 번 가량 입으로 초콜릿을 먹인다.

카타리나는 여전히 머리가 끓어오른 채로 아무런 저항 없이 초콜릿을 먹다가 삼킨다.

"잘 됐네."

"벨. 처음엔 몰라도 나머지 두 번도 꼭 입으로 전할 필요가 있

었을까."

"당연하지!"

빨리 블라이히뢰더 변경백작 의 곁으로 가야하니까.

다만 이런 일로 불공평함을 느끼는 것은 좋지 않으므로 나는 다시 초콜릿을 입에 물고 이번에는 이나와 키스를 하며 그것을 혀로 밀어 넣는다.

"잠깐! 우우웁……."

부끄러운지 이나는 잠시 저항했지만 이내 곧 힘을 빼고는 내가 혀로 밀어 넣은 초콜릿을 받아서 잠시 빨아먹다가 삼켰다.

"나는 굳이 초콜릿을 먹을 필요가 없잖아!"

이나는 얼굴을 새빨갛게 물들이면서 내게 불평하기 시작했다.

"이런 일은 공평한 게 좋으니까."

"지금은 됐어! 빨리 블라이히뢰더 변경백작님에게 가야 해!"

"아, 그랬지. 카타리나—!"

"벨이 이상한 짓을 하니까……."

카타리나에게로 시선을 돌리자 그녀는 여전히 얼굴이 빨개진 채 넋이 나가 있었다.

아무래도 자극이 너무 강해 아직 현실로 돌아오지 못한 모양이다.

"카타리나아아아아!"

"카타리나한테는 느닷없이 그런 짓 하면 안 돼!"

약혼자 중에서 제일 진지한 이나조차 잠시 얼굴을 붉히다 금방 제 모습을 되찾았는데, 카타리나는 살짝 키스를 했는데도 이 지경이다. 과연, 겉모습과 속이 크게 다른 사람은 보기만 해도 재미 있다며 나도 모르게 감탄하고 만다.

"감탄하고 있을 때가 아니잖아. 빨리 카타리나도 데리고 가 야 해."

"그걸 잊을 뻔했네."

"잊으면 안 되지!"

"그래. 나리께서 불러오라고 해서 와보니 백작님이 보는 내가 다 민망할 만한 짓을 하고 계시니 말이야."

어느새 우리 앞에 블랜타크 씨가 서 있었으며 게다가 지금까지 의 추태를 전부 지켜본 모양이다.

"물론 젊음은 근사한 일이지만 지금은 할 얘기가 있으니까."

"베에에에에에엘!"

창피함 때문인가?

다시 얼굴을 빨갛게 물들인 이나가 내게 비난의 목소리를 높였다.

"그건 그렇고, 카타리나 아가씨는 언제쯤 돌아오는 거지?"

"글쎄요. 어쨌거나 처음 시도한 일이라서요."

셋이서 소란을 떨고 있는 동안 카타리나는 간이침대 위에서 얼 굴이 새빨개진 채로 계속 넋을 놓고 있었다.

"바우마이스터 백작, 마력은 회복됐나요?"

"예."

가까스로 카타리나를 작동시킨 우리는 급히 블라이히뢰더 변 경백작군 본진으로 향한다.

……바로 옆이긴 하지만.

그곳에는 블라이히뢰더 변경백작과 몇몇 가신, 그리고 제후군을 구성하고 있는 열 명의 귀족과 그 가신도 모여 있었다. 아마도 우리가 제일 마지막에 도착한 모양이다.

나는 이나를 호위로 대동했고, 카타리나는 제후군을 보내지 않았지만 본인이 명예 준남작이므로 귀족의 한 사람으로서 참가한 것이다.

자리에 앉자 젊은 당번병이 차를 가져다주었다.

……역시 엘리제가 끓여준 것보다는 맛이 덜하네.

아니, 그녀는 어제의 전투에서 발생한 많은 부상자들을 치료하고 있기 때문에 그런 부탁을 할 상황이 아니다.

"자, 어제는 생각지도 못한 '전쟁'에 휘말려 고생이 많았습니다."

블라이히뢰더 변경백작이 특히 '전쟁'이라는 단어를 강조했다.

그것은 지금까지 귀족들 사이에서 일어났던 분쟁과는 전혀 다르기 때문이다.

사망자가 2백 명 넘게 나왔으며 수십 년 전의 우발적 충돌과는 달리 블로아 변경백작군은 명백히 전쟁을 준비해 왔다. 후방에 숨겨둔 원군을 부르고, 무기도 훈련용에서 일반 무기로 교체하고, 말에 탄 기사들을 선두로 블라이히뢰더 변경백작군을 유린하고 분쇄하려고 한 것이다.

만약 성공했다면 블라이히뢰더 변경백작군의 희생은 천 단위를 훌쩍 넘겼을 것이다.

"어쨌든 난감한 사태입니다……만, 그나마 다행인 것은 이곳에 왕국의 특사인 크납슈타인 자작이 있다는 점이겠죠?"

이번 '전쟁'이 블로아 변경백작가에서 일으켰다는 사실을 증명할 증인이 될 테니까 말이다.

적어도 이쪽이 일방적으로 비난받는 일은 없을 것이다.

어쩌면 중요한 순간에 블로아 변경백작 쪽으로 넘어가 생색을 낼 가능성도 부정할 수는 없지만.

귀족이란 존재는 서슴없이 그런 짓을 하는 것이다.

"제가 왕궁 쪽 인간이라 우려하시는 분도 있겠지만, 이번 '전쟁'이 블로아 변경백작가 쪽에 의해 일어난 건 사실입니다."

관습에 입각하여 시세에 맞는 재정안을 내놨는데도 불복하고, 불리한 현 상황을 타개하기 위하여 앞뒤 가리지 않고 '전쟁'을 일으키는 것은 너무도 터무니없는 일이라고 크납슈타인 자작은 말했다.

표정은 평소와 같지만 그도 개인적으로 분노를 느끼고 있는 듯하다. 어젯밤에는 이쪽에서 묵었기 때문에 최악의 경우 본인이 살해됐을 수도 있었기 때문이리라.

"다만 커다란 문제가 하나 있습니다."

더욱 엉망이 된 지금의 상황을 어떻게 해결하느냐 하는 문제가 불거진 것이다.

현재, 아군의 각 귀족에게 관리를 맡기고 있는 포로와 블라이히뢰더 변경백작가 쪽에서 관리하고 있는 포로의 수는 합쳐서 2만 명 가까이 된다. 나중에 비용을 청구한다 해도 크게 번거롭다는 점은 명백하다.

게다가 어쩔 수 없다고는 해도 이미 블로아 변경백작령 안으로 군대를 들여보냈다. 열 곳이 넘는 적 본진의 식량비축소로 진입하여 이른 아침에 식량을 가져온 수송 부대까지 모두 붙잡았다고 한다.

"인원수가 많으니까 빈번히 식량을 수송해야 했겠죠."

다만 수송 부대가 돌아오지 않으면 블로아 변경백작가 쪽에서 수상하게 여길 것이다.

그 전에 대패의 소문은 멋대로 퍼질 것이고, 탈주자가 단 한 명도 없지는 않을 테니까 블로아 변경백작가 쪽에 소식이 전해지는 것도 시간문제다.

"당장은 빼앗은 식량으로 버틸 수 있지만 이제 '전쟁' 상태이므로 제후군도 추가로 징집해야 합니다."

"뭐가 문제인 거죠?"

"앞으로 우리는 누구와 교섭을 해야 하느냐, 하는 점이겠죠?"

"크납슈타인 자작이 재정 협정서에 사인할 인간을 물었더니 이렇게 공격을 해왔으니까요."

현재 블로아 변경백작가를 움직이고 있는 인간이 누군지 명확치가 않아서 골치가 아픈 것이다.

아마도 블로아 변경백작 본인이 살아있다 해도 다른 사람에게 지시를 할 수 있는 상태가 아니리라.

보통은 후계자를 영주 대리로 삼아 영지를 운영하지만, 그 집에서 상속 다툼이 발생했다. 그렇기에 장남 필립을 후계자로 삼으려고 제후군 간부들이 군사를 일으켰고 결국 패배하고 말았다.

공을 세우기는커녕 대실패를 한 것이다.

"그 군을 이끌던 간부들은 전부 포박했습니다. 높은 양반들은 전선에 나올 턱이 없으니 사망자나 부상자도 없고요."

'에어리어 스탠'에 의한 낙마 따위로 죽은 사람은 없다고 한다. 최소한 한 명이라도 전선에 나왔다가 희생됐다면 동정의 여지가 있겠지만, 전부 멀쩡한 몸으로 포로가 됐다는 말을 듣고 그 무책임함에 구역질이 날 것 같았다.

"그 영애에게 정보를 들을 수 없을까요?"

"더 이상 유용한 정보는 없을 겁니다."

카를라 양은 혼자 비밀특사 대우로 이쪽에 와 있으며 그 뒤로는 블로아 변경백작가와 연락을 취하지 못했다.

그녀가 바우마이스터 백작령에 오기 전, 블로아 변경백작은 자리에 누워있기는 해도 평범하게 대화를 할 수 있었다고 한다. 하지만 지금의 상황으로 봐서는 그는 이미 죽었거나 의식이 없는 상태일 것이다.

필립과 크리스토프가 블로아 변경백작의 침대 옆에서 제각기 멋대로 지시를 내려 현장을 혼란스럽게 만들고 있는 것이리라.

"카를라 양을 대리인으로 교섭을…… 하기는 어렵겠군요……."

블로아 변경백작이 재정안에 사인할 수 없다면 결국 필립과 크리스토프 중 한쪽이 사인을 한다는 말이 된다.

"새 당주가 결정돼도 조건을 받아들이지 않고 사인을 거부할 가능성이 높겠죠."

새 당주는 기본적으로 입지가 약하다.

가신들의 눈치를 보느라 큰돈을 지불하는 재정안에 선뜻 사인할 수 있을 리가 없다. 그랬다가는 겁쟁이라는 비난을 받으며 가신들에 의해 끌려 내려올 가능성이 있기 때문이다. 전란의 시대도 아니므로 대귀족의 당주가 독재를 행사하기가 어려운 것 같다.

　"인수관(印綬官)은 당주나 당주가 인정한 후계자가 아니고서는 인수를 건네지 않습니다. 당주의 병환으로 후계자가 정해져 있지 않다면 설령 협박해도 내주지 않을 겁니다."

　"그것도 있군. 그쪽의 상황을 전혀 알 수 없으니 골치가 아파."

　중년의 자작이 블라이히뢰더 변경백작에게 푸념을 한다.

　귀족가의 당주는 서류에 사인을 하여 그 효력을 발휘시킨다. 따라서 일본과 같은 도장은 존재하지 않지만 당주의 증표로서 문장을 새긴 순금 도장을 왕가로부터 하사받았다.

　편지를 밀봉할 때 그것을 찍어 그 편지가 진짜임을 증명하는 것이다.

　이걸 갖는 자가 바로 당주인 셈이지만 거물 귀족에게는 그것을 관리하는 인수관이라는 직책의 가신이 존재한다.

　"매우 평범한 직책이지만 거물 귀족은 인수관을 우대합니다."

　능력보다는 성실하고 주군에게 충실한 자가 뽑힌다.

　인수관 혼자만 주군에게 은밀히 후계자의 이름을 듣는 경우도 많다.

　주군이 후계자를 전하면 그 사후에 목숨을 걸고 그 인물에게 인수를 건넨다.

　과거에는 다른 후계자 후보에게 살해되는 자도 있었다고 한다.

"블로아 변경백작이 아직 죽지 않았다면 인수관은 오기로라도 어느 한쪽에 인수를 건네지 않겠죠. 다만……."

블로아 변경백작이 후계자를 지정하지 않은 채로 죽어버린다면 어떻게 될까? 그건 아무도 알 수 없는 일이다.

"인수관도 어차피 문관이니까요. 만약 필립 님이 출전한 상태에서 블로아 변경백작이 죽어버렸을 경우 크리스토프 님이 인수관에게 인수를 내놓으라고 강요할 수도 있겠죠. 필립 님이 심복을 남겨두고 간다 해도 아무 도움이 안 될 테니까요."

그래서 둘 다 오기로라도 블로아 변경백작의 병상을 떠나지 않는 거라고, 블라이히뢰더 변경백작은 설명한다.

"해결의 실마리조차 보이지 않는군요……그러고 보니 저도 인수를 돌려받았네요."

바이겔가의 부흥과 함께 카타리나도 왕국으로부터 인수를 반환받았다.

나도 당연히 수여를 받았기 때문에 마법 자루에서 슬쩍 꺼내 본다.

"바우마이스터 백작은 신흥 귀족이니까 인수관이 정해지려면 수십 년은 더 있어야겠죠."

신뢰할 만한 성실한 가신을 찾기도 쉽지가 않고, 그저 인수를 갖고만 있어도 급료를 받는 인수관은 거물 귀족밖에 고용할 능력이 없다. 중견 이하의 귀족은 스스로 보관하거나 다른 가신에게 겸직을 시키는 게 보통이다.

"무척 호화롭게 개량했군요."

"로델리히가 화려한 게 좋다고 했으니까요."

하사받은 인수는 생긴 건 문구점에서 파는 싸구려 도장과 별 차이가 없다. 다만 순금이라는 점이 호화롭다고 할 것이다.

그리고 도장 부분은 안 되지만 손잡이 부분은 자유롭게 개조할 수 있었기 때문에 거물 귀족들은 그걸 개조하여 호화로움을 서로 겨룬다. 누구에게 보여줄 것도 아닌데 역시 귀족이란 허영에 죽고 사는 생물이었다.

"용 두 마리가 서로 얽혀 있는 모습인가요?"

"어쨌든 드래곤 퇴치로 입신출세를 한 가문이기 때문이라는 이유죠."

용은 금세공품이며 눈 부분에는 에메랄드가 들어가 있었다.

세공은 로델리히가 알고 지내던 왕도에서 이름난 세공 장인이 맡았다.

"장인 중에도 아는 사람이 있군."

"모험자 일을 하며 조금 특수한 소재를 채취해 가져갔던 사이니까요."

로델리히의 넓은 인맥은 여전했다.

곧바로 세공 장인에게 의뢰하여 바우마이스터 백작가의 화려한 인수는 완성됐다.

"하지만 쥐기가 어렵겠네요."

"그 사실을 알아차린 건 세공이 끝난 뒤였습니다."

로델리히도 나도 거기까지는 예상하지 못했던 것이다.

두 사람 사이에 묘한 분위기가 퍼졌기 때문에 화제를 바꾸기로 한다.

"하지만 사태가 정말 귀찮아졌군요."

"고생한 만큼 확실하게 바가지를 씌워줄 거지만요."

"바가지를 씌운다는 표현이 조금 경박하지만 쓸데없는 야습을 시도했으니 화해금과 몸값은 대폭 늘어나겠죠."

크납슈타인 자작은 표정 하나 바뀌지 않고 참고가 될 새로운 재정안을 열심히 만들기 시작했다.

"재정안에서 유리해지도록 아무 도시라도 점령할까요?"

"아뇨, 도시를 점령하면 귀찮으니까요."

다른 귀족의 영지이므로 약탈 같은 짓을 하는 멍청이가 나올 가능성이 있기 때문이다.

더 이상 소란을 키우고 싶지 않은데 또 다시 다툴 거리를 늘려봤자 소용이 없다.

블라이히뢰더 변경백작은 젊은 귀족의 제안을 기각했다.

하지만 그 대신 에차고 초원의 대부분을 점령했다.

적군 본진이나 식량 비축소를 점령한 김에 확보해 버린 것이다

"이렇게까지 싸웠으니 점령지가 있는 편이 재정에서 유리하겠죠."

결국, 그날 회합은 블로아 변경백작가 쪽에서 사자를 보낼 때까지 점령지 확보와 포로 관리를 계속하기로 결정하고 폐회했다.

블라이히뢰더 변경백작 일행과 얘기를 마치고 본진으로 돌아오니 병사들을 이끌고 나갔던 엘이 돌아와 있었다.

"한 마디로 아무것도 결정된 게 없는 거네."

"상대편 교섭 상대자가 오질 않으니 어쩔 수가 없지."

현재 상황을 설명하자 엘은 떨떠름한 표정을 짓는다.

"우리가 정말 이긴 거 맞아?"

그 말을 들으니 심하긴 하다. 왜냐하면 상대가 규칙과 관습을 무시하고 있기 때문이다.

"오라버니들도 이제는 슬슬 얼굴을 내밀 겁니다. 다만 고드원과 마찬가지로 뻔뻔스러운 제안을 하겠지만요."

"카를라 씨는 신경 안 써도 돼요."

"감사합니다, 일부러 그렇게 말씀해주셔서."

엘이 카를라 씨를 위로했지만 한 번 틀어진 재정 교섭이 다시 열릴 예정은 현재로서는 불분명했다.

제7화 책임자는 빨리 나와!

"오늘은 디저트로 무화과 콤포트(설탕에 절인 과일)를 만들어 봤습니다."

"솜씨가 좋네요, 카를라 씨"

"케이크를 만들어 먹을 형편이 아니었기 때문에 이것도 감지덕지했죠. 무화과는 채집으로 얻을 수 있으니까."

"카를라 씨도 우리와 처지가 많이 비슷하네요."

"네. 가난한 기사가문의 더부살이였으니까요."

여전히 재정 교섭이 시작될 낌새는 보이지 않았지만 카를라 양은 우리에게 완전히 마음을 털어놓았고, 여자들끼리는 사이좋게 요리나 빨래를 했다. 루이제도 서민적인 그녀에게 많이 친숙해진 모양이다.

"엘 씨, 터진 부분을 다시 꿰매두었습니다."

"감사합니다, 저는 바느질이 워낙 서툴러서……."

"엘 씨는 이제 지위가 있는걸요. 저한테 맡겨 주세요."

엘과 카를라 양은…… 무척 친해 보인다. 이게 우정인지 아니면 사랑인지 솔직히 나는 잘 모르겠다.

"벨, 카를라 씨라면 내 아내가 돼도 엘리제나 다른 여자들과 잘 지낼 수 있겠지!"

엘은 혼자서 기뻐했다. 터진 옷을 고쳐주는 여자는 이제 내 애인이라는 감각이리라.

하지만 다른 병사들의 터진 옷도 전부 수선해주고 있는데. 뭐, 엘에게 그런 얘기를 해봤자 소용없겠지만.

"무공을 계속 쌓아가고 계신다고 하더군요."

"아뇨~, 그냥 무혈입성이에요. 싸울 일도 없으니까요."

이쪽이 에차고 초원을 점령해도 블로아 변경백작가의 반응은 미약했다.

블라이히뢰더 변경백작은 난감해하며 어쩔 수 없이 블로아 변경백작이나 그 종자의 영지에 있는 마을을 점령하고 있다.

다만 정말로 군대를 보내 점령하면 성가시므로 통치는 현지의 책임자에게 맡기고 군정관들이 거주하고 있을 뿐이다.

상황이 상황인지라 점령한 것으로 했지만 군대를 보냈다가 그곳 주민들과 말썽이 생기면 왕국 정부에게 비난을 받을 가능성이 있다.

그런 사정도 있어서 블라이히뢰더 변경백작은 마도 휴대통신기로 각료들과 의논하며 자신의 군을 통제하고 있었다.

"통상적인 영내 통치에 관한 업무에, 바우마이스터 백작령 개발관련 업무에, 제후군과 점령지 관련 업무까지. 내 분신을 만들어주는 마법 같은 것은 없나요, 바우마이스터 백작?"

블라이히뢰더 변경백작이 다크 서클이 짙게 낀 눈으로 내게 진지하게 이렇게 물었을 때는 솔직히 어떻게 대답해야 좋을지 당황스러웠다.

인원 부족을 메우기 위해 나는 원래 블로아 변경백작가의 가신이었던 토마스 일행을 파견 보냈다. 그들은 점령지의 지리에 밝기 때문에 가서 돕도록 한 것이다.

"그나저나 이들은 어떻게 하지?"

포로로 잡혀 있는 블로아 변경백작가 쪽 귀족들도 난감했다. 포로로 잡힌 기간이 길면 몸값은 늘어나고, 많은 인원이 영지를 비우면 농사일조차 제대로 안 돌아가기 때문이다.

하는 수 없이 블라이히뢰더 변경백작은 나중에 꼭 몸값을 지불하겠다는 서약서를 받고 그들을 풀어주기로 했다. 그들을 관리하는 일만 덜어도 자신의 부담이 훨씬 줄어들기 때문이다.

블라이히뢰더 변경백작가 쪽의 귀족들도 이대로 전쟁이 계속돼 이웃 영지의 통치 체제가 마비되거나 붕괴되면 교역의 정체나 난민 문제 때문에 함께 무너질 위험성이 있다.

블로아 변경백작가 쪽의 귀족들은 이런 비상시국에 전혀 얼굴을 내비치지 않는 주군에게 실망했다.

"블라이히뢰더 변경백작님, 저는 귀하의 종자가 되겠습니다."

"저도 받아주십시오! 블로아 변경백작의 무책임한 행동을 더는 참을 수가 없습니다."

그들은 일제히 블라이히뢰더 변경백작 쪽으로 돌아섰다. 종자를 돌보지 않는 주군에게 실망한 점과 남부에 소속되면 개발 이권을 얻을 수 있다는 계산도 있었으리라.

이로 인해 블로아 변경백작가는 더욱 힘을 잃었지만 자업자득이므로 동정하는 자는 아무도 없었다.

그리고 그런 와중에 마침내 블로아 변경백작가의 대표가 모습을 보인다.

"역시 군대는 데려오지 않았군요."

"군사를 모으려고 해도 돈이 드니까요."

그들은 사절단을 편성해 블라이히뢰더 변경백작군이 주둔하고 있는 최전선의 초원에 있는 대형 텐트에 모습을 드러냈다.

하지만 교섭은 또 다시 크게 좌절하게 된다. 아니, 좌절이랄까 그 입구에도 들어가지 못했다.

"필립 폰 블로아요!"

"크리스토프 폰 블로아입니다."

어느 정도 예상은 했지만 블로아 변경백작가 쪽의 수장이 둘 다 나와 버린 것이다.

그리고 블라이히뢰더 변경백작 이 어느 쪽과 교섭을 하면 좋겠냐고 물었더니 둘이 말다툼을 벌이기 시작한다.

"장남인 내가 교섭하겠다!"

"무슨 말씀입니까! 형님의 실태가 이 상황을 초래한 것 아닙니까. 제가 교섭하겠습니다!"

이윽고 말다툼은 점점 더 심해졌고 두 사람이 데려온 가신들까지 합세 간다.

"이런 멍청한 전쟁을 계획한 너희에게는 교섭에 나설 자격이 없다! 그 전에 죄다 포로로 잡혀 따라온 자들이라고는 전부 조무래기뿐. 그런 너희들로는 블라이히뢰더 변경백작 님께 실례가 되지 않겠느냐!"

"너희야말로 처음에는 반대도 거의 안 하고 예산과 물자를 준비했잖아! 그런데 전황이 불리해지자마자 손바닥을 날름 뒤집다니! 문약(文弱)한 것들은 잠자코 있어!"

"칼 휘두르는 재주밖에 없는 것들이 교섭을 하겠다고? 잠꼬대는 잘 때나 해!"

"인텔리 행세 하는 저능아 주제에! 너희들 그 좋은 머리도 다 허울뿐이야!"

블로아 변경백작이 건재하다면 이런 추태를 보이지 않았을지도 모른다.

게다가 교섭에 참가할 수 있는 건 스무 명까지인데 필립과 크리스토프 모두 일행을 스무 명씩 데려왔다. 그리고 서로 양보하지 않고 또다시 싸움을 벌인 것이다.

"절반으로 줄이면 어떻겠습니까?"

역시 보다 못한 블라이히뢰더 변경백작이 거들고 나섰지만, 그것조차 새로운 분쟁의 씨앗이 되어버렸다.

"제후군 간부 대부분이 포로로 잡혀 있는 필립 님께는 사절단이 열 명씩이나 필요 없겠죠?"

"이건 군사행동에 관한 재정이다! 제후군을 총괄하는 필립 님의 수반을 줄여 어쩌자는 것인가! 너희야말로 서류에 사인하는 재주밖에 없으면서 열 명씩 따라올 필요가 있을까!"

이대로 방치해 뒀다가는 영영 교섭이 시작되지 않을 것이므로 보다 못한 크납슈타인 자작이 절반씩만 수행원을 데리고 텐트로 들어오도록 권고했다.

그는 어느 쪽에도 속하지 않는, 왕국에서 온 중립적인 인물이다. 그를 화나게 했다가는 교섭이 불리해질 거라고 느낀 두 사람은 순순히 수행원 열 명씩을 거느리고 텐트로 들어갔다.

"교섭 전에 조정서의 사인 말입니다만……."

"닷새 전에 아버님이 돌아가셨으니 양쪽이 연서하면 유효하지 않을까요."

"그렇군요."

크리스토프의 대답에 크납슈타인 자작은 납득한 표정을 지었다.

하지만 마침내 이곳에 얼굴을 내민 이유가 부친인 블로아 백작이 죽었기 때문이라니, 얼굴도 모르는 사이였지만 블로아 변경백작이 왠지 불쌍하게 느껴진다.

"그래서 교섭을 계속하겠습니다만……."

어쨌거나 전제 조건이 완전히 달라졌기 때문에 전에 나왔던 제정안은 당연히 전부 무효다.

"실은 이번에 블로아 변경백작가 쪽으로 참전했던 귀족들이 말입니다……."

그들은 블로아 변경백작가의 너무도 무책임한 모습에 주군을 블라이히뢰더 변경백작으로 바꾸겠다는 취지의 선언을 했다.

그리고 분쟁 안건의 화해금이나 몸값 협상은 끝나지 않았지만 이대로 분쟁이 길어지면 영내의 경제가 파탄이 나버리기 때문에 먼저 풀려나 영지로 돌아갔다.

그리고 분쟁 안건의 상태도 분쟁 전으로 되돌렸고, 명목상이지만 점령 상태라 블로아 변경백작가 쪽에서 상단을 보낼 수도 없기 때문에 상인 역시 남부에서 받아들이고 있다.

"이제 조건이 달라졌습니다. 그 점을 이해해 주십시오."

분쟁 전에 블로아 변경백작가의 종자였던 귀족들이 이제는 블라이히뢰더 변경백작의 종자가 되어 있다.

　결국 동부의 총괄 영역이 크게 북상하여 좁혀졌음을 의미했다. 그리고 블로아 변경백작가에 더욱 잔혹한 현실이 들이닥친다.

　"그렇다 해도 침략을 받은 우리 종자들이 화해금의 권리를 포기한 게 아닙니다. 우리가 일괄하여 청구하는 형태로 한 것입니다."

　"일괄하여 말입니까?"

　"하지만 여기 이 서류가 있으니까요."

　블라이히뢰더 변경백작의 손에는 예전 블로아 변경백작 쪽 귀족들이 서명한 계약서가 40장 넘게 들려 있었다. 그 내용은 분쟁에서 발생한 손해는 전부 블로아 변경백작이 부담한다는 것이었다.

　"그들은 이권을 분쟁 전의 상태로 되돌리기 위해 분쟁 상대에게 화해금을 지불해야 합니다. 하지만 이 계약서에 따르면 그 돈은 모두 블로아 변경백작가에서 부담한다고 적혀 있습니다. 효율적인 교섭을 위해 제가 일괄적으로 청구하는 편이 낫겠죠."

　그 전에 이미 블라이히뢰더 변경백작이 귀족들에게 화해금을 먼저 지불했기 때문에 돈을 받지 못하면 적자를 보게 되는 것이다.

　"우리 종자들이……."

　블로아 변경백작가에게 절망스러운 부분은 이 화해금을 지불해도 40곳이 넘는 귀족 가문이 다시는 종자로서 기능하지 않는다는 점이다. 돈도 잃고 자신의 지배 영역까지 줄어들어 버렸으니 블로아 변경백작가는 말 그대로 전쟁에 졌다고 할 수 있다.

　"나머지는 주로 바우마이스터 백작이 붙잡은 포로에 대한 몸값입니다."

포로들도 이미 풀어줬고 그들을 맡고 있던 아군 귀족들에게는 관리비용을 선지급했다.

당연히 나는 이 몫도 포함하여 블로아 변경백작가에 청구를 하게 되었다.

"게다가 블로아 변경백작군의 포로가 만 명 하고도 567명. 상당수의 동부 영역과 마을들도 점령된 상태입니다. 이것의 반환에도 화해금이 필요하겠죠."

최초의 재정 교섭 당시에 크납슈타인 자작은 4억 센트로 산정했지만 지금 상황에서는 같은 금액일 리가 없다.

"얼마입니까?"

마침내 입을 연 필립이 블라이히뢰더 변경백작에게 물었다.

"계산에 따르면 10억 센트로군요."

"말도 안 돼!"

너무나도 엄청난 액수에 두 후계자 후보는 말문이 막혔다.

하지만 그 무모한 야습이 있기 전에도 5억 센트였으니 이 정도의 증액은 어쩔 수 없으리라.

"아무리 그래도 너무 비싸!"

"하지만 이토록 큰 실태를 저질렀으니 증액은 어쩔 수 없겠죠."

"특사님은 블라이히뢰더 변경백작님의 편을 드는 것이오!"

크납슈타인 자작의 발언을 필립이 물고 늘어지지만 그는 낯빛 하나 변하지 않고 조용히 반론했다.

"편을 든다구요? 당신이 무슨 말을 하는지 모르겠군요. 왕국이 묵인하던 '분쟁'을 무의미하게 길게 끌다가, 첫번째 재정이 불리해지자 실전용 무기를 들고 야습을 도모했다. 분명히 말하자면 왕국은 블로아 변경백작가에 대한 불신감이 더욱 커지고 있습니다. 후계자 분쟁도 중요하지만 최소한 다른 귀족에게는 피해가 안 가도록 하십시오. 그리고 만일 여기서 화해금 없이 분쟁 전의 상태로 돌려놓으라고 하실 작정이라면 그건 일방적으로 블로아 변경백작가 쪽의 편을 드는 것이니 동의할 수 없습니다."

담담한 어조였지만 크납슈타인 자작의 가차 없는 반론에 두 후계자 후보는 입을 다물고 만다.

그는 우리가 야습을 막지 않았다면 전사했을 가능성도 있었기 때문에 더욱 화가 났던 것이리라.

"어느 정도 금액을 깎을 수는 있겠지만 다른 안건은 협상을 해도 소용없을 겁니다. 종자들의 이탈도 마찬가지입니다. 블로아 변경백작가는 그 계약서에 따라 그들의 손실을 지불할 의무가 있지만 그들이 블로아 변경백작가의 종자로 되돌아가는 일은 없을 겁니다."

그들이 거절할 수 없는 점을 이용해 강경 점거를 시켜놓고 자신들은 후계자 분쟁에 정신이 팔려 전선에 얼굴조차 내밀지 않던 것이다. 그야말로 자업자득이다.

"오늘은 대면과 조건 제시가 목적이었으니 이걸로 마치도록 할까요?"

화해금의 감액 교섭도 블로아 변경백작가 쪽에서 먼저 의논할 필요가 있으리라. 블라이히뢰더 변경백작이 오늘의 교섭 종료를 선언하고 양쪽은 그대로 해산했다.

첫날의 재정 교섭은 1시간 정도로 끝났고 우리도 진지로 돌아왔지만, 그 돌아오는 길에 블라이히뢰더 변경백작에게 충고 한마디를 들었다.

"조심하도록 해요, 바이마이스터 백작."

"어리니까 뒷공작을 펼 수도 있다는 건가요?"

"그래요."

교섭에서 블로아 변경백작가 쪽이 내게 지불할 금액의 상당 부분은 내가 붙잡은 귀족이나 병사들의 몸값이다. 그 때문에 몇 푼 안 되는 화해금이나 제반 경비도 그냥 몸값에 집어넣었다. 화해금 액수가 큰 것은 블라이히뢰더 변경백작 정도니까.

그 무모한 야습에 의해 블로아 변경백작군의 정예 부대와 대부분의 간부가 붙잡혀 있다. 이것까지 합치면 그 금액이 어마어마해지므로 두 후계자 후보는 아직 나이가 어린 나를 단독으로 노려 몸값 액수를 줄이려고 할 거라는 얘기였다.

"우리에게 지불할 화해금을 줄이기는 매우 어려워요. 하지만 당신은 잘만 구슬리면 가능하다고 생각할지도 몰라요."

"이제 막 성인이 된 젊은이니까요. 하지만 그 후방교란 사건을 잊은 건 아닐까요?"

"바로 그렇기 때문입니다. 그 점에 대해 비공식적으로 사죄하고 대신 어떤 조건을 내걸겠죠."

"카를라 양인가……."

나이가 비슷한 블로아 변경백작가의 아가씨를 내 아내로 바친다.

블로아 변경백작가 내부적으로는 '그 공작에 대한 사죄를 담아서'라고 하면 끝날 일이고, 만일 카를라 양이 내 아내가 되면 편리한 점도 생긴다.

"미개척지 개발 이권에 한 몫 낄 수 있으니까요. 아내의 친정에 그 정도 융통도 해주지 않는다면 이상하겠죠?"

"저는 그녀를 아내로 맞이할 생각이 없습니다."

물론 괜찮은 아가씨지만 그 가족이 너무 형편없는 것이다.

안 그래도 이제 막 성립한 영지이므로 그런 인간들의 개입은 막고 싶다는 게 솔직한 심정이다.

"그녀도 곤혹스럽겠죠."

엘리제 일행과는 잘 지냈지만 그것과 이건 별개의 얘기다.

무엇보다 카를라 양은 엘이 한 눈에 반한 사람인데 우정을 망치면서까지 욕심을 낼 필요가 있을까.

"모쪼록 넘어가지 않도록 하세요."

"물론입니다."

블라이히뢰더 변경백작과 헤어져 나는 우리 군의 진영으로 돌아온다.

총 150명가량의 블로아 변경백작가 사절단은 블라이히뢰더 변경백작군 본진 옆에 진지를 쳤다. 앞으로 매일 교섭을 해야 하니 가까운 곳이 편리하다는 점, 그리고 상황이 이 정도로 악화됐으니 오히려 자신들을 습격하거나 암살하지는 않으리라고 판단했으리라.

나름 배짱은 있어 보이지만 그 판단력을 좀 더 빨리 발휘했더라면 얼마나 좋았을까.

그런 생각을 하고 있으려니 모리츠가 나타나 블로아 변경백작가에서 만찬에 초대했다는 소식을 전했다.

잠시 후 정식 사자가 찾아와 초대장을 내게 건넨다.

"알겠습니다. 가도록 하죠."

"감사합니다."

사자인 초로의 남성은 안심한 표정을 지으며 블로아 변경백작가의 진지로 돌아간다.

"위험하지 않을까요?"

"설마."

여기서 나를 죽였다간 블로아 변경백작가는 틀림없이 멸문을 당하리라.

설마 그 정도로 머리가 돌아가지 않는다고는 믿고 싶지 않았다.

"호위는 데려갈게."

"엘빈, 알고 있겠지?"

"예."

모리츠는 엘에게 확실하게 호위를 하도록 주의를 주었다.

지금의 엘은 카를라 양 덕분에 열심히 일하는 우수한 가신이므로 더욱 안심이 됐다.

"그건 그렇고 이 초대장 말입니다만……."

내게 받은 초대장을 쳐다보던 모리츠는 한 가지 중요한 사실을 알아차렸다.

"보낸 사람 이름이 필립 님뿐이군요."

"어디 보자~ 그럼 결국……."

"내일은 크리스토프 님에게 초대장이 오지 않을까요?"

"그렇군……. 이틀 연속은 힘든데."

최소한 함께 초대하면 안 되겠냐고, 나는 마음속으로 두 후계자 후보를 원망했다.

그날 저녁 나는 블로아 변경백작가 주최의 만찬회에 참석하기 위해 진지를 나섰다. 블라이히뢰더 변경백작에게 그 취지를 전하고 적진으로 들어간다.

엘과 나 외에 모리츠가 지명한 네 명의 호위. 그리고 여성도 함께 있는 편이 좋겠다고 해서 역시 호위를 겸해 루이제도 따라왔다. 그녀라면 설령 무슨 일이 생겨도 적 몇 명쯤은 여유롭게 쓰러뜨릴 수 있을 테니까.

"게다가 엘리제는 위험하다고 생각해."

나를 독살할 일은 없겠지만 엘리제에게는 독을 탈 가능성이 있기 때문이다. 독살이 목적이 아니라 미래의 정실부인인 엘리제가 자식을 낳지 못하도록 은밀히 독을 탄다. 쉽게 구할 수는 없지만 그런 독약도 실제로 있기는 한 모양이다. 그런 만일의 사태에 대비하기 위해서 루이제를 동행시키는 것이지만.

"나라면 어느 정도 독약을 감지할 수 있으니까."

"뭔데, 그 능력은?"

마치 세기말의 모 구세주 같다.

"무예를 어느 정도 익히면 감각이 날카로워지거든."

전부는 아니지만 높은 확률로 식사 등에 포함된 독은 감지할 수 있는 모양이다.

"보고 마법 같은 건가."

"조심하면 독을 먹는 일은 없을 거야. 그렇지? 카를라."

"필립 오라버니가 그런 일까지는 벌이지 않기를 바랍니다."

얼굴이 약간 굳어지는 카를라 양을 놔두고 우리는 필립이 주최하는 만찬회에 참석한다.

블로아 변경백작가가 설치한 조그만 진지는 대립하는 두 사람을 위해 각각 대형 텐트가 쳐져 있었다. 우리가 들어가지 않은 대형 텐트에는 차남 크리스토프가 있으리라.

"잘 오셨습니다."

"감사히 먹도록 하겠습니다."

"진지라서 변변히 차린 것은 없습니다만……."

상황이 상황인지라 필립은 스무 살 가까이나 어린 내게 공손한 말투로 대응했다.

"평소에는 모험자로 생활하고 있으므로 신경 쓰지 마십시오."

"귀하의 실력은 익히 알고 있습니다."

블로아 변경백작의 장남 필립은 185cm가량의 키에 잘 단련된 근육질의 몸매를 갖고 있었다.

군사적 재능이 뛰어나다고 하는데 우리는 블로아 변경백작군의 실태를 눈앞에서 봤기 때문에 그 말을 그대로 믿기가 쉽지 않다. 한 눈에 본 느낌은 그냥 말끔한 사람 같았다. 이번 실태만 없었다면 무난하게 잘 사귀었을지도 모른다. 에드거 군무경이나 도사를 포함한 암스트롱 일족과 비교하면 '캐릭터가 센' 사람은 아니기 때문이다.

"필립 말인가? 그 녀석은 뛰어난 장군 후보지."

만찬 전에 마도 휴대통신을 통해 에드거 군무경에게 정보를 얻었지만 그의 입에서 필립의 욕은 별로 나오지 않았다.

"다만 영주라면 좀……."

군 계통의 법의귀족이라면 잘 해나갈 수 있을지 모르지만 영지를 통치하는 일은 쉽지 않을 거라고 했다.

본인도 그 사실을 잘 알지만 본인이 차기 영주가 되기를 바라는 외척과 가신들 앞에서 그런 소리를 할 수가 없으므로 표면상으로는 이복동생과 싸우고 있는 것처럼 보일 수밖에 없다.

에드거 군무경은 그게 진상일 거라고 추측했다.

"그래서 그 엄청난 사건을 벌인 건가요?"

"그건 고드윈이 조바심을 내서 멍청한 짓을 저지른 거겠지."

아무리 부하가 폭주한 거라고 해도 책임자는 필립이다. 그 책임에서 벗어날 수는 없으리라

"외척으로서 블로아 변경백작가에서 권세를 휘두른다, 그건가요?"

"대귀족 가문의 중신이라면 종종 꾸는 꿈이지. 그런데 지금의 직책을 잃을지도 모르는 엄청난 실수를 저질러 버렸으니 어떻게든 얼버무리려고 했겠지."

그로 인해 2백 명이 넘는 사망자가 나온 이상 의미가 없다. 아무리 외척이라도 그런 커다란 실태를 저질렀다면 그의 경력도 여기까지일 테고, 결정적으로 지금은 포로 신세다. 블로아 변경백작가에 돌아가 처분을 받겠지만 이쪽이 그것까지 왈가왈부할 생각은 없다.

"왕도에 있다 보면 나더러 적극적으로 중재를 하라느니 무모한 소리를 지껄이는 멍청이가 많아서 큰일이야. 지금 여기서 내가 필립을 도와줬다간 모두에게 미움만 살 테니까."

영주가 되지 못해 영지를 떠났다면 도와줄 수도 있지만, 지금 같은 상황에서 섣불리 개입했다간 자기까지 불똥이 튀기 때문이다.

"화해금 액수가 엄청나겠지만 결국 지불할 수밖에 없을 거야. 최악의 경우 자산 정리 명령이 떨어질 수도 있어. 어쨌든 망하게 할 수는 없으니까, 고분고분 받아들여야지."

'자산정리 명령'이란 쉽게 말해 한 차례 파산을 하는 것이다.

부채가 현저히 많지만 왕국으로서도 망하게 하기는 어려운 귀족가에 제3자인 재산 관리인, 이 경우는 왕국에서 파견되는 재무계 법의귀족을 보내고 어느 정도 빚이 사라질 때까지는 예산 집행 등에 커다란 제약이 걸리는 것이다.

이 제도가 있는 이유는 하루아침에 거물 귀족이 사라지면 현지
가 혼란에 빠지기 때문이다.

언뜻 물러 보여도 '자산정리 명령'을 받은 귀족은 단순한 왕국
이 기르는 개나 다름없는 신세. 게다가 이게 적용된다는 건 '너
는 영주로서 무능하다'는 선고를 받는 것이나 마찬가지니까.

"차기 영주 자리는 크리스토프에게 양보할 수밖에 없겠지. 멋
대로 자폭을 했으니까. 장인인 가신의 폭주라 해도 그걸 막지 못
한 이상 죄는 똑같아. 내가 데리고 있으며 돌봐주는 게 가장 좋은
방법이지만…….'

다만 그 방법을 쓰면 필립은 괜찮지만 그를 지지해온 가신들은
최악의 경우 실업의 위기에 직면하므로 그 말을 입 밖에 냈다가
는 당장 내일이라도 '적손'이라는 명분으로 필립의 아들을 후계자
로 내세워 소란을 피울 수도 있다고 에드거 군무경은 생각하는
것 같다.

"다들 골머리를 앓고 있어."

블로아 변경백작가를 망하게 하고 그곳을 직할지로 삼거나 다
른 귀족을 전봉(轉封-제후의 영지를 옮기는 것) 시킨다고 해도 한동안
은 혼란을 피할 수 없다. 이익은커녕 메워 넣을 게 더 많아서 중
앙의 거물 법의귀족일수록 사실 몰수를 싫어했다. 이 대상이 조
무래기라면 주저 없이 몰수하겠지만.

대기업은 쉽게 망하게 만들 수 없는 것과 같은 이치이리라.

"에드거 군무경은 혹시라도 영지귀족이 되고 싶은 마음이?"

"없네. 제대로 통치를 못 할 테니까."

후작과 변경백작.

호칭은 달라도 그 지위는 같은데도 법의귀족밖에 없는 후작 쪽이 재력도 거느리고 있는 가신 수도 훨씬 적다. 그러므로 전봉 명령을 받고 가도 제대로 통치할 수가 없는 것이다.

토착화된 전 가신이나 병사들이 반항하기라도 했다간 혼란이 더욱 번질 가능성이 있었다. 옛날이야기처럼 주인공이 하루아침에 커다란 영지를 떡 하고 하사받아도 쉽지 않을 것이다.

우리도 광대한 미개척지의 개발하느라 항상 인원이 부족해서 애를 먹고 있으니까.

"화해금과 몸값이 비싸서 싫다고 하면 광산이나 세수를 차압해 버려."

"무척 강경한 의견이군요."

"저쪽이 전부 잘못했으니까. 우리는 일정 규모의 블로아 변경 백작가가 남아서 동부를 통괄해주기만 하면 돼. 어느 정도의 축소와 부채에는 불만 없네."

이런 얘기를 나눴지만 에드거 군무경은 굳이 필립 본인에게 말하지 말라고 했다. 그 혼자만의 문제라면 냉큼 계승권을 포기하고 끝내겠지만 가신들이 얽혀 있기 때문에 섣불리 외부에서 유도했다간 치명적이 될 수 있기 때문이다.

"자, 이쪽 자리로 앉으시죠."

필립이 권유하는 대로 나는 준비된 테이블석의 상석에 앉았고 그 옆에 아내의 역할로서 루이제가 앉는다.

엘은 내 왼쪽 뒤편에 서서 자객을 경계했고 다른 호위들도 각지 제 위치에 선다. 아직 재정안도 체결되지 않은 적대 관계이므로 이 정도 경계는 당연하다고 할 수 있었다.

"먼저 건배부터 할까요."

군 계통의 인물이라 분위기가 왠지 운동부를 닮았다.

일찌감치 와인으로 건배한 후 코스 요리의 오르되브르부터 시작한다.

나오는 요리의 질은 야영을 하는 것치고는 훌륭한 편이었다.

역시 동방을 총괄하는 '지방의 영웅' 같은 느낌이랄까.

"동부에서도 소문은 들었습니다. 용을 두 마리나 물리친 엄청난 마법사라고."

교우 목적의 만찬이므로 이번 전쟁의 얘기를 할 수도 없어서 대화는 나의 용 퇴치 이야기부터 시작됐다.

그리고 귀족이라면 한 번은 나가야 하는 그 무예대회 이야기도.

"저는 예선 5회전에서 탈락했습니다. 귀족의 자식치고는 잘한 편이라고 해야 할까요."

와인을 마시고 차례차례 나오는 코스 요리를 먹으면서 적당히 대화를 이어간다.

하지만 역시 이번 전쟁의 얘기를 해서는 안 되기 때문에 나는 뭐 때문에 이 자리에 있는지 의문스러웠다.

루이제는 그 작은 체구에 어울리지 않게 열심히 먹으면서도 경계도 게을리하지 않았으며 엘 일행도 주변 경계를 계속하고 있었다.

독살이나 암살의 가능성은 거의 100% 없었지만, 이것도 일이
므로 어쩔 수 없다.

만찬의 디저트까지 다 먹고 차를 마시면서 대화를 나누고 있으
려니 역시 그 화제가 나온다.

"바우마이스터 백작님은 우리 카를라를 아내로 맞을 생각이 없
으시오?"

역시 카를라 양을 내 아내로 밀어 넣으려 하는 것 같다.

"지금 같은 상황에서는 블라이히뢰더 변경백작님의 반발이 거
셀 테니 거의 불가능하지 않을까 싶군요……."

그런 짓을 했다간 미개척지 개발의 이권의 할당 때문에 또 다
시 전쟁이 일어날지도 모르거니와 자칫하면 블라이히뢰더 변경
백작이 방해를 할 수도 있다.

"한 번 생각해 보지 않겠소?"

억지로 밀어 넣으려 하면 문제가 되겠지만 때마침 카를라 양은
우리 쪽에 있다.

필립은 내가 카를라 양에게 첫눈에 반했다고 생각하는지도 모
르겠다.

설마 그걸 목적으로 교섭을 미루고 있는 건 아니겠지?

만찬은 끝나고 우리는 자기 진지로 돌아왔다.

그리고 다음 날 이번에는 크리스토프 주최의 만찬에 초대받
았다.

"정말로 사이가 나쁘구나. 보통은 한 번에 끝낼 텐데……."

어제에 이어 내 호위를 담당하는 엘이 다른 호위들과 함께 한숨을 내쉬었다.

"오늘은 누가 갈래?"

"물론 나는 패스야."

오늘도 약혼자를 동반해야 하지만 루이제는 어제 참석했기 때문에 제일 먼저 거절했다.

"그럼 이나는?"

"상관은 없지만 요리의 맛을 거의 못 느낄 것 같은데."

루이제는 어떤 의미에서 천재이므로 거물 귀족가의 만찬에 참석해서도 경계를 계속하면서 디저트를 더 청해 먹을 정도로 대담하다.

하지만 이나는 성실한 타입이므로 이런 자리에서는 극단적으로 긴장해 버리는 것이다.

"안 내키나 보네."

"솔직히⋯⋯."

"나도 귀찮아. ⋯⋯예의상 참석해야 하니까 어쩔 수 없이 가는 거지만."

맛있는 음식이라면 언제든지 먹을 수 있고, 보나 마나 또 카를라 양을 아내로 삼아달라고 부탁할 테니까 나도 왠지 체할 것 같다.

"빌마는?"

"우리 밥이 더 맛있을 테니까 안 갈래."

"아, 그러세요."

블로아 변경백작도 대귀족이므로 훌륭한 요리가 나올 테지만 우리와 교류가 없기 때문에 간장, 된장, 마요네즈, 초콜릿 같은 새로운 식재료나 새로운 조리법과는 인연이 없다

그러므로 식사 내용이 왕도의 귀족 주최 파티 메뉴와 별 차이가 없어서 크게 먹고 싶다는 생각이 들지 않는 것이다.

"엘리제는……안 되겠지……."

아이를 낳을 수 없게 만드는 독을 넣을 가능성이 사라진 게 아니니까.

"엘리제를 데려가면 엘리제가 설득에 시달릴 테니까."

루이제의 의견이 옳다. 카를라 양을 나와 결혼시키기 위해 엘리제를 설득하거나 공작을 꾸밀 가능성이 높은 것이다. 장래에는 그녀가 바우마이스터 백작가의 안살림을 관리할 것이니까.

"제가 가면 일이 더 귀찮아질 가능성이……."

"자, 그럼 어떻게 한다……."

물론 후보는 한 명이 더 남았으며 게다가 그녀의 모습을 살피니 무척이나 참석하고 싶어 하는 표정으로 이쪽을 보고 있다. 뭔가 재밌어서 그런 만찬에 참석하고 싶어 하는지는 모르지만 분명 그녀 나름의 즐거움이 있으리라.

"나머지는……."

"어쩔 수 없군요. 오늘은 그럼 제가……."

"루이제, 이틀 연속이라 미안하지만."

"어째서 저를 보고도 또 루이제 씨죠?"

이유는 간단하다. 카타리나가 너무 가고 싶어 하니까 무심코

놀린 것이다.

"장난이야. 하지만 그렇게 가고 싶어?"

"저는 그런 파티나 만찬과는 인연이 없었으니까요……."

모르기 때문에 동경심이 무척 큰 모양이다. 하지만 모르는 게 약이라는 말도 있다.

"그럼 카타리나에게 부탁할까."

"맡겨 주세요. 제 우아함으로 만찬회를 성공으로 이끌 테니까요."

어쩐지 큰 착각을 하고 있는 것 같지만 그저 밥만 먹고 오는 거니까 나는 크게 신경 쓰지 않기로 했다.

그리고 그날 저녁.

슬슬 시간이 되어 블로아 변경백작가의 진지로 가기로 한다.

"벤델린 씨, 오래 기다리셨죠."

"이봐……."

왠지 안 좋은 예감이 들긴 했지만, 카타리나는 엄청 신경 써서 멋을 부렸다.

실크를 아낌없이 쓴 하늘하늘한 새빨간 드레스에 평범한 마정석이 아니라 진짜 보석이 잔뜩 붙은 머리핀과 반지, 게다가 힐도 굽이 높은 것으로 바뀌어 있었다.

"완벽한 정장이네……."

지금은 전시인 데다 야외이므로 약식 복장으로 충분한데, 왕가 주최의 파티에 가고도 남을 듯한 옷차림을 하고 있는 것이다.

"나는 말렸어. 루이제도 어제 약식 복장으로 갔으니까……."

카타리나가 옷 입는 걸 도와준 이나가 혼자 한숨을 쉬었다.

루이제, 카타리나, 빌마 세 사람은 제각기 너무나 자유분방해서 성실한 그녀에게 종종 피해를 주기도 한다.

"딱히 잘못된 건 아니니까 상관은 없지만……."

"그럼 갈까요."

마지못해 가는 게 아니라 잔뜩 기대에 부풀어 있다는 점이 유일한 위안이랄까?

그리고 아니나 다를까 굽이 높은 힐을 신어 초원을 걷기가 힘든 모양인지 '비상'으로 지면에서 살짝 떠올라 우아하게 걷는 척을 하고 있다.

내가 보기에는 마력 낭비지만 카타리나에게는 중요한 일인 모양이다.

"잘 오셨습니다."

"초대해 주셔서 감사합니다."

오늘은 크리스토프가 주최하는 만찬이므로 맞이하는 집사도 다른 사람이다. 아무래도 두 사람은 진지조차 둘로 나눠서 쓰고 있는 것 같다.

비효율적이지만 사이가 꼬여 있으니 어쩔 수 없다고 할 수도 있다.

"약혼자입니다."

"카타리나 린다 폰 바이겔 명예 준남작입니다. 오늘 이렇게 초대해 주셔서 감사합니다."

야외이므로 전원이 약식 복장인데, 혼자만 하늘하늘한 고가의 드레스를 걸친 카타리나.

　그것만으로도 완전히 튀었지만 본인은 전혀 눈치채지 못한 듯하다.
　"그녀가……."
　맞이하러 나온 가신들 사이에서 웅성거리는 소리가 흘러나온다.
　카타리나가 블로아 변경백작가의 전속 마법사들을 붙잡은 실력자라는 걸 눈치 챘기 때문이다.
　일부 실망스러운 표정을 짓는 자도 있었지만, 그로서는 '힘들게 모은 마법사들이 고작 이런 요란한 여자에게 당했나' 하는 기분이 들지도 모르겠다.
　"처음 뵙겠습니다. 크리스토프 폰 블로아입니다."
　처음 보는 차남 크리스토프는 조금 섬세한 문과 계열로 보이는 인물이었다.
　그밖에는 별다른 특징이 없다고 할까…… 그저 중년이 되기 직전의 평범한 남자로 보일 뿐이다.
　"이렇게 초대해 주셔서 감사합니다."
　빨리 재정안에 합의해줬으면 하는 마음도 있고, 또 어차피 카를라 양을 아내로 삼아 달라고 할 게 뻔하니까 솔직히 대응하기가 귀찮다. 물론 입 밖에 꺼내어 말할 수는 없었지만.
　"자리에 앉으시죠."
　크리스토프가 정중히 우리를 자리로 안내한다.

앉자마자 곧바로 요리가 날라져 왔지만 그 메뉴는 어제와 거의 똑같았다.

"아마도 비슷한 요리가 나올 거야. 그렇지만 거물 귀족은 대체로 귀빈을 접대하는 식사 메뉴가 정해져 있거든."

평소 같으면 계절에 맞춘다든지 해서 여러 가지 패턴으로 준비할 수도 있겠지만 여기는 공교롭게도 야외의 진지다.

그런 상황에서 풀코스 메뉴를 낼 수 있는 블로아 변경백작가는 역시 거물 귀족이구나 싶었지만 이틀 연속으로 같은 밥을 먹어야 하는 입장에서는 그것도 참 고역이다.

최소한 어떤 메뉴를 냈는지 형한테 물어보기라도 하던가!

······하긴, 그런 일이 가능하다면 형제끼리 이렇게까지 싸우지는 않았겠지만.

"역시 블로아 변경백작가의 디너로군요."

"칭찬을 해주시니 영광입니다, 부인."

"아직은 약혼자인걸요······."

나는 이틀 연속 먹는 거지만 카타리나에게는 처음 먹는 요리. 게다가 그녀는 이런 자리도 처음인 것이다. 처음 관광지에 간 시골 사람처럼 요리와 대화를 한껏 즐기고 있었다.

부인이라는 호칭에 수줍음을 느끼는 카타리나는 귀여웠지만, 조금 지나치게 들떠 있는 듯한 그녀에게 크리스토프는 살짝 부담감을 느꼈다.

하지만 그런 모습이 오늘 자리에서는 아주 호재였다.

카타리나, 마음껏 즐겨줘. 크리스토프가 그 말을 꺼내지 못하도록.

웬일로 내 부탁이 하늘까지 닿아, 크리스토프는 결국 카를라 양의 얘기를 꺼내지 못했다.

그가 고명한 마법사인 카타리나에게 말을 붙인 덕분에 그녀의 커다란 독무대가 펼쳐졌기 때문이다.

"제가 처음 사냥하러 나갔을 때 거대한 곰 마물이 덮쳐왔지 뭐예요. 황급히 '회오리'로 상공으로 휘감아 올린 뒤에 쓰러뜨렸죠. 계속해서 주변의 다른 마물들도 날려버리고. 그랬더니 주변 분들이 역시 '폭풍'이라고……아, 제가 '폭풍'이라는 별명을 갖게 된 이유도 말씀드려야겠네요……."

"하하하……. 그렇군요."

결국 그녀의 독무대는 만찬회가 끝날 때까지 이어졌고 크리스토프는 가장 중요한 용건을 전하지 못한 채 얼굴을 굳히고 말았다.

틀림없이 내가 이걸 예상하고 카타리나를 데려왔다고 생각하겠지만 그건 역시 나를 너무 과대평가한 것이다.

"즐거웠어요."

"그래. 오늘은 정말 고마워, 카타리나."

"네?"

내가 왜 고맙다고 하는지 고개를 갸웃거리는 카타리나의 모습은 역시 조금 귀여웠다.

그리고 무슨 의미가 있었는지 이해할 수 없는 이틀 연속의 만찬도 무사히 끝난 것이었다.

제8화 저는 먼저 물러가겠습니다!

"완전히 벽에 부딪혔네요……. 계속 이 얘기만 하고 있군요, 나는."

교섭이 시작된 지 1주일이 지나도록 아무런 성과도 없자 블라이히뢰더 변경백작은 한숨을 내쉬었다. 이쪽은 왕국에서 온 사자인 크납슈타인 자작이 계산한 안을 받아들이겠다고 했지만 블로아 변경백작 쪽이 너무 비싸다며 거부하고 있기 때문이다.

그리고 오늘도 아무런 결실을 맺지 못한 채 교섭이 끝났다.

필립과 크리스토프는 꿈같은 조건만 입에 담으며 그저 내게 카를라 양을 아내로 삼으라는 말밖에 하지 않는다. 그리고 그 말을 들은 블라이히뢰더 변경백작은 충고를 하듯이 두 사람에게 귀족 가문간의 혼인 얘기에 참견하지 말라고 불평한다. 뭐, 아무리 생각해도 교섭이 성립될 리가 없는 것이다.

지금까지 실컷 폐를 끼쳐놓고 천연덕스러운 얼굴로 개발 이권에 한 몫 끼려는 블로아 변경백작가. 블라이히뢰더 변경백작이 화를 내는 게 당연하다.

"카를라 님과 바우마이스터 백작이 결혼하면 블로아 변경백작가는 대역전이니까요. 하지만 지난 번 야습 때는 이쪽에 카를라 님이 함께 있었는데도 공격을 해왔잖아요. 도통 의미를 모르겠군요."

블라이히뢰더 변경백작은 블로아 변경백작가 쪽의 행동에 고개를 갸웃거렸다.

"카를라 님은 어떻게 생각하십니까?"

"고드윈은 제가 사라지기를 바랄 거예요. 아버지의 결정이라서 토를 달지는 않았지만 애당초 제 인지에 반대했으니까요."

며칠 전의 야습으로 함께 처리될 뻔한 카를라 양은 블로아 변경백작가에 전혀 관심이 없었으며 이미 이쪽 사람이라고 해도 과언이 아닐 것이다. 원래부터 그랬지만 물어보면 솔직하게 정보를 제공해 주었다.

그리고 그 정보는 정확하고 유용하다.

나는 이 사람이 무척 머리가 좋다는 사실을 깨달아가고 있었다.

"제가 바우마이스터 백작님과 결혼해도 고드윈의 뜻대로는 되지 않겠죠. 그보다는 필립 오라버니의 딸과 자기 딸을 측근 겸 첩으로서 보내려 했겠죠."

필립의 딸은 아직 어리므로 클 때까지 고드윈의 딸을 첩으로서 나를 상대하게 한다. 만에 하나 아이라도 낳으면 고드윈의 집이 블로아 변경백작가 안에서 큰 힘을 갖게 되는 셈이다.

"분가를 창설해 바우마이스터 백작가의 가신이 될 수도 있습니다. 그 남자는 야심이 크니까요."

블로아 변경백작가의 중신으로 군림하고 있으면서 바우마이스터 백작가에도 손길을 뻗치는 건가.

거물 배신(陪臣)인만큼 생각하는 것이 귀족과 매우 흡사하군.

"그 허점투성이 책략이 실패하고 지금은 포로 신세가 됐지만요."

야습이 실패했을 때 붙잡혀 지금은 포로가 되었으며 어마어마한 짓을 저질렀기 때문에 엄중히 감시를 받고 있다.

"그 집은 하는 짓이 정말 지리멸렬하네요. 머리가 몇 개 달린 뱀 같아요."

필립과 크리스토프가 싸우는 것도 모자라 필립의 지지자인 고드윈도 혼자 딴생각을 품고 있다? 그러니 협상이 될 것도 안 되겠지.

"바우마이스터 백작은 젊고 귀족으로서의 경험도 많지 않으니 교섭에서 약점을 노리는 것은 정석이겠죠?"

카타리나와 나는 몸값만 어느 정도 받으면 큰 흑자가 되기 때문에 감액을 노리기가 가장 쉬운 셈이다.

분쟁 안건의 이권과는 전혀 얽혀 있지 않기 때문에 교섭이 단순한 것도 큰 장점이리라.

"우리의 몸값 교섭액이 얼마였지?!"

"4억 5천만 센트입니다."

우리와 카타리나의 바이겔가를 합친 금액이다.

"10분의 1만 받아도 엄청난 흑자이기는 하지만."

우리의 군대는 새로 고용한 자를 포함해도 총 500명도 되지 않는다.

포로 관리비를 생각해도 이익률이 어마어마했다.

지금의 전쟁 규칙 아래서는 고위급 마법사만 돈을 번다는 사실의 증명이기도 했다.

"하지만 여기서 10분의 1로 깎아주면 단단히 얕보일 거예요."

"그렇겠죠……."

되도록 몸값을 많이 받아내지 않으면 귀족으로서 낮은 평가를 받는다.

하지만 현 상태에서 되도록 많이 받아내려 해도 쉽지가 않다.

시간이 오래 걸려 그만큼 미개척지 개발 지연으로 손해를 보는 상황이 되기 때문이다.

"물납(物納-조세 등을 물품으로 납부하는 것)은 어떨까요?"

"그것도 쉽지는 않겠지."

그럴 경우 대상은 영지나 광산 채굴권, 블로아 변경백작가에서 소유하고 있는 보물 등이 되는데 어느 것도 그리 쉽게 넘겨주지 않을 것이다.

"가치가 있으면서도 물납을 납득시킬 수 있는 것."

"게다가 블로아 변경백작은 큰 가치가 없다고 생각하는 것…… 있어요!"

카타리나는 한동안 생각에 잠겨있다 뭔가를 떠올린 모양이다.

"이렇게 된 이상 '헬타니아 계곡'을 받으면 되지 않을까요?"

"헬타니아 계곡? ……그래! 그 방법이 있었네!"

모르는 사람도 많지만 모험자로서의 경험이 나보다 조금 더 많은 카타리나는 알고 있었다.

"양질의 광산이나 광상(鑛床)이 많다고 알려진 곳이에요."

"오―, 그런 곳이 있구나. 어째서 카타리나가 블로아 변경백작가에서 쉽게 넘겨줄 거라고 생각하는지는 모르겠지만……."

그런 거대 광산지대를 화해금 감액 정도로 넘겨줄 리가 없다고 루이제는 말한다.

"그건 이곳이 마물의 영역이기 때문이에요."

고문서에 따르면 헬타니아 계곡은 고대 마법 문명시대에 유명한 광산지대였다고 한다.

철, 동, 금, 은, 미스릴, 오리할콘, 각종 보석.

엄청난 매장량을 자랑하는 광산과 광상이 풍부하게 존재하며 미발굴된 광상도 많다. 그것이 개발되면 어마어마한 이익이 될 거라고.

"하지만 지금까지는 공략되지 않았지?"

"네, 고명한 마법사분들이 몇 차례 도전을 했다고는 하는데……."

실패했기 때문에 헬타니아 계곡은 여전히 마물의 계곡으로 남아 있다.

이나의 물음에 카타리나는 그렇게 대답했다.

"그곳의 마물은 독특하니까요."

보통 마물 영역에 사는 마물은 특수하기는 해도 일단 생물에 가까운 형태를 하고 있다.

일부 예외로 언데드계도 있지만 이건 발생 조건이 모험자의 죽음 등이기 때문에 숫자가 그리 많지 않으며 '성(聖)' 마법으로 비교적 쉽게 퇴치할 수 있다.

"그런데 헬타니아 계곡의 마물은……."

어찌된 이유인지 전부 바위로 되어 있는 모양이다.

늑대, 멧돼지, 곰, 매, 와이번 등 겉모습은 어느 영역에나 서식하는 생물이지만 몸이 바위로 이뤄져 있고 가끔씩 바위를 먹기만 하면 굶주리는 일도 없으며 바위로 된 새끼를 출산한다.

이 경우는 분열했다고 할 수도 있을까?

중앙의 학자들도 고개를 젓고 마는 이상한 마물들인 모양이다.

듣기만 해서는 자립 행동성이 뛰어난 골렘처럼 느껴지지만.

"구제를 의뢰해도 모험자들이 거의 받아들이지 않아요."

바위로 이뤄져 있지만 일반적인 마물과 마찬가지로 머리를 잘라내면 죽고, 심장 부분을 찔러도 또한 죽는다고 한다.

하긴 살아있는지도 분명치 않고 피도 흐르지 않기 때문에 활동 정지라고 하는 모양이지만.

그렇게 해서 쓰러뜨린 마물로부터는 마석과 광석을 얻을 수 있다.

"대부분 철광석이고 잔챙이는 주먹만 한 크기가 고작. 그러면서도 온몸이 돌이라 무기 소모가 엄청 심하기 때문에 아무도 안에 들어가고 싶어 하지 않는대요."

평범하게 생각하면 다른 영역이 훨씬 효율적인 것이다.

"그거 골렘 아니야?"

"그렇게 말하는 학자도 많대요."

루이제의 의문에 카타리나가 대답한다.

딱히 뭐든 상관없지만 그 돌로 된 마물들에게 가로막혀 헬타니아 계곡의 개발은 진전이 되지 못했다.

"카타리나는 자세히도 알고 있네."

"예전에 이곳을 공략해 귀족이 되려고 계획한 적이 있으니까요."

"용감한 챌린저네."

확실히 이곳을 공략만 한다면 여자라도 아무 문제없이 귀족이 될 수 있겠지만 계획 단계에서 완전히 틀어졌다.

고명한 마법사라도 고작 한둘로는 도저히 성공 가능성이 없기 때문이다.

"선선대 블로아 변경백작도 군사를 보낸 적이 있다고 들었어요."

만 명가량의 병사를 헬타니아 계곡에 보내자마자 바위로 된 수만 마리의 늑대, 멧돼지, 곰의 무리에게 습격을 받았고, 또한 상공에서는 만 마리가 넘는 큰독수리와 와이번이 공격을 하는 바람에 영역의 보스의 그림자조차 못보고 전멸한 모양이다.

"블로아 백작가는 그 부채를 갚기 위해 남부에 얼쩡거리는 건가?"

"그럴지도 모르죠."

"그 비슷한 얘기를 어디서 들은 것 같은데……."

주로 우리 본가였다.

"과거에 상급 한 명과 중급 두 명, 그리고 상급 두 명과 중급 두 명이 돌입한 사례가 있지만, 마물의 숫자에 압도되어 철수했으며 소량의 광석을 갖고 돌아왔을 뿐이라고 모험자 길드의 기록에 나와 있어요."

지하유적과 마찬가지로 보스를 꺾으면 이 마물들은 통솔력을 잃고 숫자도 늘어나지 않을 가능성이 높다. 아니 어쩌면 완전히 활동을 멈춰버릴지도 모른다.

이곳의 마물이 생물과 비슷하게 생긴 바위 골룸이며 광산을 지키고 있는 거라고 생각하면 보스를 쓰러뜨릴 경우 그 장치가 사라진다고 볼 수도 있기 때문이다.

"고대 마법문명 시대의 유산인가."

"벤델린 씨는 알고 있나요?"

"그냥 책에서 훑어본 정도야. 그래서 방금 떠올랐어."

책을 본 건 그 지하 유적에 있던 이슈르바크 백작의 서재였을 것이다.

마력 고갈에서 막 회복되어 반쯤 멍한 상태에서 시간을 때우려고 적당히 읽었기 때문에 기억은 그리 잘 나지 않았지만, 확실히 그가 만든 작품의 리스트 같은 책이었던 것 같다.

"벨은 자기 게 아니니까 관심이 없었겠지."

루이제 말대로 그때는 관심이 없었으며 설령 해방을 의뢰받아도 상당한 거액을 받지 않는 한 수지가 맞지 않는다고 생각했다.

"다른 사람들이 광산을 채굴하지 못하도록 고도의 함정을 만들었어. 옛날의 마도구 장인은 진짜 대단하구나."

이나는 솔직하게 옛날 마도구의 대단함에 감탄했다.

"전력은 충분하니 효과적으로 해방할 작전을 세워야겠네."

"벤델린 님, 블랜타크 님, 카타리나 씨, 백부님, 루이제 씨. 이 다섯 명이 주력이 되면 보스의 토벌도 가능할지 모릅니다."

엘리제의 추론에 무모하다고 느끼는 사람은 없는 것 같다.

"확실히 가능할지도."

현 시점에서는 블로아 변경백작가의 소유인 헬타니아 계곡이다.

몸값 액수를 조금 줄여주고 대신 이것을 받는다.

그 후에 우리가 해방해버리면 단숨에 어마어마한 이권으로 돌변하는 것이다.

"해방이 어렵다 해도 관리에 그렇게 큰 수고가 드는 건 아닌 것 같으니까요."

남부와 동부의 경계 근처에 있으며 여전히 마물의 영역이라면 아무도 침입하지 않을 것이다.

1억 센트쯤 몸값을 깎아줘도 막대한 흑자이며 귀찮은 재정에서 벗어날 수 있다.

그렇게 생각하니 나쁜 조건은 아니었다.

"당장 제안해 보자."

그리고 다음 날 여전히 아무것도 정해지지 않은 재정 자리에서 이 안건을 내걸자 블로아 변경백작가 쪽은 예상보다 훨씬 적극적으로 달라붙었다.

"그 헬타니아 계곡을 말인가요? 혹시 바우마이스터 백작님이 해방하실 생각으로?"

"시도해볼 가치는 있겠죠."

"그건 상관없지만, 목숨을 소중히 하시는 편이……."

셋이서 1만 명의 군사에게 '에어리어 스탠'을 걸고 마력이 고갈된 우리가 수만 마리의 바위 골렘들이 몰려드는 헬타니아 계곡을 공략하는 것은 불가능하다고 여기는 것이리라.

보기 드물게 둘이 어떤 대립도 하지 않고 순순히 이쪽의 조건을 받아들였다.

"크납슈타인 자작, 이 재정안을 공식 기록에 남겨 주십시오."

"괜찮으시겠습니까?"

"예."

공식 기록에 남기면 왕국 기준으로 헬타니아 계곡은 바우마이스터 백작가의 소유가 되며, 다른 가문이 이곳에 손을 대면 일반적으로는 침략으로 간주된다.

이권은 불확실한 채로 두는 게 나으며, 공식 기록에 남기면 오히려 불리해지는 경우가 많지만, 이곳을 영원히 내 소유로 기록에 남기는 건 해방에 성공한 뒤 블로아 변경백작가 쪽에서 트집 잡는 걸 막기 위해서였다.

"그럼 몸값은 3억 5천만 센트 10년 납으로 하겠습니다."

하루아침에 전액을 지불하는 일은 불가능하므로 분할 납부는 어쩔 수 없는 측면도 있었다.

"지금까지의 경비를 계산한 결과 몸값 1년 치만 받아도 흑자야. 이로써 헬타니아 계곡만 해방된다면 완전 대흑자로군."

블로아 변경백작가를 깜짝 놀라게 만들어 줄 수도 있고, 재정 교섭에서 먼저 빠져나와 쓸데없는 시간 낭비에서도 해방된다.

"저도 더 이상 이곳에 있고 싶지 않으니까요……."

"블로아 변경백작가 녀석들은! 카를라 씨를 뭐라고 생각하는 거야!"

카를라 양에게 반한 엘 입장에서는 이곳은 그녀에게 좋지 않은 환경이라고 생각하는 것이리라. 빨리 교섭을 매듭짓고 물러가자고 제안해 왔다.

"블라이히뢰더 변경백작님, 부탁드릴 것이 좀 있는데……."

"얼마든지요. 대신 헬타니아 계곡을 해방하거든 우리도 조금

끼워줘요."

"그야 물론이죠."

실제로 채굴할 때의 인원 분배뿐 아니라 헬타니아 계곡과 인접한 귀족들의 방해나 도굴에 대응하기 위해 경비 인원도 강화해야 한다.

완벽한 채굴을 위해서는 블라이히뢰더 변경백작에게 이권을 조금 나눠주더라도 협조를 얻을 필요가 있었다.

"그럼 한동안 그 둘을 상대하도록 할까요. 만일 바우마이스터 백작이 헬타니아 계곡을 해방하면 어떤 얼굴을 할지 궁금하군요."

"당연히 백 퍼센트 성공할 각오로 할 겁니다. 그러기 위해 마법사 외에도 인원을 대거 동원할 테니까요."

이런 실속 없는 교섭은 빨리 빠져나갈수록 이득이다.

나는 따분한 재정 교섭의 자리를 벗어나 다시 모험자로서 험난한 임무에 도전했다.

제9화 헬타니아 계곡 해방작전

"넓지만 정말 쓸모없는 황야구나……."

바우마이스터 백작가가 몸값을 깎아주는 대신 받은 '헬타니아 계곡'은 어쨌든 넓었다. 형태는 거의 직사각형이며 초목도 거의 자라있지 않은 바위산이나 황야가 대부분을 차지하고 있어서 농업에도 적합하지 않다.

중앙부에 동서로 100km 길이에 폭 100m, 깊이 100m 정도의 갈라진 틈이 있어서 이동에도 어려움이 많았다.

동부와 남부 경계 근처에 있는 블로아 변경백작령의 비지(飛地-다른 나라의 영지 안에 떨어져 있는 영지)였지만 블로아 변경백작가는 경비하는 인원조차 배치하지 않았다. 필요성을 느끼지 못했던 것이리라.

이곳은 고대 마법문명 시대에 기록된 서류에 따르면 많은 광물 자원이 잠들어 있는 광상의 밀집지대라고 한다.

그 고문서에는 캘 수 있는 광물의 종류나 위치 등도 기재되어 있었으며, 중앙부의 갈라진 단열은 거의 틀림없이 어떤 광물의 광상인 모양이다. 원래 그 단열 자체가 채굴에 의해 벌어졌다고 기재되어 있다.

고대 사람들은 어째선지 이 헬타니아 계곡을 포기했었고, 그와 마찬가지로 나중에 이곳을 확보한 권력자들도 이 보물 산을 효과적으로 활용하는 데 잇달아 실패한다.

블로아 변경백작가는 말할 것도 없거니와 다른 몇몇 귀족가나 왕가조차도 오래전에 이곳의 해방을 노리다가 실패했다고 한다.

실패할 때마다 희생이 많이 나와 '과연 정말로 해방할 수 있을까' 라는 의견이 우세했기 때문에 현재는 모험자 길드에서도 '무모하므로 진입은 하지 않는 것이 바람직하다'고 결론이 난 상태다.

그 때문인지 모험자 예비학교에서는 이미 정보 공개조차 되어 있지 않았다.

섣불리 가르쳐 줬다가 모험심 넘치는 젊은 모험자들이 무모하게 진입하는 것을 막기 위한 조치이리라.

나도 성인이 되기 전까지 헬타니아 계곡의 존재를 전혀 몰랐으니까.

카타리나가 알고 있던 이유는 작위를 받을 만큼 큰 공적을 올릴 수 있는 곳을 찾고 있었기 때문이다.

"블랜타크 씨는 알고 있었나요?"

"이름만은. 과거에는 이곳의 해방으로 일확천금을 꿈꾸는 모험자가 많았다더군."

재정 교섭에서 먼저 빠져나온 우리는 헨릭의 소형 마도비행선으로 헬타니아 계곡을 바라보는 바위산 능선에 내려앉았다.

"생물의 기척은 없네요."

"내가 여기 서 있을 줄이야. 저기 석비가 서있지?"

"네."

블랜타크 씨가 가리킨 쪽에는 이름도 새겨지지 않은 석비가 서 있었다.

"엘 꼬마야, 저 선을 조금만 넘어봐라."

"예."

블랜타크 씨가 시킨 대로 엘이 석비를 넘어 한 걸음 안으로 들어가자, 그 순간 나도 마물인 듯한 반응을 탐지했다.

"엘!"

"알고 있어!"

갑자기 바위 뒤에서 늑대가 튀어나와 엘에게 덤벼들었다.

자세히 보니 그 늑대는 돌로 만들어져 있는 것 같다.

"록 골렘?"

계속해서 늑대 두 마리가 더 튀어나와 엘에게 덤벼드는 바위 늑대는 총 세 마리다.

내 칼 솜씨로는 당장 아웃됐겠지만, 엘은 시간차를 두고 마치 춤을 추듯이 차례차례 늑대를 베어 쓰러뜨렸다.

바위 늑대는 평범한 생물과 마찬가지로 머리와 심장 부분을 베이면 활동을 정지하는 것 같다.

산산조각이 난 세 개의 돌멩이 더미가 생겼고 엘은 거기서 유리구슬만한 마석과 광석인 듯한 돌을 주워서 돌아온다.

"아아~. 좋은 칼이었는데……. 돌아가서 다시 갈아야겠네."

엘은 날이 빠져버린 자기 칼을 보며 한숨을 쉬었다.

"뭐, 대충 이런 셈이지."

과거의 희생을 통해 저렇게 석비가 세워져 영역과의 경계가 표시되어 있다고 한다. 그 주변도 바위산이나 황야라서 가까이 갈 사람도 없다.

경계선 안으로 한 걸음이라도 들어가면 돌로 된 짐승들이 덮쳐 오고 그걸 쓰러뜨리면 마석과 광석을 손에 넣는다.

"벨, 이 광석은 뭐야?"

"어디 보자…… 저품질 철광석이네."

"으아아—! 수지가 전혀 안 맞잖아!"

'분석'으로 엘이 가져온 광석의 성분을 살피자 함유율이 낮은 철광석이었다.

그런데 고작 세 마리만 베고도 엘이 평소에 애용하는 상당히 비싼 칼을 다시 갈아야 하게 됐다.

"결국 이 녀석들을 쓰러뜨려 봤자 오히려 적자인 셈이네."

모험자 사냥터로도 적합하지 않으며, 만약에 엘이 영역에 더 오래 머물렀다면 수십, 수백, 수천, 그렇게 습격해 오는 바위 마물이 늘어갔을 거라고 한다.

"광상의 채굴을 노리고 군대를 투입하면 어느새 바위 마물들에게 포위당하고 그리고 중과부적으로 모두 시체로 변하겠지."

블랜타크 씨가 말하기를 조금 더 안쪽으로 들어가면 이미 썩어 문드러진 군대의 잔해가 있다고 한다. 회수하려면 너무 위험해서 그대로 방치되어 있는 모양이다.

"고문서에 따르면 대규모 미스릴 광상이 있는 모양이야."

미스릴은 고품질 무구나 마도구 제작에 빼놓을 수 없는 금속으로 항상 공급 부족에 시달려 높은 가격에 거래되고 있었다.

나를 포함한 일부 고위 마법사가 은에 마력을 첨가하여 제조할 수는 있지만 그 생산량이 매우 적기 때문에 함유율이 낮은 광석까지 무리하게 채굴하고 있는 실정이다.

당연히 그 수고만큼 비용은 늘어날 수밖에 없다.

우리 영지에서 새로 발견된 미스릴 광산은 '무조건 빨리 채굴을 시작하라!'는 왕국의 지시에 따라 조업을 앞당겼을 정도니까.

"대규모 미스릴 광상을 얻느냐 전멸하느냐. 쉽지 않은 선택이 군……."

말은 그렇게 하면서도 실패 가능성은 전혀 생각하지 않았다. 그보다도 단단히 폐를 끼친 블로아 변경백작가 사람들을 기절초 풍하게 만들 수 있다면 더 할 나위 없다.

엘과 카를라 양에 대해서도 어떤 가능성이 떠올랐다. 어렵게 생각하니까 안 되는 것이다. 철저하게 궁지로 몰아넣은 뒤 엘의 신부로 내놓게 하면 된다. 그쪽이 토를 달면 '카를라 님은 기사의 딸일 뿐이다'라고 우기자.

"칼 솜씨가 훌륭하시네요, 엘빈 씨."

"아뇨, 카를라 씨의 활에 비하면 별거 아닙니다."

이쪽이 어떻게 할지를 고민하고 있는 동안 엘은 카를라 양에게 칼솜씨를 칭찬받고 기고만장해져 있었다. 미인에게 칭찬을 받고 기뻐하지 않을 남자는 세상에 없으리라.

"확실히 미인이군."

블랜타크 씨는 솔직하게 카를라 양의 아름다움을 칭찬했다.

"다만 내 취향에 맞으려면 몇 살을 더 먹어야겠군. 나는 성숙한 여인을 좋아하니까."

블랜타크 씨가 '아가씨'라고 부르는 여성은 아직 자신의 영역

밖이라는 뜻인가.

"백작님은 어떻게 생각하지?"

"저도 미인이라고 생각합니다⋯⋯."

미인인 것도 맞고 학창 시절의 여자 친구와도 분위기가 비슷하다.

그래서 위험하지 않을까 싶었는데 막상 대하고 보니 그렇지도 않군.

"엘에게 미안하니까요."

그런 생각이 드는 순간 카를라 양에게는 연애 감정이 없다는 걸 깨달았다. 게다가 내게는 엘리제와 다른 약혼자들이 있는 것이다.

"저 녀석은 자기 처지를 알고 있나?"

"알기 때문에 열심히 하시는 거라고 생각합니다."

"클라우스⋯⋯."

나와 블랜타크 씨의 대화에 불쑥 끼어든 것은 클라우스였다.

그는 가끔 엘에게 조언을 해주고 있는 것 같던데.

클라우스가 연애 상담을?

전혀 어울리지 않지만 엘은 진지하게 귀담아듣고 있다.

일도 열심히 성실하게 잘하니까 내가 이러쿵저러쿵할 문제는 아니다. 의논해봤자 소용없어 보이는 일은 굳이 나도 신경 쓰지 않는다.

"이제 이렇게 된 이상 블로아 변경백작이 벤델린 님께 두 손 들 때까지 공세를 펼 수밖에 없습니다. 만일 헬타니아 계곡이 바우마이스터 백작가에 의해 해방된다면 원 주인이었던 블로아 변경백작의 위엄은 땅에 떨어질 테니까요."

1,200년의 역사를 자랑하는 대귀족 가문이 생긴 지 1년도 안 된 신흥 백작가에게 뒤처진다면 망신도 이런 망신이 없을 것이다.

"계속 몰아붙인 뒤에 카를라 님과 엘빈 님의 혼인을 조건으로 내거는 방법이 가장 빠른 지름길이겠죠."

클라우스한테는 내 생각이 훤히 보이는 건가?

"다행스럽게도 벤델린 님은 신흥 귀족이니 처음 얼마 동안은 그러한 무모한 짓도 인정을 받겠죠."

오랜 역사를 가진 귀족 가문이 무모한 짓을 했다간 귀족 사회에서 백안시당하지만 소수의 신흥 귀족이 무모한 짓을 벌여 벼락출세를 하는 건 어느 정도 어쩔 수 없는 일로 받아들여진다는 뜻인가.

"어차피 어떻게 행동하든 벤델린 님은 시기와 질투의 대상이 될 겁니다. 그렇다면 지금은 차라리 자유롭게 행동을 하십시오."

클라우스 이 인간, 나름대로 나와 엘을 생각해주고 있는 건가.

"엘빈은 둘째 치고 헬타니아 계곡의 해방은 승산이 있나요?"

클라우스 옆에 있던 모리츠가 해방이 성공할 확률에 대하여 묻는다.

제후군의 지휘관 입장에서는 무모한 전투로 희생자를 내고 싶지 않으리라.

"매우 높아. 어느 정도 준비는 필요하겠지만, 남은 문제는 추가 전력을 소집하는 데 며칠이 걸리느냐겠지."

"한동안은 여기서 대기하겠군요."

총 500명도 안 되는 바우마이스터 백작군은 헬타니아 계곡의 경계 바로 옆에 진지를 설치하고 응원 부대를 기다리기로 했다.

급히 인원을 늘렸기 때문에 모리츠와 토마스는 편성과 훈련에, 클라우스는 보급과 세세한 서류 작업 때문에 바쁜 모양이다. 마물이 습격해 오지 않는 황무지에 진을 치고 다음 작전에 대비하고 있다.

헬타니아 계곡은 마물이 나오지 않는 곳도 불모지라서 진을 치고 훈련을 해도 불평할 사람이 없었다. 그 대신 행상인도 전혀 찾아볼 수 없었지만.

"광산 이외의 개발은 어렵겠군."

"이런 황야에서는 산양조차 키우지 못하겠지. 농업은 말할 것도 없고."

이 황야에는 단순한 바위산밖에 없어서 헬타니아 계곡을 넘길 때 덤으로 우리에게 양도되었다.

"백작님은 자신이 있는 모양이군."

"그렇지 않다면 몸값을 줄이면서까지 이곳을 얻지 않았겠죠."

나는 블랜타크 씨와 카타리나를 데리고 다른 귀족령과의 경계선에 마법으로 바위담을 만들기 시작한다.

'여기부터는 바우마이스터 백작가의 땅이므로 외부인은 들어오지 말 것'이라는 의사표시인 셈이지만, 셋에서 무궁무진한 바위를 재료로 묵묵히 작업을 하고 있으려니 다른 귀족령 주민들이 의아한 시선으로 우리를 쳐다보았다.

"'그토록 강력하게 영유권을 주장하지 않아도 그런 곳은 필요 없다'는 거로군요."

아무리 광상이 많아도 거기 들어가 채굴을 할 수 없다면 그림의 떡일 뿐이다.

블로아 변경백작가 쪽에서 순순히 영유권을 넘겨준 건 몸값의 감액이 더 매력적으로 보일 만큼 이곳을 불량 물건으로 생각하고 있다는 사실의 증명이기도 했다.

"그렇다 해도 아무리 벽을 만들어도 좀처럼 끝나질 않네요⋯⋯."

마물이 없는 외연 부분까지 합쳐 약 2만 3천 평방 킬로에 달하는 헬타니아 계곡을 에워싸는 담벼락이므로 전부 두르려면 시간이 걸린다.

지금은 대충 둘러싸 그저 영유권만을 주장하는 것이지만 헬타니아 계곡을 해방한 뒤에는 광산 도둑을 막기 위해 본격적인 공사나 경계 태세의 강화가 필요하리라.

"정말로 해방이 가능할까요?"

"카타리나도 전에 계획을 세웠다고 하지 않았어?"

"그러기는 했지만 아무리 계산해도 승산이 희박해 포기했어요. 중과부적이라는 것도 알고 있었구요."

뛰어난 마법사 한두 명이 광역 상급 마법을 펼쳐 수백 마리의 마물을 잡아도 계속해서 솟아나기 때문에 완전히 구축하는 것은 어렵다는 걸 깨달았나.

"애당초 그 골렘 같은 바위 마물들의 발생 원리가 명확하질 않으니까요."

"그것까지 알고 있는 도우미가 있어."

"정말인가요?"

"설명은 강력한 도우미가 온 뒤에 할게."

"누가 올지는 금방 상상이 되네요……."

며칠 뒤 담을 만드는 작업이 거의 끝나서 본진으로 돌아와 보니 그곳에는 '강력한 도우미'가 엘리제가 끓인 차를 마시면서 헬타니아 계곡을 바라보고 있었다.

"소문에 듣기는 했지만 이게 신비한 바위로 이루어진 마물이 날뛰는 헬타니아 계곡인가. 게다가 이 사람이 이곳의 해방에 참여할 줄이야……."

강력한 도우미는 물론 도사였다. 헬무트 왕국의 '인간형 최종 결전 병기'라는 별명에 어울리는 그에게 해방작전에 참여를 요구한 것이다.

"오랜만입니다, 도사님."

"정말 오랜만이다! 바우마이스터 백작은 블로아 변경백작가와의 분쟁에서 날뛸 수 있어 좋았겠지만 이 사람은 따분했으니까!"

"(따분하다니……) 분쟁이라서 한가한 시간도 많았습니다. 그보다 부탁드린 것은 가져오셨습니까?"

"폐하께 허가를 받고 가져왔다. 애당초 바우마이스터 백작이 발견한 것이니 큰 문제는 없겠지!"

"이미 훑어보셨습니까."

카타리나가 고개를 갸웃거렸지만 한 번에 설명하는 편이 좋을 것 같아서 나는 곧바로 회의를 소집했다. 참가 멤버는 카타리나,

도사, 블랜타크 씨, 엘, 엘리제, 이나, 루이제, 빌마, 모리츠, 토마스, 클라우스다.

"먼저 내가 몸값을 깎아주는 조건으로 헬타니아 계곡을 얻은 데는 이유가 있어."

그것은 그 '거꾸로 묶어 죽이기'를 공략한 뒤의 일이었다.

이슈르바크 백작의 서재에서 심심풀이로 읽던 책에 이 헬타니아 계곡에 대해서도 적혀 있던 것이다.

"당시에는 블로아 변경백작의 소유니까 별로 관심이 없었지만."

설령 해방을 의뢰받았어도 보수가 많지 않다면 수락하지 않았을 테고, 블로아 변경백작가 쪽도 의뢰하지 않았다. 거의 불가능하다고 생각했을 테고, 블라이히뢰더 변경백작이 방해할 가능성을 고려했을지도 모른다.

"그 후 우리 본가에 못된 장난질을 치고 무모한 분쟁에 참여하게 만들었으니까. 뭔가 앙갚음할 게 없을지 고민할 때 떠오른 게 바로 이거야."

"블로아 변경백작가에서는 불량 물건으로 여기던 헬타니아 계곡을 벤델린 님에게 헐값에 넘긴 거군요."

"그렇지."

"엘리제는 이곳 헬타니아 계곡의 바위 마물들이 '거꾸로 묶어 죽이기'의 골렘과 비슷한 것 같지 않아?"

"번식하는 점만 빼고는 같다고 생각해요."

"그런데 그 번식도 '거꾸로 묶어 죽이기'에 있던 골렘의 무인 수리공방과 비슷한 시스템으로 운영되고 있어."

"결국은 이 헬타니아 계곡에서 도굴을 막기 위한 방어시스템인 거다!"

도사가 가져온 것은 한 권의 고서였는데, 그 서재에 있던 이슈르바크 백작의 '자신의 작품 목록'이라는 책이다.

"유적과 달리 헬타니아 계곡은 넓다. 게다가 자연환경 아래 있기 때문에 금속제 골렘으로는 경년열화(시간이 지나며 제품의 질이 떨어지는 것)에 의해 부식할 가능성이 있는 것이다!"

무인 수리공방에서 유지보수를 하려고 해도 숫자가 많아 시간이 걸린다.

열화가 심한 제품은 교환해야 하며 햇수가 지나면 차츰 방어시스템의 가동률이 떨어질 위험성이 있었다.

"그래서 바위 마물형 골렘을 만든 거로군."

가동용 마석에, 몸은 헬타니아 계곡 안 어디에나 있는 바위로 만들어져 있다.

광석이 섞여 있는 것은 입지상의 우연인 것 같다.

"이거라면 많은 숫자를 갖출 수 있기 때문에 광역 방어도 가능해지는 것이다!"

"저요, 저요! 도사님."

"뭐냐? 루이제 아가씨."

"마석은 어디서 나타난 거죠? 골렘이라면 인공 인격의 결정이 있을 텐데, 엘이 쓰러뜨렸을 때는 없었던 것 같았거든요……."

"확실히 마석과 광석밖에 회수하지 못했지."

엘은 그 바위 마물을 쓰러뜨렸을 때 잔해를 조사했지만 인공 인격의 결정은 부스러기조차 발견하지 못했다.

"그 이유는 간단하다. 이 헬타니아 계곡에는 주인이 있으며 그 것이 모든 바위 골렘들을 조작하고 있는 것이다!"

이슈르바크 백작의 '자신의 작품 목록'에 따르면 헬타니아 계곡 의 중심부에 있는 갈라진 균열 안에 바위와 광석으로 이뤄진 거 대한 바위용 '록 기간트 골렘'이 있다고 한다.

"뒤집어 생각하면 헬타니아 계곡의 골렘은 록 기간트 골렘 한 마리밖에 없다고도 할 수 있는 것이다!"

바위로 만들어진, 길이가 100미터를 훌쩍 넘는 록 기간트 골렘 내부에 수많은 바위 마물을 동시에 조종하는 거대한 인공 인격의 결정이 내장되어 있다.

외부에서 들어온 침입자를 탐지하면 그 규모에 따라 영격을 실 시하고, 숫자가 줄어들면 통제가 가능한 수만큼 다시 회복한다.

그 모습이 번식처럼 보이는 것은 이슈르바크 백작의 천재만이 가진 기묘한 고집인지도 모른다.

"그럼 마석은요?"

"록 기간트 골렘이 버티고 있는 포인트에 힌트가 있다!"

고서에는 일부러 거대한 미스릴 광맥 위에 진좌시키고 있다고 적혀 있다.

"미스릴이 생성되는 건 은에 대량의 마력이 첨가되기 때문이라 고 벨에게 들었어."

이나의 말대로 미스릴 광맥은 짙은 마력을 가진 예전 마물의 영 역이 많다.

"록 기간트 골렘은 마력이 많은 포인트에 버티고 앉아 있으며 거기서 인공적으로 마석을 정제하고 있다?"

"그런 것 같다!"

바위 골렘이니까 그리 세지도 않아서 이것들은 숫자가 전력인 것 같다.

비행 가능한 큰 독수리나 와이번 등도 날 수 있고 그 나름대로 움직임이 흡사할 뿐이지 진짜만큼 강하지는 않은 것이다.

"하지만 숫자는 경이적이네요."

"그렇다. 이나 아가씨 말대로 숫자가 위협적인 것이다!"

마법에 어느 정도 자신이 있는 모험자가 하루에 수천 마리를 파괴해도 다음 날이면 이미 그 손해가 회복되어 있다.

"일반 병사에게는 한 마리도 충분히 위협적인 것이다!"

만 명의 군대로 쳐들어와 수천 마리를 파괴해도 인간의 군대는 다치지 않을 수가 없다. 죽거나 다쳐 숫자가 줄어든 상태로 또다시 어제와 똑같은 수의 적에게 공격을 받는다. 이래서는 해방에 성공할 리가 없었다.

"그 고서에 '헬타니아 계곡 방어 골렘 장치'의 성능이 기록되어 있는 것이다!"

도사가 펼친 고서의 어느 페이지에는 이렇게 적혀 있었다.

록 기간트 골렘은 마력이 고여 있는 계곡 안에 자리 잡고 있으며 자력으로 움직일 수 없다. 그 거체에는 최대 10만 마리의 바위 골렘을 제어할 수 있는 거대한 인공 인격의 결정이 내장되어 있다.

그밖에도 마력을 모아서 바위 골렘의 핵이 되는 저품질 마석을 제조하는 장치도 내장되어 있다. 마석의 제조 능력은 대략 하루에 5천 개로 골렘이 줄어들면 인공 인격의 결정이 줄어든 숫자만큼 보전하려고 한다.

록 기간트 골렘이 마석을 몸 밖으로 배출하고, 바깥의 골렘들이 일단 그걸 삼킨 뒤 자기 몸을 구성하고 있는 바위를 재료로 작은 골렘을 분열시킨다.

겉으로는 낳은 것처럼 보이지만 실제로는 분열이며, 어미와 똑같은 모습으로 태어난 새끼는 주변의 바위를 이용해 몸집을 키운다. 마찬가지로 겉으로는 바위를 먹고 있는 것처럼 보일지도 모르겠다.

"완전히 자기완결적 방어시스템인가?"

그렇기 때문에 지금까지 가동되고 있는 것이리라.

"무한한 회복력을 자랑하는 인해전술 시스템인 까닭에, 아무리 왕국이라도 손을 대기가 조금 어려운 것이다."

헬타니아 계곡을 해방하는 방법은 사실 매우 간단하다.

록 기간트 골렘의 몸 안에 내장되어 있는 거대한 인공 인격의 결정을 부수면 된다.

이 인공 인격의 결정이 록 기간트 골렘과 바위 골렘들을 움직이고 있는 근본이므로, 이걸 부수면 골렘은 단순한 바위덩어리로 변해버리기 때문이다.

"방법은 간단하네. 수단은 엄청 까다롭지만……."

엘의 말대로 최대 10만 마리에 달하는 골렘들을 돌파하여 록 기간트 골렘의 품까지 당도해야 하니까.

"수단은 까다롭지만 헬타니아 계곡은 원래 블로아 변경백작가의 것이었지."

아무리 신하가 영유하고 있는 물건이라 해도 왕국 정부가 멋대로 손을 댈 수는 없다.

하지만 왕국은 헬타니아 계곡의 정보를 이슈르바크 백작의 '자신의 작품 목록'에서 입수한 것이다.

왕국이 행동에 나서기 전에 먼저 알아차려서 다행이었다.

만일 블로아 변경백작가가 헬타니아 계곡의 가치를 여전히 눈치채지 못했다면, 재정 교섭 후반부에 왕국이 화해금 일부를 부담하는 조건으로 이곳을 가로챈 뒤 나중에 우리에게 해방을 의뢰할 가능성도 있었던 것이니까.

"폐하가 쓴웃음을 짓고 계셨다. 바우마이스터 백작에게 감쪽같이 빼앗겼다고."

"지금 생각하면 그 지하미궁에서 죽을 뻔했던 일이 도움이 된 셈이군요. 같은 해방이라도 내 것이 된다면 더 의욕이 생기겠죠!"

그러므로 이번에는 같은 파티 멤버라도 입장이 전과 다르다.

록 기간트 골렘에 돌입하는 주요 멤버에게는 나 바우마이스터 백작이 뛰어난 모험자들에게 의뢰한다는 형식을 취했다. 광산의 이권을 나눠주기도 귀찮으므로 성공 보수는 사전에 현금 1억 센트로 정했다.

"난이도는 높지만 파격적인 보수로군."

일본 돈으로 환산하면 백억 엔에 달하므로 거의 웬만해서는 나오지 않는 액수다.

"블랜타크 씨는 맡아 주시겠죠?"

"나리께서 그러라고 하셨으니까."

해방 이후를 생각하면 블라이히뢰더 변경백작가의 전속 마법사인 블랜타크 씨는 받아들일 수밖에 없다.

이 광대한 헬타니아 계곡의 광산지대를 바우마이스터 백작가 혼자서는 운영할 수가 없으므로 상당 부분 업무를 위탁할 필요가 있기 때문이다.

"이 사람도 폐하나 상, 공무경으로부터 은밀히 후원을 받고 있다."

왕국으로서는 내게 선수를 빼앗긴 헬타니아 계곡의 이권을 조금이라도 얻고 싶은 것이다.

소유권은 내게 있다고 해도 채굴, 경비, 정제, 수송 등의 이권을 어느 정도는 원할 테니까.

바우마이스터 백작가로서도 이권에 왕가를 끌어들여 두면 해방한 뒤 블로아 변경백작가에서 트집을 잡아도 훌륭한 방패막이가 되어줄 것이다.

완전히 독점하면 그 나름대로 성가시기 때문에 다 같이 행복해지는 방법을 생각한 셈이다.

"마법을 써서 날 수 없는 사람들은 여기서 양동 작전을 펴는 건가."

"그렇지."

엘, 이나, 빌마, 엘리제는 어디까지나 바우마이스터 백작가 사람으로서 양동 작전에 참가한다.

록 기간트 골렘을 파괴할 주요 멤버는 하늘을 날아 일직선으로 목표에 돌입한다.

그 동안 지상의 양동조에게는 경계선 근처를 들락날락하면서 지상의 바위 골렘들을 유인하는 역할이 주어졌다.

"벨 님."

"왜? 빌마."

"양동의 수가 적다."

자료에 따르면 골렘은 지상 쪽이 최대 8만 마리이고 하늘을 나는 쪽이 2만이다.

역시 5백 명도 못되는 인원으로 양동 작전을 펴기는 어렵다고 빌마는 지적했다.

"물론 응원 부대도 불렀어. 그 전에 잠시 전투 훈련을 해둬야겠지."

최대한 마력을 보존하며 효과적으로 진로상의 골렘을 파괴해야 하는데, 그러려면 그 골렘들이 어느 정도의 마법으로 부서지는지를 확인해둘 필요가 있었다.

또한 양동조는 골렘의 세기를 파악해 두는 편이 좋다.

그런 이유들 때문에 돌입조는 공중, 양동조는 지상으로 나눠 경계선 근처에서 골렘을 기다렸다가 그것들을 쓰러뜨리는 전투 훈련을 개시한다.

"고서에 따르면 록 기간트 골렘의 하루 마석 제조량은 5천 개! 따라서 하루에 그보다 많은 숫자를 쓰러뜨리면 회복이 쫓아가지 못하는 것이다!"

"도사는 어려운 말을 참 쉽게도 하는군……."

"엘 씨, 열심히 하세요."

"예! 죽기 살기로 하겠습니다!"

엘은 처음에는 한 번에 그렇게 많이 쓰러뜨릴 수 없다고 투덜거렸지만, 카를라 양이 응원하는 걸 알자 갑자기 의욕을 드러냈다.

도사는 곧바로 최소한의 '마법 장벽'을 걸치고 일부러 도발하여 끌어들인 큰독수리와 와이번 형태의 바위 골렘 무리를 향해 돌입한다.

"확실히 보기보다 세지는 않다!"

"여전히 대단하시네요……."

그는 돌입과 동시에 마력을 머금은 주먹과 발차기로 차례차례 골렘들을 부쉈으며, 이어 숨 쉴 틈도 없이 조금 떨어진 골렘의 무리를 향해 뱀의 형태를 한 회오리 마법을 내쏜다.

'풍사(風蛇)'라고도 해야 할 그것이 잇따라 골렘을 부쉈고, 그 부서진 파편들이 산탄처럼 주변의 골렘들을 덮쳐 파괴 범위를 넓힌다.

"이번에 '마도 기동갑주'는 마력의 소비량 때문에 채택하지 않겠지만, 용만큼 세지 않기 때문에 효과적으로 진로 상의 마물들을 파괴하는 것이다!"

"너무 강력한 마법을 쏘지 않고 여러 녀석을 서로 휘말리게 만들어 숫자를 줄여라."

"알겠습니다."

"알겠어요."

카타리나와 나는 블랜타크 씨의 지시에 따라 번갈아 와이번 형태의 골렘에게 작은 '회오리' 마법을 쏘아 파괴해 간다. 명중하면 골렘은 부서져 버리고 그 파편이 주변의 골렘에게 맞아 피해를 늘린다.

"이 마법을 연발로 쏘면 될까요?"

"다른 계통의 마물은 없으니까 그걸로 충분해. 오히려 마력을 최대한 아껴둬라. 록 기간트 골렘에게 도달했을 때 마력이 비어 있으면 그대로 끝이니까. 미안하지만 그 전에 작전 중지 명령을 내겠지만."

날 수 없게 되면 지상의 골렘들에게 희생될 테고, 록 기간트 골렘을 파괴할 마력도 남겨둬야 하기 때문이다.

"록 기간트 골렘에 대한 일격은 루이제 아가씨에게 맡기겠다. 다만 실패할 가능성도 있으니까 다른 돌격 멤버들도 마력은 최대한 아껴둬라."

이번 작전은 다섯 명이 돌격을 한다.

루이제를 둘러싸고 만전의 상태로 록 기간트 골렘까지 옮긴 뒤 그녀의 혼신을 담은 일격으로 록 기간트 골렘의 몸통에 내장되어 있는 거대한 인공 인격의 결정을 파괴하는 것이다.

성공하면 다른 골렘들은 그 활동을 멈추기 때문에 지금 무리하게 전멸시킬 필요는 없는 셈이다.

"루이제 씨가 펄펄 날아다니네요."

카타리나의 시선 끝에는 루이제가 공중을 이리저리 옮겨 다니며 골렘의 머리통을 부수는 모습이 보였다.

생물과 마찬가지로 골렘은 머리를 잃으면 지면을 향해 떨어져 버리므로 쓸데없이 마력을 쓰지 않는 공격이라는 점에서는 루이제가 가장 돋보였다.

"다음은……."

"방금 알았다! 오리할콘 소드라면 칼에 흠집 하나도 나지 않아!"

"건방진 소리 마! 웬만한 일류 모험자나 부자가 아니라면 그런 엄청난 물건을 가질 수나 있겠냐!"

"저는 갖고 있는데요!"

"진짜야?"

"좋겠다……."

엘이 실제로 오리할콘제 검으로 싸우기 시작하자 모리츠는 놀랐으며 토마스는 부러운 표정을 지었다.

카를라 양이 있기 때문에 누구보다 의욕적인 엘은 지하미궁 공략에서 번 돈으로 산 오리할콘제 검으로 잇따라 늑대형 골렘들을 부쉈다. 확실히 오리할콘제 검이라면 바위 같은 건 두부처럼 쉽게 베어질 것이다.

"엘빈, 카를라 양이 응원하고 있으니까 앞으로 나가."

"정말인가요?"

"이제 엘빈 밖에 보이지 않는 사람처럼 성원을 보내고 있어."

"앞으로 나가겠습니다!"

"카를라 님의 주목은 엘빈이 독차지하는군!"

"아하하하! 죽어라! 조무래기 골렘들아!"

"(모리츠는 잔인해…….)"

엘은 카를라 양을 들먹이는 모리츠나 토마스의 미끼에 넘어간

거지만, 본인의 솜씨와 오리할콘제 검의 성능 덕분에 혼자 전선에서 용맹을 떨치고 있다.

"카를라 씨가 지켜보고 있을까?"

"걱정하지 마. 지금 너 완전히 주목받고 있으니까."

"열심히 하겠습니다!"

다만 모리츠도 엘을 싫어하는 것은 아니므로 어느 정도 싸우게 하면 정기적으로 휴식을 챙겨주고 있다.

"엘빈, 뒤에 가서 쉬고 와. 카를라 씨가 기다리니까."

"예!"

엘은 서둘러 뒤로 돌아 마치 개가 주인을 찾듯 엘리제와 함께 부상자를 치료하고 있는 카를라 양 곁으로 돌아갔다.

"엘 씨, 괜찮으세요?"

"예! 전혀 아무렇지 않습니다!"

그녀에게 수건과 물이 든 컵을 받으면서 엘은 조금이라도 길게 얘기를 나누려고 눈물겨운 노력을 시작했다.

그러고 보니 재정 안이 성립됐어도 카를라 양은 오라버니들을 만나러 가지 않았다. 죽임을 당할 뻔했으니 인연을 끊은 건가.

"모리츠는 엘을 잘 써먹네……."

다음으로 이나의 행방을 찾으니 그녀는 그리운 그 기술을 선보이고 있었다.

"창술 대차륜!"

그 제자리걸음만 하던 시절 로델리히가 보여주었던, 강력한지는 조금 미심쩍은 창술이다.

이나가 습득했다는 사실은 놀랍지만 이게 생각보다 훨씬 도움이 되는 모양이다.

　"이 기술은 여럿을 상대하기 위한 기술이구나. 어쩐지 상상은 가지만……"

　"빌마는 어디 있을까?"

　빌마를 찾으니 그녀는 전에 얘기했던 철제 강궁을 당기고 있었다.

　화살도 전부 철로 만들어져 있는지 발사된 화살은 몇 마리의 골렘을 관통하며 파괴해 간다.

　"용케 저런 활을 당길 수 있구나."

　내 힘으로는 저 철궁을 당겨봤자 꿈쩍도 하지 않을 것이다.

　"3년쯤 전 단골 무기상에 장식으로 걸려 있었어."

　장식으로 만든 거라서 주인도 간판 대신으로 썼을 뿐 팔려는 생각은 조금도 없었던 모양이다.

　"활을 당기면 나한테 팔라고 했더니 절대로 못 할 거라고 하더라."

　만일 활을 당기면 공짜로 주겠다고 해서 주인 눈앞에서 쭉 당기고는 냉큼 손에 넣었다고 한다.

　"상대가 사람이라면 주저하겠지만, 골렘이니까 아주 편리해."

　다만 결점도 있다. 화살이 일반 화살보다 비싼 탓에 개수가 많지 않아서 금방 떨어져 버리는 것이다.

　"전쟁은 돈이 든다니까."

빌마는 이 세상의 불합리함을 탄식하면서 무기를 전투도끼로 바꾸더니 휘둘러 화살을 쏠 때보다 더 많이 골렘을 부순다.

"벤델린 씨, 이제 슬슬."

"그래."

체력적으로나 시간적으로나 슬슬 한계이리라.

카타리나의 말에 나는 지상의 양동조를 조금 전선에서 물러나게 한 뒤, 루이제를 뺀 넷이 대량의 마력을 써서 거대한 회오리 마법을 완성한다.

"합체 마법인가?"

"스핀 토네이도!"

"모두들 너무 대충하네요. 여기서는 화려하게!"

"테트라곤 토네이도?"

"그거예요! 벤델린 씨, 의문 부호는 붙이지 마세요!"

네 명이 펼친 합동 회오리 마법에 의해 시야에 들어와 있던 골렘들은 모두 부서졌고, 서로 충돌하며 단순한 바위 덩어리로 변해 지면으로 떨어져 간다.

그 지면에는 대량의 바윗덩어리와 광석 및 마석이 남겨져 있었다.

"주워어어어어어!"

상공에 있는 우리의 명령에 따라 조금 떨어져 있던 병사들은 일제히 골렘의 잔해를 수색하기 시작한다.

"마석이 먼저다! 광석은 챙길 수 있을 때만 챙겨!"

어쨌든 시간이 없다. 곧바로 다른 곳에서 지금보다 많은 숫자가 원군으로 몰려올 것이 확실하니까.

"벨! 지금의 두 배가 넘는 골렘 군단 발견! 이쪽을 향해 온다!"

"전군 경계선 밖으로 철수!"

눈이 좋은 루이제가 잇따라 몰려오는 새로운 골렘들을 발견했기 때문에 나는 급히 전군에게 철수 명령을 내린다.

이렇게 해서 실전 경험을 쌓기 위해 실시된 전투 첫날은 무사히 사망자 없이 마칠 수 있었다.

"마석의 숫자는?"

"2,056개."

"역시 이 정도인가……."

토벌 자체가 목적은 아니었지만 오늘 하루의 성과를 들으니 역시 군대를 동원해 정공법으로 공략하기는 어렵다는 사실이 판명됐다. 우리 군이 적기도 했지만 하루에 2천 마리를 토벌해도 그 이상의 회복 능력이 있기 때문에 의미가 없다고 한다면 결코 만만한 일이 아니다.

게다가 또 한 가지 사실은 이 2천 마리의 절반 이상을 마법으로 죽였다는 점이다.

"마석은 어떻게 하지?"

"지난번 광역 에어리어 스탠에서 소비한 마정석을 보충하는 데 쓸 거야."

"그렇군."

내 대답에 엘이 바로 납득한다.

갖고 있던 마정석이 모두 비어버린 데다 아직 마력도 전부 보충되지 않았고, 어차피 저품질의 마석이라 달리 쓸 곳도 많지 않았기 때문이다.

"하지만 마석 제조장치라니…… 이슈르바크 백작은 천재네."

저품질이라 해도 지금은 생성과정 해명의 실마리조차 파악하지 못한 마석 제조장치를 만들어 버린 것이다.

가능하면 훼손 없이 손에 넣고 싶다.

"어디까지나 가능할 때 얘기지."

"그래.루이제 말처럼 쓸데없는 욕심을 부리다가 실패하면 죽도 밥도 안 된다."

일단은 록 기간트 골렘의 파괴를 우선해야 하리라.

"그래서 전투 훈련은 언제까지 계속할 거야?"

"친구들이 도착할 때까지."

"뭐?"

그렇다, 상대는 대군이므로 거기에 대항할 수 있는 숫자가 필요한 것이다.

"우리는 날아가니까 공중의 골렘들만을 상대하면 돼. 하지만 록 기간트 골렘 옆에 지상의 골렘이 우글우글 모여 있으면 파괴하는 데 방해가 되니까. 양동 요원이 필요하지."

"바우마이스터 백작가 제후군만으로?"

루이제, 우리한테 그 정도 동원 능력은 없어.

"턱없이 부족하니까 다른 곳에도 원군을 부탁했지. 그래서 도사님에게도 모험자로서 토벌 의뢰를 한 셈이고."

"그렇다면 혹시……."

며칠 후 헬타니아 계곡 상공에 대형 마도비행선으로 편성된 총 4척의 공중함대가 떠있었다.

루이제는 그 광경에 말문이 막힌 것 같다.

"이건, 정규 루트를 운행하는 대형 마도비행선의 예비용이지?"

"그래. 이게 아니면 많이 수송할 수가 없으니까."

"경비가 꽤 들겠네."

어차피 헬타니아 계곡을 해방하면 이것저것 이권을 요구해올 테니 최대한 왕국의 힘을 빌려야 할 것이다.

"돈은 내가 낼 테고 실패해도 별로 큰 타격이 없으니까."

"블로아 변경백작이 후방교란을 시도한 이유를 잘 알겠군……."

로렐리히가 못마땅한 얼굴을 할지도 모르지만 왕국군은 경비도 들이지 않고 훈련과 실전 경험을 쌓을 수 있으며, 참가하는 지휘관과 병사들은 상대가 비록 골렘이라 해도 무공을 쌓을 수 있다.

에드거 군무경에게 이 얘기를 했더니 곧바로 마도비행선에 왕국군을 태워서 보내주었다.

"에드거 군무경의 명으로 왔습니다. 사령관 알로이스 폰 빌리 아킬레스입니다."

총 2천 명의 병사를 이끌고 온 아킬레스 씨는 40세쯤 된 성실해 보이는 사람이다.

법의자작가의 당주로 암스트롱 백작가와는 먼 친척 관계라고 한다.

"매우 시끌벅적한 작전이군요. 그건 그렇고……."

"아, 네. 준비해 놨습니다."

"역시 대단하시군요."

아킬레스 자작이 급히 군을 이끌고 올 수 있었던 건 식량이나 물 등의 준비를 거의 안 했기 때문이다. 이곳에는 공항도 없기 때문에 대형 마도비행선을 제대로 착륙시키지 못해서 병사들은 밧줄 사다리로 한 사람씩 내려왔다.

"정말로 서둘러 오셨네요."

"우리 임무는 양동이라고 들었습니다. 게다가 물자는 모두 이쪽에 준비되어 있다면 서둘러 해방하는 게 좋겠군요."

"어째서죠?"

"이 헬타니아 계곡은 재정안으로 바우마이스터 백작에게 정식 양도되었다고 하나, 만약 우리의 움직임이 알려진다면 쓸데없는 생각을 하는 무리들이 늘어날 테니까요."

본인도 귀족인 아킬레스 자작은 블로아 변경백작가의 성의 따위는 티끌만큼도 믿지 않는 모양이다.

되도록 빨리 일을 끝마치고 기정사실화하는 것이 중요하다고 했다.

"그것도 그렇군요. 아, 맞다."

나는 준비되어 있던 대량의 물자를 아킬레스 자작에게 넘겨준다.

어제 임시 물자 집적소를 만들어 그곳에 놔둔 것이다.

"물자가 없으면 군은 움직일 수 없으니까요. 물자만 준비되어 있다면 의외로 신속히 움직일 수 있죠."

대형 마도비행선에서 밧줄 사다리를 타고 내려온 3천 명의 병사들은 곧바로 부대 단위로 모인 후 물자를 가지러 갔다. 서둘러 진지를 설치하고 식사 준비를 하기 위해서다.

"이 경계선 안으로 사람이 들어가면 골렘들이 작동하고 나오면 습격을 하지 않는다. 사전에 보고는 받기는 했지만 신기한 구조로군요. 며칠 동안 훈련을 겸하여 효율적인 양동 방법을 모색하겠습니다."

아킬레스 자작이 이끄는 왕국군 3천 명은 경계선을 들락날락하면서 지상에 있는 바위 골렘들을 유인하거나 잡는 행동을 반복했다.

"깊이 쫓지는 말도록. 숫자가 늘어나기 전에 밖으로 나오는 것을 잊지 마."

암스트롱 백작과 에드거 군무경과는 달리 아킬레스 자작은 냉정하게 군을 지휘한다.

이미 사상자도 나왔지만 이 정도는 예상했던 일이라고 아킬레스 자작은 말한다.

"죽는 게 싫다면 군인이나 모험자를 안 하면 되겠죠."

아킬레스 자작은 담담히 본 싸움에 대비하여 양동 훈련을 실시했다.

그들의 임무는 우리가 돌입하는 동안 지상의 골렘들을 유인하는 양동이다.

"그래서 아군의 원군은?"

"오늘내일 안으로 모일 겁니다."

왕국군 3천명만으로는 양동 작전을 펴기에 부족하기 때문에 그밖에 근처 귀족들에게 원군을 요청했다.

"바우마이스터 백작님, 덕분에 살았습니다……."

헬타니아 계곡에 영지가 접해있는 귀족 대부분은 이번 분쟁에서 블로아 변경백작에게 농락당해 손해를 보았다. 블라이히뢰더 변경백작가 쪽으로 돌아서 손해를 메우기는 했지만, 블로아 변경백작가가 재정안을 체결하고 화해금을 지불하지 않으면 빚은 여전히 남는다.

주머니 사정이 좋지 않기 때문에 제후군을 보내 양동 임무에 가담했다. 바우마이스터 백작가가 주는 사례를 목적으로 용병 일을 자청한 셈이다.

"우리는 정말 인원수가 없으니까……."

"영지 귀족 중에는 신흥이니까요."

헬타니아계곡에는 왕국군과 50개가 넘는 제후군이 도착했으며, 열 개의 군단으로 나뉘어 양동작전 훈련을 되풀이했다.

경계선을 넘어 골렘들을 유인하여 한 차례 공격한 후 달아난다. 골렘이 모습을 감추면 다시 선을 넘어 도발을 한다.

되도록 많은 골렘을 유인할 방법을 모색하면서 효율적으로 파괴하는 훈련도 계속한다.

기간은 1주일에 달했으며 그들에게 식량과 오락품을 판매하는 상인들도 모습을 보이기 시작한다.

헬타니아 계곡은 일종의 해방작전 특수로 달아올랐다.

"자, 슬슬 돌입을 시작할까요."

마지막 회의 후 드디어 작전이 시작된다.

헬타니아 계곡의 주위 십여 곳에서 군대가 경계선을 들락날락하며 지상의 골렘들을 도발하고, 가장 주의를 끌었을 때 록 기간트 골렘과 거리가 제일 가까운 포인트에서 다섯 명이 돌입을 개시한다.

최단 거리로 하늘을 나는 최소한의 골렘만을 제거하면서 단숨에 록 기간트 골렘을 파괴하는 것이다.

"블랜타크 씨, 여기가 최단 돌입 포인트죠?"

"백작님도 '탐지'했지? 본존은 헬타니아 계곡 한가운데에 있다."

정확히는 가운데에 뻗어있는 단열의 가장 안쪽 한가운데다.

그곳의 마력 웅덩이에 다리도 없는 록 기간트 골렘이 진좌해 있다. 그 크기는 100m가 넘으며 앞쪽의 머리와 뒤쪽의 꼬리는 각각 여덟 개씩이다.

10만 마리나 되는 골렘을 동시에 조종하는 거대한 인공 인격의 결정과 비록 저품질이지만 마석을 하루에 최대 5천개나 제조 가능한 장치를 몸 안에 내장하여 헬타니아 계곡에 침입한 적을 모두 제거한다.

고대 마법문명 시대의 천재 마도구 장인 이슈르바크 백작이 만든, 마치 살아있는 듯한 방어 장치인 것이다.

"머리와 꼬리가 여덟 개요?"

움직이지는 못하지만 입에서 블레스가 아니라 바위탄을 발사하며 꼬리를 휘둘러 적에게 타격을 준다.

기본이 바위이므로 예전에 싸운 미스릴 골렘만큼 단단하지는 않지만, 시간이 지나면 재생된다고 하니 결코 얕볼 수가 없었다.

"예전에 들었던 '야마토의 대룡'을 닮았다!"

일본 신화에 나오는 '야마토의 이무기'인 것 같기는 한데 이 세계에도 머리가 여덟 개 달린 용의 전설은 남아 있다. 도사가 알고 있는 내용은 모험자 예비학교의 수업 시간에 가르쳐 주기 때문이다.

다만 이 용이 실제로 존재하는지는 분명하지 않다.

"전부터 이상했는데 머리가 여덟 개라면 '일곱 갈래의 대룡'아닌가?"

"루이제 씨, 그런 옛날 전설에 토를 달아봤자 소용없잖아요. 그보다 슬슬 시간이 되지 않았나요?"

루이제의 억지 궤변을 카타리나가 나무랐다.

"카타리나 말이 맞는 것 같아."

경계선 밖에 있는 바위산의 능선에 다섯이 대기하고 있으려니, 눈 아래에서는 왕국군과 바우마이스터 백작가 제후군 혼성 부대가 유인한 골렘군과의 전투에 들어갔다.

"으아아아아아아!"

"엘 녀석 기합이 잔뜩 들었네. 이유는 사악하지만……."

루이제는 전선에 서서 비장의 오리할콘제 검을 휘두르는 엘을 가차 없이 비난했다.

엘도 가장 큰 목적은 아군에게 피해가 생기지 않도록 칼날이 무뎌지지 않는 자신이 앞에 나서고 있는 것이니까.

"그 이유와 카를라 씨에게 좋은 모습을 보여주고자 하는 마음이 서로 다투고 있는 게 아닐까요?"

"카타리나도 가차 없네."

"저 또래 남자라면 다 그렇겠지. 이제 슬슬 가자."

열 곳을 넘는 적의 침입을 맞아 대략 8만 마리의 골렘들은 거의 외연부에 모여들었다.

이것을 전부 상대한다면 전멸이지만 그렇게까지 할 필요는 없다.

우리가 고속으로 록 기간트 골렘을 향해 날아가는 데 이미 외연부로 유인되어 있는 골렘들은 작전에 방해가 되지 않기 때문이다.

하지만 공중의 2만 마리는 별로 움직이지 않았다. 그들은 공중에서 침입한 적만 대응하는 것 같다.

"2만 마리라······."

"보통은 헬타니아 계곡 안에 흩어져 있으니까. 집합하기 전에 서둘러 록 기간트 골렘을 파괴한다. 알겠지?"

모든 걸 파괴할 필요는 없다. 어차피 록 기간트 골렘이 파괴되면 바위 덩어리로 돌아가고, 또한 그렇게 시간이 오래 걸린다면 작전은 실패할 게 뻔하니까. 블랜타크 씨는 특히 도사에게 주의를 주었다.

"그 자리에 머물며 용맹을 떨치는 짓은 참아줘, 도사."

"일단 이 사람도 프로 모험자이지만······."

이런 경우는 역시 경험이 풍부한 블랜타크 씨의 의견이 존중된다.

도사도 연장자인 그의 의견에 순순히 따랐다.

"만일을 위해 하는 소리야. 다른 너희들도 마찬가지다."

"예!"

"맡겨 줘."

"팔이 울고 있어요."

"그럼 간다!"

블랜타크 씨의 신호에 맞춰 다섯 사람은 '고속 비행'으로 헬타니아 계곡에 돌입한다.

대형은 카타리나와 내가 투톱이고 그 뒤를 루이제와 블랜타크 씨가. 그리고 쫓아오는 골렘을 제거하기 위해 도사가 최후미를 맡았다.

"블랜타크 님, 뒤에 적이 없는데요."

"지금부터 벌써 쫓기면 작전은 이미 실패겠지……."

아직 돌입 직후이므로 공중에 있는 골렘들은 거의 우리에게 대응하지 못했다.

몇 마리가 앞을 가로막았기 때문에 우선은 내가 '회오리 창'을 만들어 투척한다.

명중한 와이번형 골렘과 그 주위에 있던 몇 마리가 부서져 흩어지며 지면으로 떨어져간다.

"마력을 최대한 아껴야 해. 카타리나도."

고서의 자료를 토대로 완벽하게 작전을 세웠지만, 무슨 일이 벌어질지 모르기 때문에 마력은 되도록 보존하는 것이 작전의 기본이다.

"당연하죠. 저는 벤델린 씨보다도 마력량이 적으니까요."

이어서 카타리나가 전방에 보이기 시작한 십여 마리의 큰독수리형 골렘들에게 마법을 쓴다.

"토네이도 브레이크!"

'폭풍'이라는 이름에 걸맞게 앞쪽에 있는 골렘들의 중심부에 갑자기 회오리가 발생하여, 그들을 상공으로 휘감아 올려 간다.

회오리 안에서 서로 부딪친 골렘들이 손상되고 파괴되며 지면으로 떨어져 갔다.

"굉장하네. 나도 뭔가 공격을 하고 싶은데."

"루이제는 마력을 아껴둬."

"알고는 있지만 그래도 조금 따분해."

애당초 방출계 마법은 전혀 못 쓰기 때문에 루이제의 역할은 록기간트 골렘에게 직접 강력한 공격을 가하는 것이다. 도착할 때까지 마력을 최대한 아꼈다가 록기간트 골렘에게 결정타를 날리는 게 루이제의 임무다.

"혼신의 힘을 다해 초 필살기를 날릴게."

"어쩐지 기대가 되는걸.(역시 필살기 같은 게 있구나.)"

"벨, 얼마든지 기대해."

출격 전의 루이제는 평소처럼 밝았다. 부담감이라는 건 존재하지 않는 것 같다.

"생각했던 것보다 골렘이 적은데……."

돌입한지 10분쯤 됐을 때 블랜타크 씨가 고개를 갸웃거렸다.

고서의 내용으로 봤을 때 역시 시간이 이쯤 지나면 공중의 골렘들이 더 많이 모일 텐데, 몇 마리에서 몇 십 마리의 무리를 다섯 번 격파했을 뿐 앞쪽에는 그다지 적이 보이지 않았던 것이다.

"어쩌면……."

"어쩌면 뭐요?"

"의외로 인공 인격 씨가 일을 하고 있는지도 모르겠군."

수십 초를 더 날아가자 마침내 목표 지점에 도착한다. 헬타니아 계곡을 가로지르는 거대한 균열.

그 안에 록 기간트 골렘이 버티고 있지만, 그 상공에는 만 마리가 넘는 골렘들이 우리를 기다리고 있었다.

"쳇! 우리의 목적을 눈치챘나."

"수가 저렇게 많으면 단열(斷裂)에 들어갈 수가 없어요."

록 기간트 골렘은 단열 안에 있기 때문에 우선 저 골렘들을 제거해야 한다. 2만 마리의 대부분이 모인 듯한 상공에는 푸른 하늘이 보이지 않을 만큼 빽빽하게 골렘이 모여 있었다.

"백작님, 이것도 예상한 바다. 시작해!"

"예!"

골렘들에게 접근하면서도 나는 열 개 정도의 마정석을 꺼내 양손에 쥔다.

또한 의식을 집중시키면서 최대 상급 마법의 준비를 시작했다.

"(기본적으로 이런 마법이 훨씬 후련하지.)"

1분쯤 마력을 모은 뒤 양손을 앞으로 내밀어 마법을 발동시킨다.

예전의 그레이트 그랜드 전에서는 2분이 걸렸는데 나도 그 나름대로 성장한 모양이다.

"버스트 토네이도!"

거리가 떨어진 골렘들의 중심부에서 발생시킨 거대한 회오리는 골렘을 5천 마리쯤 끌어들이며 격렬한 바람 소리를 내었다. 그 안에서 골렘끼리 서로 부딪치며 파괴됐고, 잠시 후 회오리가 사라지자 주변에 있던 멀쩡한 골렘을 끌어들여 지면으로 낙하해 간다.

'커터 토네이도'와의 차이점은 거대한 회오리를 옆으로 방출하는 것과 효과 범위가 넓은 것이다. 록 골렘은 그레이트 그랜드보다도 약하기 때문에 위력을 광범위하게 확산시켰다.

참고로 '버스트'라는 이름은 손에서 발사하는 이미지에서…… 대충 적당히 지었다.

"벤델린 씨는 이런 마법이 특기군요."

"그래. 속이 후련하기도 하고."

상대가 골렘이므로 '광역 에어리어 스탠'처럼 위력에 신경을 쓸 필요가 없다.

"이쪽을 제거해야 할 위협으로 인식한 것 같네요."

단숨에 4분의 1이 파괴되자 골렘들이 우리를 제거하기 위해 움직이기 시작한다.

약 절반인 7, 8천 마리가 이쪽을 향해 오는 모습을 볼 수 있었다.

"한 방 더!"

이번에는 다시 양손을 앞으로 내민 뒤 드래곤 골렘과 싸울 때 썼던 무속성 방출 마법을 발사한다. 위력은 떨어지지만 명중하자 뒤로 날려가며 뒤편에 있던 골렘들과 충돌해 서로 부서져 간다. 밀집해 있던 것이 도리어 손해가 된 점도 있지만 역시 숫자만 많았지 별로 세지 않은 것 같다.

"처음 봤지만 위력이 어마어마하네요."

카타리나도 회오리 마법을 연발하며 수천 마리를 파괴했지만 이제 예비 마정석을 거의 써버린 것 같다.

"하지만 상당히 숫자도 줄었……늘지 않았나요?"

확실히 5천 마리정도까지 줄였을 텐데 어째선지 다시 두 배 정도까지 돌아왔다.

"마석을 토대로 벌써 부활했나?"

"하루에 5천 개였지?"

고서의 설명에 따르면 록 기간트 골렘은 하루 5천 개의 마석을 만들 수 있으며 엉덩이 부분에서 마석을 배출하면 그걸 골렘이 집어삼켜 마치 생물처럼 작은 골렘을 낳는다. 그리고 태어난 작은 골렘은 그 주변의 돌을 집어삼켜 커진다. 대충 그런 설명이었던 것 같은데 피해가 급격히 늘어나면 어느 정도의 과정은 생략할 수 있는지도 모른다.

"재료도 있으니까."

지금 우리가 요란하게 부숴서 지면에 떨어뜨린 골렘의 잔해가 있는 것이다.

"블랜타크 씨?"

"시간을 오래 끌면 좋지가 않겠군."

마석 제조는 하루에 5천 개가 한계일지라도 만든 마석을 보존할 수 있다면 한동안 계속 증식할 가능성이 있다.

지금은 작전을 서두를 필요가 있었다.

"단열 안쪽에서는 거대한 반응 하나와 수백 개의 작은 반응뿐이다. 돌입해서 이쪽을 파괴하는 편이 빠르겠다!"

"그렇군요…… 돌입하죠, 도사님!"

"내게 맡겨라!"

나는 또다시 무속성 방출 마법을 발사해 골렘 수를 줄였고 그와 동시에 도사가 골렘의 무리 속으로 돌격했다.

도사는 '마법 장벽'을 걸친 채 다가오는 와이번형 골렘의 머리를 주먹으로 후려갈겼다. 머리가 부서진 골렘은 그대로 지면으로 낙하했다.

이어서 뒤에서 습격해 오는 골렘을 돌려차기로 부수고 다른 골렘의 꼬리를 잡아 휘둘러 몇 마리를 박살냈다.

"역시 엄청 세네."

"그렇군요……."

마법사로 보이지는 않지만 도사가 압도적으로 강하다는 건 누가 봐도 명백했다.

나도 블랜타크 씨도 새삼 그 실력에 놀라고 만다.

"상공에 있는 골렘들은 도사에게 맡기고 돌입하자!"

"예!"

골렘들의 수가 아직 완전히 회복하지 않은 동안에 결판을 지어야 할 것이다.

서둘러 넷이 단열 안으로 돌입하자 갑자기 눈앞에 바위 탄이 날아온다.

사전에 쳐놓은 '마법 장벽'으로 튕겨내지만, 앞쪽에는 바위 탄을 날린 바위용이 포효하고 있었다.

"록 기간트 골렘!"

그 거대한 머리는 고서의 기술대로 여덟 개나 됐으며 잇따라 입에서 바위 탄을 뱉어내어 우리를 박살내려고 했다. 그밖에도 이 좁은 단열 안에 수백 마리의 큰독수리형 골렘까지 있어서 이쪽에 공격을 시도한다. 운 나쁘게 록 기간트 골렘이 발사하는 바위 탄을 맞고 부서지는 골렘도 많았지만, 얼마든지 만들어 낼 수 있는 탓인지 자기편의 손실은 신경 쓰지 않는 것 같다.

"목표는 몸통 안의 거대한 인공 인격의 결정이다. 머리를 파괴하며 앞으로 나아간다."

록 기간트 골렘은 거대하기 때문에 몸통 부분에 가려면 머리를 파괴하며 전진해야 한다. 나는 곧바로 회오리를 창 모양으로 바꾼 마법을 내쏘아 두 개를 부쉈고, 카타리나도 소형 회오리를 조종하여 두 개를, 블랜타크 씨는 피구공 크기의 회오리 공을 던져 쓰러뜨렸다.

큰독수리형 골렘이 블랜타크 씨를 향해 덮쳐갔지만, 이건 소프트볼만 한 바람 속성의 탄을 만들어서 머리에 던져 파괴한다.

그의 주위에는 항상 열 개 정도의 바람 공이 둥실둥실 떠 있었으며, 그걸 날려 자신을 위협하는 골렘을 파괴한다. 줄어든 바람 공은 곧바로 보충되어 다시 블랜타크 씨 옆을 떠돈다.

마법의 정확도가 정말 무시무시하기 짝이 없다.

"나는 마력이 적으니까 열심히 연구를 해야겠지. 앞으로 두 개!"

록 기간트 골렘의 머리는 이제 두 개 남았다.

단열에 길게 누워있기 때문에 머리를 돌파하면 몸통을 공격받는다.

그걸 염려했는지 두 개의 머리는 연사 속도를 높여 미친 듯이 바위탄을 내쏘았다.

"아아! 진짜 성가시네요!"

카타리나가 '마법 장벽'으로 바위 탄을 튕겨내면서 중형의 회오리를 날려 두 개의 머리를 날려버렸다.

이로서 전진이 가능해졌다.

"하지만 이 몸통 어디에 약점이 있는 거지?"

"몰라! 닥치는 대로 주먹으로 깨부숴!"

이슈르바크 백작이 남긴 고서에는 록 기간트 골렘의 설계도까지는 남아 있지 않았다. 어쨌든 몸통에 내장되어 있으니 그곳을 파괴해 갈 수밖에 없으리라.

"블랜타크 씨도 의외로 무성의하네…… 몸통이랄까 그냥 바윗덩어리 아냐?"

확실히 몸통이라기보다도 균열의 폭 50m, 길이 100m 정도를 가득 메우는 바윗덩어리로밖에 안 보인다.

루이제는 고개를 갸웃거리며 파괴한 머리에 가까운 지점에 서서 마력을 담아 주먹을 내리친다. 그 위력은 엄청나서 반경 10m 범위의 몸통 부분에 금이 가며 후두둑 부서지기 시작했다.

"성공인가?"

"아니, 꽝이야!"

루이제 대신 블랜타크 씨가 대답했지만 그 이유는 금방 알았다.

"벤델린 씨! 빨리 결정을 파괴해야 해요!"

아무래도 예상보다 머리의 복구가 훨씬 빨랐던 것 같다.

카타리나가 뒤에서 바위탄을 쏘며 공격해 오는 여덟 개의 머리를 '마법 장벽'으로 막고 있었다.

"회복이 예상보다 빠르군…… 이크!"

블랜타크 씨가 우리 위쪽으로 이동해 '마법 장벽'을 강화하기 시작한다.

"도사는 건재하지만……."

그가 파괴한 골렘의 파편들이 쏟아져 내린 것이다. 그렇다고 그만두라고 할 수도 없다. 그랬다가는 상공의 골렘들도 우리에게 덮쳐올 테니까. 바위 비 정도는 참을 수밖에 없다.

"알고는 있었지만 숫자가 정말 많군."

블랜타크 씨는 그렇게 말하면서 도사가 놓친 큰독수리형 골렘을 향해 바람 공을 던졌다. 숫자가 워낙 많으니 한두 마리 놓치는 것은 어쩔 수 없다.

"루이제, 계속 파괴해."

"알았어! 그럼 화끈하게 간다!"

넷이서 조금씩 전진하면서 루이제에게 록 기간트 골렘의 동체를 파괴하도록 한다.

꼬리가 있는 앞쪽의 방어는 내 담당이었지만 당연히 여덟 개의 꼬리와 큰독수리형 골렘 수십 마리가 덮쳐왔다.

"꼬리에서 골렘의 핵이 되는 마석을 만든다고 했나요?"

"그런 모양이야!"

블랜타크 씨가 '마법 장벽'으로 바위 비를 막으면서 내 물음에 대답한다.

루이제는 갖고 있는 마정석으로 마력을 보충하면서 록 기간트 골렘의 몸통을 향해 주먹을 계속 휘둘렀다.

몸통 부분이 잇따라 파괴되어 가지만, 그 동안에도 두께 3m가량의 꼬리 여덟 개가 채찍처럼 꿈틀거리며 이쪽을 공격해 온다. 큰독수리형 골렘의 습격도 점점 늘어났다.

"앞에는 꼬리, 뒤는 머리, 위는 바위 비냐! 루이제!!"

"단번에 끝장을 낼게! 모든 마력을 이 주먹에!"

"오오! 왠지 멋져!"

루이제가 한 손을 하늘로 뻗으면서 집중하자 자신의 남은 마력과 남아 있던 마정석 안의 마력이 주먹으로 모인다.

"자신의 마력량을 넘는 마력을 주먹에 모은 거야?"

이게 지금의 루이제의 굉장한 점이다. 평범한 마법사는 본인의 마력량을 넘는 마력을 몸에 담아둘 수 없다. 그래서 우리는 '광역 에어리어 스탠'을 걸었을 때 마정석에서 마력을 빨아들이는 속도 때문에 고생을 했던 것이다.

그런데 루이제는 본인 마력량의 몇 배에 달하는 마력을 높이 치켜세운 주먹에 모은 것이니까.

"반동이 조금 심하겠지만 시간이 길어지면 상황이 점점 나빠질 테니까 갈게! 마투류 궁극의 필살기! '빅뱅 어택'!"

기술 이름은 의외로 진부했지만 루이제가 마력을 모은 주먹으로 록 기간트 골렘의 몸통을 때린 순간 눈이 부실 듯한 섬광이 흐르며 지금까지와는 비교도 안 될 만큼 넓은 범위로 그 몸통에 균열이 생기기 시작한다.

“성공이야! 벨.”

거대한 하나의 바윗덩어리였던 몸통은 전부 주먹 크기만한 바윗덩어리로 부서졌고 나를 공격했던 꼬리, 카타리나를 공격했던 부활한 머리, 단열 안에 전개되어 있던 골렘들도 전부 부서지며 지면으로 낙하해 간다.

아무래도 진짜로 록 기간트 골렘의 완전 파괴에 성공한 것 같다.

“굉장해, 루이제!”

지금까지 본 적 없는 엄청난 기술이었기 때문에 나는 크게 감동하고 말았다.

“하지만 몸이 전혀 안 움직여…….”

큰 기술을 쓴 만큼 몸에 쏠린 반동이 컸던 모양이다.

나는 곧바로 바윗덩어리 산 위에서 비틀거리고 있는 루이제를 안았다.

“괜찮아?”

“마력이 고갈되기 직전이라 조금 졸려……. 하지만 덕분에 땡 잡았네.”

“그렇구나. 정말 애썼어.”

루이제의 머리를 쓰다듬으면서 칭찬하자 그녀는 눈을 게슴츠레하게 떴다.

“상으로 벨이 안고 돌아가 줘. 신부 안기 자세로.”

“그 소망에 기꺼이 보답하죠.”

일등공신의 소원은 무시할 수 없는 법, 나는 곧바로 승낙했다.

“그럼 나만 혼자 행복하겠네. 한동안 의식이 없을 테니.”

"뭐?"

나는 루이제의 말뜻을 한순간 이해하지 못했지만 그 답은 곧바로 밝혀졌다.

결국 모든 골렘을 통제하고 있던 록 기간트 골렘이 파괴되어 골렘들은 바윗덩어리로 돌아갔다.

하늘을 날고 있는 골렘들 대부분은 도사가 상공으로 유인한 상태라 그 골렘들도 전부 바윗덩어리로 돌아가 물리적 법칙에 따라 지면으로 떨어져 갈 것이다. 어디로 떨어지느냐 하면 바로 우리가 있는 곳이다.

"피해애애애애애애애애!"

나는 큰 소리로 블랜타크 씨와 카타리나에게 대피명령을 내린다.

"이래서는 승리의 여운에 빠질 여유도 없네요!"

"그런 건 나중에 해!"

내가 루이제를 안은 채로 셋이 '마법 장벽'을 전개하면서 상공으로 대피한다. 도중에 몇백 톤씩 되는 바위가 게릴라성 폭우처럼 쏟아져 내렸으며 그 위력은 록 기간트 골렘이 발사하는 바위탄보다도 셌을 정도다.

단숨에 엄청난 양의 바위가 떨어져 내렸기 때문에 헬타니아 계곡은 국지적인 지진이 일어났고 단열에도 무너지거나 금이 간 부분이 많았다.

"간신히 탈출했네……."

"골렘 군단이나 록 기간트 골렘이 아니라 바위 비 때문에 죽을 뻔했군."

마력이 고갈되기 직전이었던 블랜타크 씨는 안도의 한숨을 내쉬었다.

"정말 끔찍하네요. 루이제 씨는 행복해 보이지만……."

마력이 고갈되어 잠든 루이제는 기분 좋은 표정을 짓고 있었고, 카타리나가 부러운 듯이 그 모습을 바라보았다.

"카타리나도 이렇게 신부 안기 해줘?"

"벤델린 씨는 지금 무슨 말씀을…… 나중에 잠깐만……."

카타리나는 얼굴을 붉게 물들이면서 쭈뼛거렸다.

"하지만 꼬마도 도사 밑에서 몸을 단련하길 잘했구나. 루이제 아가씨를 번쩍 안는 걸 보니 말이야."

"블랜타크 씨가 보기에는 저는 대체 얼마나 약골인가요……."

일반적으로 마법사 중에 약골이 많다는 점은 부정하지 않는다. 도사는 거의 보기 드문 예외니까.

"뭐, 도사와 비교하면 말이야."

"그래서 그 도사님 말인데요……."

혼자 수천 마리의 골렘을 묶어 두었던 또 하나의 일등공신인 도사는 우리가 떠 있는 위치보다도 더 위에 있었다.

"후오오오오오오오! 우리의 승리다!"

아무도 걱정하지 않았지만 역시 도사는 상처 하나 입지 않았다.

혼자서 기묘한 승리의 함성을 질렀지만, 우리의 모습을 발견하더니 기쁜 얼굴로 다가왔다.

"루이제 아가씨에게 배운 격투기가 도움이 됐다. '마도 기동갑주'는 연비가 나쁘니까 크게 도움이 됐어. 그건 그렇고, 루이제 아가씨는 마력이 고갈된 거냐?"

"필살기가 작렬했으니까요."

"그 눈부신 빛 말이지?"

내가 루이제가 쓴 기술을 설명하자 도사는 감탄스러운 표정을 지었다.

"놀랍구나! 반동이 강하기는 하지만 자신의 마력량보다 몇 배나 많은 마력을 주먹에 담아 쏘다니! 이 사람에게 딱 맞는 기술이군! 나중에 꼭 배워야겠다!"

"아니, 관둬. 도사가 그런 걸 쐈다가는 이 대륙이 붕괴될 테니까."

"블랜타크 님, 그건 조금 과장된 말씀이겠죠?"

"(아니, 꼭 그렇다고 볼 수도 없지…….)"

"(가능성이 전혀 없는 것은 아니군요.)"

블랜타크 씨가 속삭이는 소리에 나와 카타리나도 동의하고 만다.

이렇게 해서 헬타니아 계곡의 해방은 무사히 이뤄졌지만, 도사의 '빅뱅 어택' 습득은 너무 어려워서 성공하지 못했다는 사실만은 꼭 밝혀두고자 한다. 세계 평화는 무사히 지켜진 것이다.

제10화 결국, 뒤처리를 하는 신세가 되다

"루이제는 이제 괜찮아?"

"괜찮기는 하지만 필살기는 몸에 부담이 많이 되네……."

"엄청난 기술이었지."

"위력은 그럭저럭 세지만 고위 마법사가 쓰는 상급 마법 정도는 아니야. 위력이나 범위도 뒤떨어지고."

"나는 그래도 대단하다고 생각하는데. 그 거체가 산산조각 났으니까."

방위용 바위 골렘의 소굴이었던 헬타니아 계곡은 우리의 분투에 의해 무사히 해방되었다.

상당히 고전을 했지만 마지막에 루이제의 마투류 필살기가 작렬하여 모든 것이 끝났다.

록 기간트 골렘과 그 조종을 받은 골렘들은 자연 그대로의 모습으로 돌아갔고 두 번 다시 부활하지 않을 것이다.

헬타니아 계곡은 해방됐다.

"벨은 지난 사흘 동안 뭘 했어?"

"일."

루이제는 일등공신이었기 때문에 사흘 동안 누워있도록 했다.

전혀 꼼짝도 못하는 건 아니므로 화장실 정도는 자기 발로 갔지만 식사 등도 모두 엘리제 일행이 챙겨주었다.

"마투류는 정말 심오하구나."

"역사가 긴 만큼 과거의 위인들이 만들어 낸 기술이나 필살기가 많지만 쓸 수 있느냐 없느냐는 또 별개야."

"뭐야, 그게?"

"재능이 없는 사람은 쓸 수 없다는 얘기지."

'마투류를 배워 멋진 기술을 쓰겠다!'는 포부를 갖기란 좀처럼 쉽지 않은 것 같다.

"위력의 문제도 있겠지. 쓸 수 있어도 자신의 몸 크기만 한 바위를 부술 수 있다던가."

그렇군, 거기에도 절망적인 재능의 차이가 있는 건가.

"쓸 수 없는 사람이 대부분이니까 기술의 형태가 중시되지. 마력을 담아 싸운다는 점에서는 도사님이나 벨도 강하잖아?"

도사는 이번 싸움에서 수천 마리의 골렘을 상대로 용맹을 떨쳤다.

전부 쓰러뜨린 것은 아니지만, 혼자 수백 마리를 파괴하여 그의 최강 전설에 또다시 한 소절이 덧붙여진 셈이다.

한편 나는 성격적으로 그런 전법이 맞지 않기 때문에 꼭 마법을 쏘고 만다. 도사는 반대로 마법을 방출하는 쪽이 서툴기 때문에 도사를 강화형, 나를 방출형이라고 하는지도 모르겠다. 예전에 읽었던 만화책에서 그런 식으로 타입을 분류했던 것 같다.

"바우마이스터 백작님, 왕도에서 조사대가 왔습니다."

"그들은 이곳에서 분석을 시작하는 건가요?"

"아뇨, 갖고 돌아갈 겁니다."

"이번에는 성과가 있었으면 좋겠네요."

헬타니아 계곡 해방 후 우리의 본진은 중심부에 있는 미스릴 광상의 옆으로 이전했다.

내 마법으로 매장량 등을 조사하기 위해 그리고 해방된 헬타니아 계곡 안에 사람이 숨어들어와 광산을 도둑질하는 걸 막기 위해서다.

이번 작전에 참여한 귀족가 병사들은 외곽에 진을 치고 그런 자들의 침입을 경계하고 있다. 실제로 이미 몇몇 침입자를 붙잡았다는 보고가 있었다.

인근 주민들이 '지금이라면 광석을 쉽게 캘 수 있으니 돈을 벌수 있을지 모른'고 침입을 시도했다고 한다. 지금은 개인 단위지만 가장 가능성이 높은 건 블로아 변경백작이 미련을 못 버리고 뭔가 흉계를 꾸미는 것이다.

"마도구 길드 사람들이 도착했습니다. 그들은 자부심이 세기 때문에 직접 작업하지 않으면 새로운 기술을 놓친다고 생각할 겁니다."

본진 경계를 맡고 있는 아킬레스 자작이 왕도에서 마도구 장인들이 왔다고 내게 보고한다.

그들은 우리가 파괴한 록 기간트 골렘의 잔해를 인수하기 위해서 대형 마도비행선을 대절하여 온 것이다.

"인공 인격의 결정은 물론이고 마석 생성 장치나 다른 알 수 없는 장치도 전부 망가져서 쓸 수 없지만요."

루이제가 말 그대로 산산조각을 내버렸기 때문이다.

"어떻게든 해석이 이뤄져 조금이라도 기술 향상에 보탬이 되면 좋겠군요."

이쪽도 워낙 아슬아슬했기 때문에 상처 없이 멀쩡히 노획하는 일은 불가능했다. 잔해라도 남은 게 다행이라고 생각해야 할 것이다.

그래도 그들은 형편이 좋기 때문에 록 기간트 골렘의 파편 전부와 수십 마리의 골렘 파편, 마석 샘플을 고가에 구매해주었다.

장사는 안정세를 보이고 있지만 새로운 성과도 내고 싶으리라. 그러다보니 성장의 기회가 된다면 잔해도 고가에 사들이는 것이다. 아마 마도 길드에 대한 경쟁심 때문일지도 모르겠다.

장난삼아 턱없이 비싼 값을 불렀는데 눈앞에 척하고 백금화가 담긴 자루를 내놨을 때는 깜짝 놀랐다.

"그걸 어떻게 갖고 돌아가죠?"

"대절해온 대형 마도비행선에 실어 간다고 합니다. 여러 번 왕복을 해야겠지만요."

록 기간트 골렘 전부니까 대부분이 단순한 바위다. 하지만 우리에게는 별로 특별할 것 없는 그 바위에 중요한 힌트가 있을지도 모른다며 바위 조각을 하나도 남김없이 갖고 돌아간다고 한다.

싣는 것도 운반도 본인들이 직접 하겠다는 걸 보면 전생에도 느꼈지만 기술자는 정말 철저한 사람들인 것 같다.

"그래서 이곳은 어떻게 개발하실 작정입니까?"

"평범하게 위탁할 겁니다."

내 영지의 일손조차 모자라니까 다른 곳의 인재로 메우는 것은 당연한 일이었다.

게다가 다른 곳은 사람이 남아돌 지경이다.

귀족은 자신의 영지에서 광산이 발견됐을 경우 광산 채굴업자나, 광산 기술자, 정제에 관련된 기술자 등은 다른 곳에서 불러오는 경향이 있다. 채굴하는 사람은 남아도는 농가의 차남 이하를 활용한다. 농지를 물려받을 수 없는 영주민에 대한 좋은 일자리인 셈이다.

그런데 광산은 경우에 따라 수십 년 만에 광물이 나오지 않게 되는 경우가 많다.

같은 영내나 적어도 인근 귀족령에 새로운 광상이 발견되면 좋겠지만 그러지 못한다면 그들은 일자리를 잃게 된다.

그런 사정 때문에 일자리를 얻지 못한 사람이 많아서 채굴할 사람은 마음만 먹으면 얼마든지 모을 수 있는 것이다.

"이주도 좋고 단순 돈벌이도 좋고, 핵심은 이곳이 개발되어 금속이 나오면 되는 거니까요."

딱히 우리가 모든 걸 다 하겠다고 고집할 필요도 없다.

대부분의 인재를 왕국 직할지와 타 영지에서 모으고 우리 쪽 사람은 관리와 부정 단속만 하면 되는 것이다.

"매우 대범한 체제로군요."

"시간이 걸리지 않아서 좋죠."

전부 자기 것만으로 하려면 아마도 광석을 반출할 수 있을 때까지 시간이 꽤 걸릴 것이다.

그렇게 되지 않기 위해서는 외부 사람을 활용하는 방법이 최고다.

"(게다가 주변의 시샘을 억누르기 위해서도 사탕을 줄 필요가 있지.)"

헬타니아 계곡은 바우마이스터 백작가의 소유지만 이곳에서 일하는 사람의 대부분은 외부인이다.

이것이 의미하는 바는, 직할지나 다른 영지에 적을 둔 사람의 일자리와 수입을 보장한다는 점에 있다.

영주민들에 대한 고용 대책도 되고 수입이 증가하여 경제 활성화로도 이어진다.

평소에 광산에서 일하는 광부들이 고향에 돌아가 그동안 번 돈을 그 지역에서 쓴다.

그것만으로 그들 고향의 경제 대책으로도 이어지는 것이니까.

"왕국군도 관직이 하나 늘었고 말이죠."

실은 헬타니아 계곡 외곽에 있는 토지 일부를 왕국에 매각할 예정인 것이다. 그 땅에는 광산이 없지만 왕국은 그곳에 '왕국군 헬타니아 계곡 수비대' 본진과 천 명 가량의 병사를 주둔시키게 된다.

그들의 임무는 바우마이스터 백작가 이외의 귀족이 헬타니아 계곡에 손대는 걸 막기 위한 경비로, 보수는 경비 위탁료와 광산의 안정된 공급이다.

"이곳의 미스릴 광상은 예상보다 훨씬 크다. 따라서 어차피 왕국이 개입해 올 거라면 먼저 미끼를 던져 구워삶으라는 건가요?

군인이라고 해도 법의귀족으로서 중앙 정치와 얽혀 있는 아킬레스 자작은 현실적인 면에서 도움을 주는 사람인 것 같다.

"재정을 체결했다고 해도 성가신 이웃이 있으니까요."

"헬타니아 계곡 해방 소식을 들으면 발광할지도 모르죠."

그걸 막기 위해서 블로아 변경백작가보다 많은 경비병을 고용한 것이다.

"이만한 대규모의 광산 지대이니 장차 정제 시설의 가동도 필요합니다. 대규모 마을을 운영하려면 인원이 필요할 테니까요."

바우마이스터 백작령에서조차 절찬 이민 모집 중인데 여기로 옮길 수도 없다.

결국 외부에서 사람을 모을 수밖에 없는 것이다.

"바빠 보이는군요."

"네에, 뭐……."

미스릴은 절대적으로 부족하기 때문에 광석 상태로라도 사고 싶다고 왕도에 있는 여러 공방이 연락을 해왔다. 서둘러 배를 보낼 테니 그때까지 조금이라도 채굴을 진행하고, 대형 마도비행선이 이착륙할 수 있는 선착장을 정비해달라고 한 것이다.

나는 또다시 토목공사 모험자로서 마을을 만들기 위한 정지 작업이나 광산과 마을을 연결하는 도로 정비에 쫓기게 되었다.

"그 돌길은 근사하네요."

"재료가 풍부하니까요."

바위는 얼마든지 있으니까 마법으로 바위를 잘라 정지 작업을 한 길에 깔기만 하면 포장된 도로가 완성된다.

"명실공히 지배를 진행할까요? 저로서는 헬타니아 계곡 수비대 대장이라는 지위가 매우 만족스러우니까 블로아 변경백작가의 간섭은 당연히 조심할 겁니다."

블로아 변경백작가 사람들이 무슨 말을 해올지 모르는 이상 아킬레스 자작은 좋은 방패가 되어줄 것이다.

"블로아 변경백작가의 혼란한 상황은 왕도에서도 화제가 되고 있으니까요. 이런 시대니까…… 폐하의 온정일까요? 그 가문이 작위를 박탈당하지 않는 건."

만일 지금이 전시였다면 이미 그러고도 남았을 거라고 아킬레스 자작은 말한다.

작위 박탈에 불복해 반란을 일으켰다간 왕국군도 다른 귀족들도 기꺼이 토벌 작전에 참가할 것이다. 공을 세울 좋은 기회니까.

나는 그로부터 일주일가량 마법으로 인프라와 선적용 마도비행선이 이착륙할 수 있는 선착장의 토대를 만드는 작업에 몰두했다.

"비지(飛地)이며 토지의 특성상 농업이나 목축은 불가능. 한동안은 광산 채굴만 하다가 몇 년 뒤 어느 정도까지 정제를 할 수 있는 대규모 공방을 만들어 효율화를 꾀한다. 이런 흐름으로 가야 할까요……."

나는 마도 휴대통신기로 로델리히의 의견을 묻는다.

그는 이 헬타니아 계곡을 바우마이스터 백작가가 완전히 지배하기 위해 추가로 인원을 보내온 것이다.

경비병, 광산기사, 새롭게 조성될 마을을 운영할 정무 및 재무계 인재.

물론 광부는 새롭게 대거 고용할 계획이다.

"식량의 자급은 불가능하겠군요……."

불가능하지는 않지만, 그러기 위해서는 나무 심기를 비롯해 암반질의 지반 뒤에 보수력(保水力)을 가진 흙을 정착시키는 작업부터 시작해야만 한다.

헬타니아 계곡에는 강이나 호수가 적어서 물은 두꺼운 암반을 뚫고 우물을 만들어 길어야 하므로 시간이 수십 년은 필요하리라.

광상이나 광산에서 나오는 광독(鑛毒) 문제도 있다.

내 경우는 마법으로 쓸 수 있는 금속을 '추출'하면 끝이지만, 다음 세대 이후에도 그럴 수 있을 가능성은 적다. 광독에 대한 대책을 생각하면서 농사도 지을 수 있는 토지로 개량까지 해야 한다면, 이는 나중으로 미룰 수밖에 없다. 일단은 미개척지 개발 쪽이 우선이니까.

"식량 자급도 한동안은 문제없어. 주변 귀족에게 식량을 구매하여 그들을 우리 편으로 삼아."

이 또한 블로아 변경백작의 간섭을 막기 위해서이다. 그들은 큰손님을 잃지 않기 위해 기꺼이 블로아 변경백작을 경계해 줄 것이다.

"가격을 올리지 않을까요?"

"가능성은 있지만 식량을 구매하는 모든 귀족이 담합하지 않는 한 어렵겠지."

게다가 너무 비싸면 바우마이스터 백작령이나 블라이히뢰더 변경백작령에서 수입하면 그만이다.

"귀족들도 전부 똘똘 뭉친 한 덩어리는 아니니까."

"그렇지."

"대관의 인선 말입니다만, 소인이 뽑은 인물로 해도 괜찮겠습니까?"

"딱히 반대 의견은 없어."

로델리히가 뽑은 헬타니아 계곡의 대관은 암스트롱 백작의 삼남 펠릭스였다.

"대관으로 임명받기는 했지만 잘 할 수 있을지 불안합니다."

내정이나 재무 경험은 없지만, 그건 다른 사람이 메우면 된다. 그를 임명한 이유는 헬타니아 계곡 수비대 대장인 아킬레스 자작을 잘 통제하도록 하는 것에 있으니까. 만약 그가 좋지 못한 일을 꾸미려 해도 이곳의 대관이 왕국군 중진인 암스트롱 백작의 삼남이라면 실행하기가 쉽지 않을 것이다.

왕도의 암스트롱 백작가도 삼남이 바우마이스터 백작가의 중신이 될 수 있도록 지원을 아끼지 않으리라.

비용은 그만큼 들겠지만 신흥 백작가가 전부 자기 손으로 하려고 했다가는 로델리히도 나도 과로사할 것이다. 어느 정도 이권을 내어주고 내 편을 늘려두는 편이 긴 안목으로 보아 이득인 셈이다.

게다가 편하기도 하고.

"이곳의 초대 대관이 무관인 이유는 다른 곳의 간섭을 막기 위해서이기도 하지. 예산도 충분하니까 사람을 적절히 고용하여 광석이 순조롭게 반출될 수 있도록 해줘."

"알겠습니다."

이렇게 해서 초대 대관으로 임명된 펠릭스는 본가의 도움도 받아가며 헬타니아 계곡의 통치를 개시한다.

나는 토목공사를 계속하면서 남는 시간에 우아하게 차를 마실 시간을 되찾았다.

"싸움에 이기고 영지와 이권을 늘리고, 친해진 귀족도 많아. 귀족적으로는 크게 이득을 봤다고 해야겠지만…….

카를라 양과 엘을 맺어준다는 목적에는 전혀 다가가지 못했다.

후계자 후보인 필립과 크리스토프는 블라이히뢰더 변경백작과 진흙탕 같은 재정 교섭 중이라, 카를라 양을 내게 바친다는 생각을 조금도 바꾸지 않았기 때문이다.

"상당히 몰아붙였는데……."

"몰아붙였기 때문에 오히려 더 카를라 양을 오기로라도 벨의 아내로 삼으려는 게 아닐까?"

이나의 지적에 나는 허를 찔린 듯 '헉!' 소리를 내었다. 확실히 그쪽은 그렇게 생각하는 것 같다.

"어라? 그럼 카를라 양의 참전은 무의미했던 건가?"

"어쨌든 블로아 변경백작가는 카를라 씨를 벨에게 떠넘기려고 애쓸 거야. 그러니까 분쟁에 이겨서 다행이라고 할 수 있지."

하지만 원래의 목적에는 전혀 도달하지 못한 셈인가…….

"에이! 이럴 때는!"

'계략이라면 믿고 맡기는', 엘 문제도 함께 의논해 줬던 클라우스의 의견을 들을 수밖에 없겠군.

나는 귀족이므로 어떤 인재라도 잘 활용해야 하니까. 결코 아무 생각도 하지 않은 건 아니다.

"엘빈 님과 카를라 님의 일 말인가요?"

"그래."

"해결책은 카를라 님이 제일 잘 아실 겁니다. 어쨌든 그분은 블로아 변경백작의 곁에 있었으니까요."

클라우스, 당신은 뭘 파악한 거야? 나는 전혀 모르겠는데.

"카를라 님은 블로아 변경백작님의 사신으로 왔는데도 전혀 블로아 변경백작을 위해 움직이고 있지 않습니다."

나를 유혹하는 것도 아니고 그저 엘리제 일행과 식사 준비와 빨래, 바느질 등을 하고 있다.

현모양처가 될 거라고 엘이 기뻐할 정도니까.

"그건 혹시 기회를 엿보고 있다거나?"

"그럴지도 모르지만 한 번 얘기를 해보는 게 어떨까요?"

달리 방도가 없기 때문에 나는 카를라 양을 불러 얘기를 들어보기로 한다.

"저는 아버지가 이곳에 보내서 왔습니다. 모두들 제가 바우마이스터 백작님의 아내가 되기 위한 교섭이라고 생각하고 계시겠죠. 오라버니들도 마찬가지일 겁니다. 하지만 저는 그럴 마음이 전혀 없습니다."

느닷없이 차여버린 건가……물론 농담이지만.

"그럼 뭐 때문에 이곳에?"

"가족 다툼에서 벗어나기 위해서입니다. 그대로 있으면 아버지가 돌아가신 후 오라버니들에게 이용당할 테니까요."

블로아 변경백작이 살아있다면 그의 보좌역이라는 명목으로 두 후계자 후보도 카를라 양에게 손을 대지 못하겠지만, 그가 죽어버리면 자신의 계승을 유리하기 만들기 위해 정략결혼에 이용할 테니까.

블로아 변경백작은 자신의 비호가 사라지기 전에 카를라 양을 특사 명목으로 내보냈고, 그녀도 그 뜻에 동의한 셈인가…….

"다만 아버지는 뼛속부터 대귀족입니다. 단지 그런 목적만을 위해 저를 보내시지는 않았을 겁니다. 표면적으로는 바우마이스터 백작님의 좋은 아내가 되어라, 그것이 가장 큰 행복이라고 하셨으니까요……."

대귀족이란 좀처럼 그 속마음을 알 수가 없군.

"짚이는 점이 있나요?"

"아뇨……."

카를라 양도 블로아 변경백작의 진짜 의도까지는 모르는 것 같다.

"클라우스는 알겠어?"

"정답인지 아닌지는 모르겠지만 생각하는 있습니다. 참고로 카를라 님이 원하시는 것은 뭡니까?"

"제 희망 말인가요? 그거라면 간단합니다. 저를 블로아 변경백작가의 호적에서 빼 주십시오."

엄격하고 냉정한 블로아 변경백작가보다 가난한 기사의 딸로 자유롭게 살고 싶은 건가.

"그 소원이 이루어지면 좋겠군요."

"예. 저도 그렇게 생각합니다. 바우마이스터 백작님."

만약 그렇게 되면 카를라 양과 엘의 결혼을 가로막는 장애가 사라지니까.

다만 현 상황에서는 매우 어려울 것이다. 무엇보다 필립과 크리스토프가 허락할 리가 없다. 그녀는 정략결혼을 위한 소중한 말이니까.

"과연. 그렇습니까?"

"클라우스, 뭔가 떠올랐어?"

"벤델린 님, 아주 간단한 일이었습니다."

"나는 잘 모르겠는데. 설명을 해봐."

나는 클라우스 만큼 머리 회전이 빠르지 않으니까. 라고 할까? 이런 쪽과는 잘 안 맞는다.

"카를라 님을 인지(認知-혼외자식을 호적에 받아들이는 절차)한 것은 블로아 변경백작님입니다. 반대로 의절이나 호적에서 뺄 권한이 있는 것도 당주입니다. 하지만 블로아 변경백작님의 사후에 두 후계자 후보가 이복누이를 이용하려고 한다면……."

양쪽이 멋대로 인지하여 자신을 위해 이용하려고 한다. 한쪽에 가담하면 다른 한쪽은 못마땅해 할 것이며 최악의 경우 살해될 가능성도 있는 셈인가. 쓰지도 못할 도구는 필요 없다고 말이다.

"그런 사태를 피하기 위해 본인 옆에 두고 시중을 들게 했겠죠. 벤델린 님 곁에 보낸 건 보험의 의미도 있습니다."

"보험?"

"카를라 님이 벤델린 님의 아내가 되어도 좋고. 그렇지 않다면 풀어주었으니 스스로 장래를 개척해 나가라고."

어느 쪽이든 카를라 양은 블로아 변경백작가의 분쟁에서 빠져 나갈 수 있는 상황인가.

"아버지가 저를 지켜주셨다는 말씀인가요?"

"추론이기는 하지만…… 조금은 알기 어려운 부친의 애정이죠. 하지만 카를라 님을 벤델린 님 곁으로 보낼 때 수행원조차 붙이지 않았습니다. 이건 확실히 이상하죠."

카를라 양에게는 명령을 내리지 않았더라도 수행원이 멋대로 정략결혼의 교섭을 시작할 위험성도 있으니까.

"그런…… 아버지가……."

카를라 양은 부친인 블로아 변경백작을 내심 싫어했다. 그래서 클라우스의 추론에 충격을 받은 것 같다.

"하지만 블로아 변경백작님도 뼛속까지 대귀족입니다. 당연히 계산하신 바가 있었겠죠. 후계자를 지명하지 않은 이유는 어느 쪽을 지명해도 자신이 죽은 후 가문이 갈라질 것으로 예상했기 때문이 아닐까요?"

확실히 교섭할 당시의 그 구질구질한 모습을 보면 그렇게 돼도 전혀 이상할 것이 없다.

"다른 곳이라면 몰라도 동부의 필두 귀족 가문이 갈라지는 일은 왕국의 입장에서 어떨까요?"

인정받을 리가 없겠지. 안정화시키기 위해서는 수단을 가리지 않을 것이다…….

"왕족 남자를 양자나 사위로 보내어 안정화할지도."

블로아 변경백작가가 왕국에 탈취당할 위험성도 있군.

"첫 번째와 두 번째 후보가 다툰다면 당연히 세 번째 후보가 대
두되겠죠. 블로아 변경백작님은 세 번째 후보를 위해 일부러 후
계자를 지명하지 않았을지도 모릅니다. 갑자기 제3의 후보를 지
명하면 최악의 경우 필립님과 크리스토프 님에 의해 제거될 가능
성도 있으니까요."

"제3의 후보라······."

귀족이 계승자를 세우는 경우 아무리 작은 가문도 10번까지는
결정하니까.

계승 가능성이 희박한 자라도 그 순서로 가문 안에서의 자기 위
치를 확인할 수 있기 때문이다.

"블로아 변경백작가를 그 제3의 후보에게 잇게 만들어 가문을
지킨다. 다소의 쇠락은 어쩔 수 없다고?"

"역사가 긴 귀족이니까요. 가운(家運)에 굴곡이 있는 건 어쩔
수 없다고 생각하지 않을까요?"

아마도 그렇겠지.

"카를라 씨를 블로아 변경백작가에서 제적할 수 있는 것은 그
제3의 후계자이며, 그 가능성을 전달함과 동시에 행사하도록 하
기 위해 벨 곁으로 카를라 씨를 보낸 건가? 블로아 변경백작은."

엘이 자기 나름의 추론을 얘기하지만, 대체로 그런 느낌일 것
이다.

"제 추론은 그렇습니다."

뼛속까지 귀족인 사람은 정말 무섭군. 나는 죽어도 흉내 못 내.

"그렇다면 필립과 크리스토프가 추종자들을 거느리고 전선에 있는 동안 움직일 수밖에 없겠군. 지금이 기회다."

이봐, 이봐, 지금 블로아 변경백작이 거기까지 예측해 후계자 다툼을 일부러 방치했다는 소리야?

"벤델린 님, 지금은 움직일 때입니다."

제3의 후계자 옹립에 협력하고, 그 조건으로 카를라 양을 블로아 변경백작가의 호적에서 뺄 것을 요구한다.

이것으로 엘과 카를라 양이 잘 되면 미션 컴플리트로군. 엘과 카를라 양은 사이도 좋으니까 틀림없이 잘 될 거야.

"그럼 빨리 그 제3의 후계자를 블로아 변경백작 자리에 올려 분쟁을 종결짓도록 할까."

"찬성! 카를라 씨, 저도 돕겠습니다!"

"감사합니다!"

마침내 방침이 결정되어, 우리는 블로아 변경백작령으로 떠날 준비를 시작했다.

제11화 제3의 후계자

블로아 변경백작가에는 당연히 필립과 크리스토프 이외에도 후계자 후보가 있다.

그 인물을 만나기 위해 우리는 헨릭의 소형 마도비행선을 타고 블로아 변경백작령으로 북상한다.

그리 눈에 띄고 싶지는 않지만 호위는 필요하다. 그래서 나, 엘, 블랜타크 씨, 도사, 빌마, 카를라 양, 이렇게 여섯 명과 길 안내자로서 니콜라우스라는 젊은이가 따라왔다.

그는 블로아 변경백작의 옛 가신으로 완력은 기대할 수 없지만 재치 있는 젊은이라고 토마스가 추천했다. 블로아 변경백작령의 중심도시 블로트리히의 지리에도 밝다고 한다.

"소수이므로 헨릭도 호위로 참가한다!"

"아버님, 저도 말입니까?"

"어리광 부리지 말거라. 네가 상인으로서 그럭저럭 순조롭게 해나갈 수 있는 것은 바우마이스터 백작 덕분일 터! 만일의 사태가 벌어지면 몸을 던져서라도 지키는 것이 상식이다! 그러기 위해 단련을 한 것이다!"

"알고는 있습니다만……."

"엄격한 아버지로군."

"뭐, 늘 저러시니까요……."

헨릭은 블랜타크 씨에게 마른 웃음을 지어 보인다.

그는 친아버지인 도사가 옆에 있어서 불편한 것 같다. 도사가 있는 이상 내게 위험이 닥칠 가능성은 거의 없겠지만 그는 지시에 따라 자신의 창을 꺼내 들었다.

"벨 님, 도착했다."

"와아, 대도시로군."

역시 동부를 통괄하는 블로아 변경백작가의 영주관이 있는 중심 도시답게 블라이히부르크에 뒤지지 않을 만큼 크고 화려했다.

헨릭이 자기 이름으로 소형 마도비행선을 공항에 착륙시켰고, 우리는 블로트리히에 내려섰다.

"벨 님은 내가 지킨다."

빌마가 내 오른쪽 옆에 붙었다.

"그럼 이 사람은 왼쪽 옆이군."

호위해주는 건 좋지만 카를라 양과 즐겁게 대화를 나누며 걷고 있는 엘에게 조금 심통이 났다.

"나리, 우선은 어디로 가시겠습니까?"

"그 제3의 후계자가 있는 곳이다."

직접 목적지로 향하겠다고, 나는 니콜라우스에게 대답했다.

"오시자마자 말입니까?"

"어차피 달리 도와줄 사람도 없을 테니까 지금은 속도가 생명이야. 그게 우리의 장점이기도 하고."

만약 그런 사람이 있다면 카를라 양이 얘기를 했을 것이다. 말이 없다는 건 내 방침에 찬성한다는 뜻이리라.

"그럼 뒷길로 가도록 하죠. 나리의 얼굴을 아는 사람은 많지 않겠지만, 만일을 위해서요."

"헨릭!"

"알고 있습니다, 아버님."

도사의 재촉에 헨릭이 니콜라우스와 나란히 제일 앞에 서서 그 제3의 후계자가 사는 집으로 향한다.

"카를라 씨, 그 제3의 후계자는 어떤 사람입니까?"

"아버님의 동생이자 제게는 숙부님이 되십니다."

그 집은 블로트리히의 중심부에 있는 거대한 영주관 근처에 세워져 있었다.

규모는 작았지만 깨끗하게 유지된 모습이 주인에게 좋은 인상을 갖게 한다.

"카를라 님이신가요?"

"예, 맞습니다. 숙부님은 안에 계신가요?"

문을 지키던 병사는 카를라의 얼굴을 알고 있었다.

황급히 집 안으로 들어가더니 집사인 듯한 초로의 남성을 데리고 온다.

"카를라 님, 임무에서 돌아오셨습니까. 무사하셔서 다행입니다."

"이런저런 사정이 있어서……. 숙부님은 계신가요?"

"예. 주인님은 할 일도 없이 따분하게 지내십니다. 어쨌든 영주관이 저 지경이니까요."

"아무 할 일이 없다? 아버지가 돌아가셨다고 들었는데 사실입니까?"

"예, 사실입니다. 일주일쯤 전에 돌아가셨습니다."

"그렇군요……."

미워했던 아버지지만 클라우스에게 이런저런 얘기를 들은 탓인지 카를라 양은 복잡한 심경을 느끼는 모양이다.

"아버지가 돌아가셨다면 장례는 어떻게 치르는 거죠?"

"지금 그것을 결정할 수 있는 상태가 아니까요."

필립과 크리스토프가 없기 때문에 양쪽에 가담한 가신들이 장례 일정이 명확하지 않기 때문에 냉장되어 있는 블로아 변경백작의 시신을 사이에 두고 대치하고 있다고 한다.

"영주관 내에 들어가지 못하는 자도 많아서 정무도 일부 지체되고 있습니다……."

"힘드셨겠네요, 베케너."

"저는 주인님의 집사이니 괜찮습니다만 주인님도 지금은 얌전히 있을 수밖에 없으니까요. 그런데 그쪽 분들은……. 이거 실례했습니다. 안내하겠습니다."

아무래도 베케너라는 집사는 우리의 정체를 알아차린 모양이다. 그 뒤로는 아무 말 없이 우리를 집 안으로 안내한다.

응접실에서 홍차를 마시고 있자 그곳에 45세쯤 된 기품 있는 얼굴의 남성과 그 아들인 듯한 20살쯤 되는 젊은이가 모습을 드러낸다. 두 사람의 모습은 필립이나 크리스토프와 조금 닮아 있었다.

"게르트 오스카 폰 블로아입니다. 그리고 이쪽은 아들인……."

"린하이트입니다. 그나저나 무척 호화로운 멤버로군요."

두 사람은 나와 도사의 얼굴을 알고 있는 것 같다.

"게르트 씨는 돌아가신 블로아 변경백작의 동생 분이신가요?"

"나이는 서른 살 가까이 차이가 나지만요. 바우마이스터 백작님과 비슷한 경우죠. 선대께서 만년에 젊은 하녀에게 손을 대어 태어난 게 접니다."

나이는 차이가 났지만 일단 인지는 받았으며, 조카들을 위협하지 않는 정도의 지위와 급여를 받아 살아가고 있다고 한다.

게르트 씨의 자리를 아들인 린하이트가 이을 것이므로 그 대우에 특별히 불만은 없다고 게르트 씨는 설명했다.

"소식을 접하기는 했습니다만 엉망이군요."

"예."

"그 두 사람은 무엇을 하고 있습니까?"

"간단히 얘기하자면 재정 교섭을 질질 끌어 화해금을 깎는 교섭이죠. 블라이히뢰더 변경백작이 굽히기만을 기다리고 있는 겁니다. 여기서 물러나는 편이 미개척지 개발에 매진할 수 있으므로 더 이득이라고 블라이히뢰더 변경백작이 판단할 그때까지."

"왕가가 절대 블로아 변경백작을 망하게 만들지 않을 거라고 허투루 보고 있는 것이죠."

지금으로서는 그럴지도 모르지만, 너무 심하면 왕국 쪽에서 강경 수단으로 나설지도 모른다는 위험성은 전혀 인식을 못하는 것 같다.

"상주를 맡아 장례를 치르면 사실상 차기 블로아 변경백작이라는 증거가 되니까요. 그 두 사람이 돌아오지 않는 이상, 양쪽의 가신들은 형님의 시신을 사이에 두고 서로 노려보고 있을 수밖에 없겠죠."

고대 중국에서도 후계자 다툼 때문에 장례도 치르지 못하고 왕의 시신이 썩어 버렸다는 고사가 있었지. 블로아 변경백작도 어쩌면 불행한 사람일지도 모르겠다.

"숙부님이 장례를 치르셔야 합니다."

"카를라, 그 말뜻을 알고 얘기하는 것이냐."

카를라 양의 의견을 들은 게르트 씨의 얼굴에서 웃음기가 사라졌다.

"후보는 나 말고도 있다."

"숙부님도 아실 겁니다. 한 차례 가문을 떠나 계승권을 포기한 그들을 다시 계승자로 삼기는 어렵다는 걸……."

계승권 때문에 분규가 생기지 않도록 분가나 배신으로 강등해 버리기 때문에, 그것을 쉽게 되돌려 버리면 반발이 커지고 만다.

"그런 점에서 숙부님께는 계승권이 있습니다."

그래서 제3의 후계자인 것이다. 세상을 떠난 당주의 남동생이므로 혈통으로 봐도 나쁘지 않다.

"무모한 소리 말거라. 내게는 지지자가 없지 않으냐."

게르트 씨는 필립과 크리스토프의 후계자 다툼에서 한 걸음 물러난 입장인 것 같다.

그러므로 가신 중 누구도 그에게 주목하지 않았다. 가신들의 지지 없이 당주가 될 수 없는 것은 귀족으로서 당연한 일이다.

"하지만 숙부님은……."

"나는 당주에 관심이 없다. 적당히 일하고 적당히 돈을 받아서 사는 게 가장 속 편하니까."

카를라 양은 게르트 씨를 뛰어난 인물로 여기는 것 같다. 하지만 흔히 본인의 자질과 희망은 일치하지 않기 마련이다. 게다가 섣불리 야심을 드러내면 암살당할 위험도 있었다. 게르트 씨는 매우 현명하게 살아가고 있는 셈이다.

"하지만 인수관 하이모를 숨겨준 건 숙부님이시죠?"

"어째서 그렇게 생각하느냐?"

뭐? 그런 얘기는 못 들었는데…… 젠장! 카를라 양도 은근히 능구렁이네.

"제 직감입니다. 이곳에 도착하기 전 이런저런 얘기를 들으며 그런 생각에 이르렀습니다. 아버지는 필립 오라버니도 크리스토프 오라버니도 후계자로 지명하지 않으셨습니다. 그런 와중에 하이모가 실종됐죠. 오라버니들이 대대적인 수색을 벌였어도 찾지 못했고 블로트리히를 떠났다는 정보도 없었습니다. 그렇다면……."

"등잔 밑이 어두울지도 모른다. 카를라, 너는 무서운 조카로구나."

나도 게르트 씨 의견에 찬성한다. 카를라 양이 남자였다면 이런 후계자 싸움은 일어나지 않았을지도 모르겠군.

카를라 양은 어쩌면 클라우스 못지않은 책사일지도 모른다.

그 사실에 나는 물론이고 도사도 블랜타크 씨도 떨떠름한 표정을 지었다.

카를라 양은 우리에게 모든 걸 얘기한 것처럼 보였지만, 실상은 제일 중요한 정보를 감춘 것이다.

"(역시 카를라 씨야.)"

엘은 그런 그녀의 능력을 기뻐했다. 그토록 현명한 여자라면 아르님 가문을 잘 이끌 것이라고 여기는 것이리라. 어떤 의미에서 거물이다. 엘은 오히려 나보다 귀족의 당주에 더 잘 어울릴지도 모르겠군.

"확실히 하이모는 내가 숨겨주었다. 그대로 뒀다간 살해되고 인수를 빼앗길지도 모르니까."

게르트 씨가 집사인 베케너 씨에게 눈짓을 보내자 그는 일단 방을 나가더니 한 남자를 데리고 왔다.

거의 블로아 변경백작과 동년배로 보이는 그가 바로 인수관인 하이모이리라.

"역시 숙부님이 숨겨주고 계셨군요."

"죄송합니다. 두 분은 거짓말이라도 상관없으니까 나리가 자신을 후계자로 지명했다고 얘기하라고 협박을 하시고…인수도 넘기지 않으면 인수관을 교체하겠다고……."

교체한다는 것은 사직이 아니라 죽이겠다는 뜻이다.

인수관은 특수한 관직이므로, 영주 본인이 아니면 절대 교체할 수 없기 때문이다.

"그렇게 곤경에 처해 있을 때 게르트 님이 손을 뻗어주셔서……."

그리고 쭉 이 집 안에 숨어 있었다고 한다.

"그거 무척 힘들었겠군. 그런데 제일 중요한 블로아 변경백작의 유언은 있나? 있다면 여러모로 일이 순조로울 텐데 말이야."

블라이히뢰더 변경백작의 뜻에 따라 함께 온 블랜타크 씨 입장에서는 누가 자리를 물려받든 빨리 재정 교섭이 끝나기만 하면 되는 것이다.

"그게 나리께서는……."

'그 둘에게는 영주로서 중요한 것이 결여되어 있다'고만 했을 뿐 더 이상 아무 언급도 없었다고 한다.

"영주가 판단을 하지 않은 것인가……."

어느 한쪽을 지명하면 지명받지 못한 쪽 지지자들이 무슨 짓을 할지 모른다. 두뇌는 여전히 명석했지만 병상에 누운 블로아 변경백작에게는 그걸 억누를 힘이 없었다. 그러므로 카를라 양이 혼인을 위한 제물로 쓰이지 않도록 비밀 특사로서 바우마이스터 백작령에 보내 게르트 씨에게도 계승의 싹이 있다는 사실을 이쪽에 알리게 했다?

우연일까? 그런데 인수관 하이모는 용케도 도망을 쳤군.

"이런 시기에 블로아 변경백작가가 군사를 보낸 것은 그럼 블로아 변경백작 본인이 부추겼다는 건가?"

"그럴 수도 있지. 귀족의 새 당주가 힘을 과시하기 위해 출진하는 경우는 흔하니까. 물론, 대부분은 전투까지 가지 않지만."

제후군을 이끌고 나가 스스로 지휘하며 관록을 쌓아가는 거라고 블랜타크 씨는 설명한다.

"무리하게 활약할 필요도 없지. 새 당주가 가신들을 이끌고 제후군을 지휘했다. 그저 그 사실이 중요한 거니까. 무승부든 뭐든 좋아. 재정 교섭 자리에서 가신들에게 강경한 태도를 과시한다. 그러면 '새 영주님은 열심히 애쓰고 계신다' '모실 가치가 있다' 그렇게 생각하겠지."

자기 영역을 과시하는 늑대 무리와 비슷하군. 상대하는 적도 그 점을 이해하고 있기 때문에 새 당주에게 조금 배려를 하는 경우도 있다.

그 대신 다음에 이쪽 당주가 바뀌었을 때는 배려를 해다오. 평소에는 영지나 이권으로 다퉈도 그런 부분에서는 물밑에서 서로 돕는 것이다. 그야말로 프로레슬링의 시나리오 같다.

필립의 경우는 장남인데도 정식으로 후계자로 임명받지 못했지. 차기 당주에 걸맞은 공적에 집착하다 장인이 고드윈과 함께 자폭을 했는지도 몰라. 크리스토프 쪽도 필립이 공을 세우면 그 공적을 가로채려 했겠지. 결과적으로 두 사람은 교섭을 위해 전선에 나아가야만 했다.

"어라? 그럼 이게 다 블로아 변경백작의 책략?"

"거기까지는 생각하지 않았겠지. 아마 교섭 때문에 다투다 두 사람 모두 전선에 나가는 신세가 되는 정도까지가 아닐까?"

제후군을 이끌고 있는 중신들도 전선에 나가버렸기 때문에 게르트 씨가 일을 도모하려면 지금이 기회인 셈인가. 현재 블로아 변경백작령에는 가신이 별로 남아있지 않으니까.

"확실히 형님의 시신 곁에 있는 자들은 감시하라는 명령만 받은 조무래기들이다. 하지만 내가 뒤를 이으려 해도 아무도 따라오지 않을 것이다. 나를 지지하는 자는 아무도 없으니까."

"뒤집어 생각하면 지금 게르트 씨를 따르겠다는 의사를 밝히면 좋은 지위를 얻을 수 있다고, 남아있는 가신들은 생각할지도 모르죠."

분쟁에 이겼다면 좋았겠지만 실제로 두 사람은 분쟁에 패했으며 왕국이나 블라이히뢰더 변경백작은 물론 나로부터도 후계자로서의 자질을 의심받고 있다.

파벌 다툼에 깊이 발을 담근 자들은 늦었지만 다른 자들은 지금까지 받아온 대우를 보장해주면 게르트파로 돌아설 가능성이 있었다.

"그렇게 쉽게 돌아서는 자들이 과연 괜찮을까?"

블랜타크 씨가 그런 녀석들을 상대할 것을 걱정한다.

"그런 자들이 오히려 다루기 쉽다고 할 수도 있죠."

나는 오히려 이상한 신념이나 두 사람에게 광신적인 충성심을 가진 가신들이 더 위험하다고 생각한다.

배신(陪臣)도 자기 집안을 지켜야 하기 때문에 지금까지 많은 실태를 저지른 벌인 두 사람을 버려도 어쩔 수 없다. 아니, 그런 달아날 구멍을 남겨 주는 것이다.

"백작님, 책략이 너무 지독한 거 아냐?"

"게르트 씨, 결심을 해주십시오. 어째선지 운 좋게 인수도 이곳에 있고 말이죠. 하이모 님은 어떻게 생각하십니까?"

"돌아가신 영주님은 그 두 분의 싸움을 위험시하셨습니다. 전혀 대책을 강구하지 못한 점은 비난의 소지가 있겠지만 영주님께 임명 받은 인수관이므로 영주님의 판단에 따르겠습니다. 개인적으로도 제 목숨까지 노렸으니까요. 그 두 사람을 후계자로 만들고 싶지는 않습니다."

하이모도 게르트 씨의 당주 취임에 찬성했다.

"이런, 이런, 이래서는 움직일 수밖에 없지 않은가."

게르트 씨는 떨떠름한 표정을 짓기는 했지만 결국 이쪽의 작전에 찬성한다.

"그렇다면 가실까요?"

"벌써 움직이는 건가? 바우마이스터 백작님."

"우리의 강점은 속도와 의외성이니까요."

책략이 정해졌다면 이제 움직일 뿐이다. 그것도 필립과 크리스토프가 개입할 수 없도록 신속하게.

"아무도 이 영주관에 들어갈 수 없습니다."

"귀족 손님이 오셨다. 쫓아낸다면 큰 실례가 될 것이다."

재빨리 다 함께 블로아 변경백작의 죽음으로 봉쇄된 영주관으로 돌입한다.

"어쨌든 곤란합니다!"

"딱히 우리는 곤란하지 않아. 볼일이 있으니까 지나가야겠어. 빌마, 무기는 쓰지 마."

"걱정 마, 벨 님."

경비병 일부가 우리를 저지하려고 했지만 괴력의 빌마가 맨손으로 제압해버렸다.

"바우마이스터 백작과 왕궁 수석 마도사인 이 사람을 쫓아내는 것인가? 무례하구나."

도사의 위협에 경비병들은 모두 얌전해졌다.

"에잇! 무슨 일이냐!"

밖에서 벌어진 소란에 영주관에 남아있던 가신들이 모습을 보인다. 지위가 어느 정도인지는 모르지만 잔류조 중에서는 고위직일 것이다. 어느 파벌인지는 더 이상 중요하지 않다.

"게르트 님, 이게 무슨 소란입니까?"

"자자, 얘기는 나중에 하기로 하고. 도사님, 이곳을 잘 지켜주십시오."

"염려 마라! 사전에 폐하의 허가를 받았으니 곧바로 습작(襲爵-작위를 물려 받는 것) 의식을 진행해라!"

"당신들 지금 무슨 짓을?"

나는 그들에게 대답하지 않고 게르트 씨와 가신들을 다섯 명쯤 끌어당긴 뒤 '순간이동'을 썼다.

"바우마이스터 백작님이시군요. 이야기는 들었습니다. 안으로 들어오시죠."

사전에 내가 온다는 사실을 전달받은 듯, 왕성의 정문을 지키는 병사들은 곧장 우리를 들여보내 주었다.

"바우마이스터 백작님, 이게 대체?"

"단순한 습작 의식이야."

억지로 끌려온 가신들은 왕성 안의 분위기에 압도되어 아무 말도 못하는 것 같다.

그들을 데리고 알현실로 들어가자 그곳에는 이미 폐하가 옥좌에 앉아 기다리고 있었다.

"바우마이스터 백작. 이번에 고생이 많군."

"임시로 운송업을 하고 있습니다."

내 농담에 폐하는 가볍게 웃음을 지어보였다.

"과연……그럼 시작할까, 게르트 오스카 폰 블로우."

"예!"

"나 헬무트 왕국 국왕 헬무트 37세는 그대 게르트 오스카 폰 블로아에게 제3위 변경백작위를 수여하노라."

"제 검은 폐하를 위하여 왕국을 위하여 백성을 위하여 휘두를 것입니다"

게르트 씨가 선서를 하자, 폐하는 시종에게 명해 망토 한 벌을 가져오게 한다.

"블로아 변경백작가에는 대대로 왕가가 건넨 망토가 전해지고 있겠지만 이번 일로 새 블로아 변경백작도 고생길이 훤하겠지. 그대의 계승에 트집을 잡는 자가 있을지도 모르니, 이것을 입고 동부의 안녕에 공헌토록 하라."

"예엣!"

가신들은 지금까지 계속되어 오던 차기 당주 분쟁이 자기들 눈앞에서 결정 났다는 사실에 아연실색한다. 그것도 전혀 주목받지 못했던 인물이 물려받게 된 것이다. 하지만 폐하가 맡긴 이상 한낱 배신 따위가 토를 달 수는 없는 노릇이다. 그들은 여전히 안색이 파랗게 질려 있었다. 내가 무작정 데려온 탓에 동요도 컸으리라.

"바우마이스터 백작, 이 자들은 누구인가?"

"새 블로아 변경백작님을 모실 가신들입니다."

"그런가. 짐은 더 이상의 혼란을 바라지 않는다. 그대들이 새로운 블로아 변경백작을 잘 보필하기를 바라노라."

"여부가 있겠습니까."

"저희 모두 일치단결하여 새로운 영주님을 섬길 것입니다."

그들로서는 그렇게 대답할 수밖에 없었다. 거기서 필립이나 크리스토프가 어울린다고 할 수는 없으니까.

"기대하고 있겠다."

이로서 그들은 무슨 일이 있어도 게르트를 지지할 수밖에 없게 되었다.

어느 쪽을 지지했는지는 모르겠지만 이제 그딴 것은 중요하지 않다.

게르트 씨의 습작 의식에 참가해 버린 그들은 이제 배신자 취급을 받을 테니까.

"자, 돌아갈까요?"

결국 습작 의식은 한 시간도 못 되어 모두 끝났다.

"영주님, 우선은 영내를 파악하셔야 합니다. 일부 반항하는 자도 있겠지만 힘으로 누를 겁니다."

"상황을 파악하지 못하고 반항하는 자도 있겠군. 맡기겠다."

결심을 굳힌 게르트 씨는 가신단 재편과 영내의 파악을 서둘렀다.

습작의 의식에 억지로 참여했던 가신들도 여기서 움직임을 멈추면 필립파와 크리스토프파 양쪽으로부터 배신자로서 처벌받으리라는 것을 알고 있다.

서둘러 가신 포섭과 영내의 파악을 시작했다.

"어때, 이제 씩씩하게 일하겠지."

그들은 이제 게르트 씨를 배신할 수 없다. 배신한 순간 파멸을 피할 수 없으니까.

그렇기 때문에 게르트 씨를 위해 충실하게 일하는 것이다.

"벨 님은 악당이다."

"그 자들도 이익이 전혀 없지는 않을 거야."

게르트 씨에게는 믿을 만한 가신이 없다. 하지만 여기서 그들이 노력한다면 유력한 심복이 될 수 있는 것이다.

"그들이 어느 쪽을 지지했는지는 모르지만 빈자리나 지키고 있는 것을 보면 그리 유력한 지위는 아닐 겁니다. 여기서 노력해 중신이 될 수 있다고 생각하면 열심히 일할 수밖에 없겠죠."

양쪽 파벌의 중신은 이미 몰락이 예정되어 있다. 그런 큰 실태를 저질렀으니까 당연하다. 블로아 변경백작 가신단은 재편을 하지 않을 수 없으니 빈 자리를 지키고 있던 자들은 반대로 기회인 것이다.

"영주님, 곧바로 선대 영주님의 장례 준비를 시작하겠습니다."

세상을 떠난 선대 영주의 장례를 주관한다는 것은 후계자라는 사실의 증명이기도 하다.

필립과 크리스토프가 없지만 그들은 무시하고, 가신들을 장악함과 동시에 서둘러 준비가 진행되었다.

"게르트 님이 새로운 영주님이라고?"

"인정할 수 없어!"

반항하는 가신이나 그 가족도 있었지만 맞서려고 해도 병사는 모두 분쟁에 내보냈고 포로가 되어 있는 자도 많았다. 곧바로 게르트 파에 의해 붙잡혔고, 영내의 장악은 순식간에 성공한다.

"폐하로부터 새로운 망토를 하사받았단 말인가……."

"인정할 수밖에 없겠지."

선대 블로아 변경백작의 장례에 참석한 가신들은 새롭게 왕국으로부터 하사받은 망토를 걸치고 인수관 하이모를 거느린 새 당주를 보고 반항을 포기했다. 빈자리를 지키는 역할을 맡은 행운을 곱씹으면서 새로운 당주에게 충성을 맹세한다.

"전광석화 같네."

"이런 책략은 상대에게 이것저것 생각할 시간을 주기 전에 후다닥 해치워야 해."

"벨 님은 도망갈 구멍으로 유도하는 솜씨가 좋아."

장례식에는 도사와 나도 참석했다. 빌마도 검은 상복을 빌려 입고 함께 자리했다.

우리가 참석한 건 장례식의 격을 높이기 위해서였다.

"이 같은 처사는 결코 용납할 수 없습니다!"

"어째서 제 남편이 장례에 참석치 못하는 겁니까!"

"반란분자 주제에 돌아가신 영주님의 장례를 치르다니!"

당연히 소란을 피우는 사람들도 있었다.

연금하고 있던 선대 블로아 변경 백작의 본처와 필립과 크리스토프의 아내들이다.

하지만 나는 그녀들을 동정할 수 없었다. 모두 제각기 두 후계자 후보들의 싸움을 부추겼기 때문이다.

"이런 애송이가 블로아 변경백작가를 멋대로 휘젓게 놔두다니!"

그중에서도 선대의 본처인 늙은 여인이 특히 더 격노했다.

비싼 옷과 장신구를 걸치고 친정도 좋은 가문이라 기품 있어 보였지만, 화를 내자 돌연 마귀할멈으로 보인다.

"벨 님, 마귀할멈이다."

"빌마는 저렇게 되지 말아줘."

"노력할게."

그녀가 자기 아들만 예뻐한 나머지 차남 크리스토프를 천거하며 무모한 짓을 한 결과 쓸데없이 싸움이 더 꼬였다고 한다. 결국 이번 형제 싸움의 원흉이다.

"블로아 변경백작가도 끝났구나! 가난뱅이 기사의 벼락출세한 팔남 따위에게 가문을 빼앗기다니!"

마귀할멈의 말에 주위가 얼어붙는다. 뒤에서라면 몰라도 당사자인 내 앞에서 폭언을 내뱉었기 때문이다.

"블로아 변경백작님, 거기 계신 부인은 정신적인 피로 때문에 착란을 일으킨 것 같습니다."

"예…… 앞으로 요양에 전념하도록 조치하겠습니다."

마귀할멈과 두 명의 처는 우선 왕도의 블로아 변경백작 저택으로 보낸 후 그곳에서 교회나 다른 연금지로 보내기로 했다.

블로아 변경백작령에 있으면 게르트 씨의 발목을 잡을 것이 뻔하기 때문이다. 반 게르트파의 우두머리가 되면 골치 아프니 조용히 퇴장하기를 바랄 뿐이다.

"이 못된 여우 년!"

"네 어미와 똑같구나! 가난뱅이 기사의 아들을 홀려, 블로아 변경백작가를 지옥으로 떨어뜨린 음탕한 년!"

그녀들의 창끝이 카를라 양에게로 향했지만 그녀는 무시한 채 선대 블로아 변경백작의 관에 기도를 올리고 있다. 싫어했던 아버지가 자신을 지키려 했던 사실을 곱씹으면서 기도를 올리고 있는 것이리라. 엘은 그런 그녀 옆에 조용히 서 있었다.

"듣고 있어?"

"그만하십시오. 더 이상의 폭언은 장례식에 어울리지 않습니다."

"가난뱅이 기사의 가신 따위가!"

엘이 아무리 주의를 줘도 그녀들의 폭언은 멈추지 않았으며 결국 가신들에 의해 밖으로 끌려간다.

"카를라 씨……."

"이렇게 말하면 조금 이상하지만 익숙하니까요……."

선대 블로아 변경백작의 장례도 무사히 끝나고 새 당주인 게르트 씨에 의해 블로아 변경백작가의 혼란은 서서히 진정되어 갔다.

"벨 님, 슬슬 도착한다."

"보름 전과 별 차이가 없네."

빌마와 함께 마도비행선에서 아래쪽 풍경을 내려다보니 재정 교섭을 하고 있는 대형 텐트나 양군의 진지 모두 우리가 헬타니아 계곡으로 떠나기 전과 조금도 달라진 게 없었다.

"그런가요? 저는 굳이 말하자면⋯⋯."

"엘, 도착한다."

"뭐? 벌써?"

블로아 변경백작령을 떠나온 뒤 엘은 카를라 양을 위로한다는 명목으로 자주 대화를 나눴다. 게르트 씨와 교섭을 통해 카를라 양이 블로아 변경백작가의 호적에서 빠지는 것이 결정되자 엘이 갑자기 의욕을 보이고 있는 것이다. 모리츠 일행도 둘이 즐겁게 대화를 나누고 있으니 의외로 가능성이 있을지도 모른다는 생각을 갖기 시작했다. 적어도 신분의 차이는 해소됐으니까.

우리가 마도비행선에서 내리자 곧바로 블라이히뢰더 변경백작이 나와 맞이해 준다.

"마침내 교섭 권한이 있는 분이 도착하셨군요."

"새 블로아 변경백작 게르트 오스카 폰 블로아입니다. 여러모로 불편하게 해드려서 죄송합니다."

하사받은 망토를 걸친 게르트 씨를 보고 블라이히뢰더 변경백작은 진심으로 안도하는 표정을 지었다.

"그래서 어떻게 되고 있습니까?"

"매일 매일, 추잡스럽게 깎아달라고 노래를 부르지 뭡니까."

이번 일만큼은 둘이 협동 노선을 취하기 시작해서 블라이히뢰더 변경백작도 이제 슬슬 진력이 난 모양이다.

"그렇군요⋯⋯."

"당장 교섭을 시작할까요."

모두 함께 교섭이 진행되고 있는 대형 텐트로 들어가자 게르트 씨의 얼굴을 본 필립과 크리스토프가 소란을 피우기 시작했다.

역시 쿠데타 소식은 여기까지 전해졌으며, 설마 그 수괴가 모습을 드러낼 줄을 몰랐으리라.

"숙부님!"

"우리가 자리를 비운 사이에 반란을 일으키다니! 교수형을 각오하시오!"

당장이라도 붙잡을 기세로 움직였지만 그것은 게르트 씨가 데려온 가신들에 의해 제지되었다.

"필립, 크리스토프, 나는 이미 왕가로부터 습작을 인정받은 몸이다."

"그럴 리가 없잖아!"

"계산이 맞지 않아! 그 망토는 가짜 아닙니까!"

"크리스토프. 너는 폐하께서 하사하신 망토를 가짜라고 하는 것이냐."

"시간이 안 맞지 않습니까!"

크리스토프의 말대로 통상적인 수단으로는 그렇게 빨리 습작을 진행할 수 있을 리가 없다.

하지만 통상적인 수단이 아니라면 얘기가 다르다.

"나는 '순간이동'을 쓸 수 있는 모험자에게 의뢰하여 왕도에 다녀왔다."

"설마……."

"안녕하십니까. 백작 겸 마법을 쓸 수 있는 모험자입니다."

"바우마이스터 백작……."

나는 새 블로아 변경백작이 빠르게 습작을 받을 수 있도록 의뢰를 받아 그를 왕도로 데려갔다.

공식적으로는 그렇게 되어 있다.

"또한 저도 새 블로아 변경백작님의 습작 의식에 동석했습니다."

나는 내 마도 휴대통신기를 마법 자루에서 꺼내 그에게 보여준다.

"아직도 의심된다면 폐하께 직접 여쭤보시겠습니까? '제 숙부가 정말로 블로아 변경백작 자리를 물려받았나요?'라고 말이죠. 그래도 상관은 없지만 최악의 경우 목이 날아갈 각오는 하셔야 할 겁니다."

"……."

크리스토프는 내 말을 듣자 그 자리에 쪼그리고 앉았다.

만일 그런 것을 물었다가는 폐하의 권위를 부정하는 꼴이 된다.

고작 변경백작의 차남 정도라면 당장에 목이 날아갈 것이다.

"이 자식! 귀족으로서 부끄럽지도 않으냐!"

필립이 내게 호통을 쳤지만 이번에도 나는 냉정하게 대답했다.

"먼저 남의 본가에 못된 장난질을 치고도 아무런 보복도 없이 무사히 넘어갈 줄 알았습니까? 본의는 아니었지만 귀족이 된 이상은 귀족으로서 움직일 수밖에 없겠죠."

"우리 가신들을 그토록 많이 죽이다니!"

"관례를 어긴 것은 그쪽이 먼저입니다. 되도록 죽이지 않으려고 얼마나 고생했는지 아십니까?"

"……."

"바우마이스터 백작의 말이 맞아요. 마음만 먹었다면 강력한 상급 광역 마법으로 그쪽 모두 전멸했을 겁니다."

블라이히뢰더 변경백작의 지적에 필립은 머쓱한 표정을 지었다.

그를 따르던 가신들은 차츰 그와의 거리를 벌리기 시작했다.

어떻게든 새로운 블로아 변경백작에 구원을 바라는 심정이리라.

크리스토프 쪽도 마찬가지라 배가 가라앉으려 하면 승객은 대피하기 마련이다.

"우리 가문의 재산이던 헬타니아 계곡을 빼앗고!"

"그것도 바우마이스터 백작이 거금과 노력을 들여 해방하지 않았다면 불량 채권이겠죠? 보고는 들었지만 다섯 명의 뛰어난 마법사와 견제를 위한 대군. 그런 것들을 잘 갖추어 작전을 펴는 게 귀족이라고 저는 생각합니다. 뛰어난 군인인 필립 씨가 왜 그런 이상한 트집을 잡는 겁니까?"

"……."

블라이히뢰더 변경백작의 지적에 필립은 다시 입을 다물었다.

"이제 이쯤에서 끝내죠. 이 두 분은 교섭에 참가할 권리조차 없으니까요."

"그렇군요. 그들의 처분은 블로아 변경백작님의 관할이니까요."

지금까지 조용히 있던 크납슈타인 자작의 최종 선언에 의해 두 사람은 게르트 씨가 데려온 병사들에게 붙잡혀 끌려갔다.

"또한 고드윈 이하의 제후군 간부도 풀려나는 대로 신병을 구속하라."

그리고 마침내 제대로 된 교섭이 열렸다.

쌍방 모두 이제 지칠 대로 지쳤으리라.

블라이히뢰더 변경백작은 새 블로아 변경백작을 위해 화해금을 조금 낮추었다.

새 당주가 된 그에게 공적을 안겨주어 빨리 동부를 안정화시키기를 바라는 뜻이리라.

그리되면 교역도 다시 활발해져서 감액분을 금방 만회할 수 있을 테니까.

"어쨌든 피곤해서 혼났습니다……."

"서류나 뒤척이며 졸고 있으면 그럭저럭 돈을 받을 수 있는 꿈 같은 자리였는데……."

분쟁 때문에 큰 손해를 입은 블라이히뢰더 변경백작과 멍청한 조카들의 자폭으로 원치도 않던 작위를 물려받은 게르트 씨. 확실히 이득을 본 사람은 아무도 없는 것이다.

"바우마이스터 백작은 헬타니아 계곡이라는 유망한 자산을 얻었나요?"

"그 나름대로 고생하고 있습니다."

"그 점은 잘 알고 있습니다. 우리도 조금만 끼워 주시죠."

광산기사, 광부, 정제 기술자 등 부족한 것 투성이므로 융통성을 발휘할 필요가 있었다.

"광산이 폐광되어 갈 곳이 없는 사람들이 많으니까요. 헬타니아 계곡은 수백 년은 걱정 없겠죠."

훌륭한 실업자 대책이 되겠다며 블라이히뢰더 변경백작은 기쁜 표정을 지었다.

"자, 포로를 반환하고 돌아갈까요."

교섭이 체결되고 포로가 해방되어 새 블로아 변경백작가 제후군으로 재편성된다.

중신이 대거 사라졌기 때문에 혼란을 겪고 있는 모양이지만, 대신 중견들이 새 당주에게 좋은 모습을 보이려고 애쓰고 있는 것 같다. 위가 사라져 조직이 재생되어 간다니 어쩐지 얄궂은 일이다.

"필립 님! 저는 당신에게 딸을 시집보내지 않았습니까!"

종사장인 고드윈을 비롯한 중신들은 아직도 구속에서 풀려나지 못했다. 군기 위반으로 앞으로 재판을 받게 되었기 때문이다.

그들뿐만 아니라 감봉이나 좌천당할 예정인 자도 많았지만 거기에 불복을 주장할 여유는 없는 것 같다. 묵묵히 군대를 지휘하고 있다.

"그들은 어떻게 되는 겁니까?"

"고드윈 일행은 교수형이겠죠. 집도 몰수될 테고요. 용서할 수도 없거니와 블로아 변경백작가에는 거추장스러운 존재입니다."

경영을 새롭게 일신해야 하는 블로아 변경백작가에 비싼 녹봉을 받으며 언제 이빨을 드러낼지 모르는 중신 따위는 필요 없는 것이다. 빚이 늘어난 블로아 변경백작가는 경비 삭감이라는 이름의 구조조정이 감행된다.

직위를 박탈당하기에 충분한 죄를 지은 자가 많아서 감봉당하는 자도 적지 않을 것이다. 그래도 그들은 직위를 박탈당하는 것보다는 낫다며 조용히 군대를 지휘하고 있다.

"대귀족은 마음 편할 날이 없군요. 내일은 내 처지가 되려나?"

블로아 변경백작은 객관적으로 보아 뛰어난 사람이었던 것 같다. 하지만 대귀족의 후계자 다툼을 자력으로 수습하기는 어려웠던 것이다.

"당연히 그렇게 되지 않도록 노력해야겠지만, 뜻대로 되지 않는 경우도 있겠죠."

블라이히뢰더 변경백작과 잠시 얘기를 나눈 뒤 우리는 헨릭의 소형 마도비행선을 타고 바우르부르크로 귀환한다.

귀족이라는 존재에 대해 조금 생각하게 만드는 분쟁이었다.

제12화 분쟁이 끝나고……

마침내 분쟁이 끝나고 우리는 일상생활로 돌아왔다.

"나리, 이제 마음 편히 개발을 할 수 있겠군요."

마도비행선의 운행도 정상으로 돌아와, 일부 자재의 부족으로 공사가 지연되는 일도 없어졌다.

"분쟁이 끝났다 했더니 개발 때문에 바쁘네요."

"카타리나, 우리는 부부가 될 몸이니까 열심히 함께 개발을 해야겠지."

카타리나와 나는 토목 마법을 써가며 열심히 일했다.

연기됐던 대규모 맞선 모임 준비도 로델리히에 의해 진행되어 이제 사흘 뒤로 다가왔다.

"아직인가……? 카를라 씨는 빨리 안 오나?"

엘은 혼자 바우르부르크 교외의 마도비행선 전용 공항에서 흐리멍덩한 웃음을 지으면서 배의 도착을 기다리고 있었다.

블로아 변경백작가에 의해 농락당했던 막내딸 카를라 양이 인사를 하기 위해 이곳 바우르부르크를 방문한다는 연락이 왔기 때문이다.

현재 그녀는 새 블로아 변경백작에 의해 호적에서 빠져 자유의 몸이 되어 있다.

그녀는 왕도에 있는 모친 곁으로 돌아갔다가 오늘 바우르부르크를 방문한다고 한다.

"틀림없이 내 신부가 되러 온 거야. 그래, 그런 야무진 사람이라면 집을 맡겨도 안심할 수 있겠지."

엘이 너무 들떠 있어서 엘리제조차 조금 거부감을 느껴지만, 내게는 한 가지 의문이 있었다.

엘은 카를라 양에게 고백이나 프러포즈를 했을까?

생각해 보면 분쟁 중에 호위도 맡고 해서 함께 있을 때가 많았던 두 사람은 다른 누구보다도 잘 어울리는 커플처럼 보인다.

"(실은 둘이 이미 그런 약속을 했고, 오늘 이 자리에서 발표를 한다던가.)" "(그럼 진짜 대단하겠네.)"

이나는 카를라 양이 바우마이스터 백작령에 오는 이유가 엘과의 약혼을 발표하기 위해서가 아닐까 하고 예상했지만, 그 말을 듣고 보니 왠지 나도 그런 것 같다.

"(과연. 그래서 엘은 맞선 모임에 관심이 없는 거구나.)"

우리 쪽에는 젊고 독신인 가신이 많기 때문에 대규모 맞선 모임이 열리게 되었다.

토마스를 비롯한 구 블로아 조도 맹활약을 했기 때문에 참가를 허락받고 기뻐했다.

그밖에도 기대를 하고 있는 자가 많았지만 엘은 전혀 들떠있지 않았다.

루이제는 '카를라 씨가 있으니까 필요 없다고 생각하는 게 아닐까?' 하고 추측했다.

"엘빈 씨만한 중신이 부인이 한 명이라는 건 있을 수 없어요."

"하지만 두 번째 이후는 조금 나중에 얻어도 되지 않나? 지금은 단둘이 지내고 싶지 않을까?"

"그럴지도 모르죠. 하지만 정말로 그럴까요?"

카타리나는 정말로 카를라 양이 엘과 결혼할 마음이 있는지 의문을 느끼는 모양이다.

"엘리제 씨, 카를라 씨에게 달리 연인은 없을까요?"

"아뇨, 그런 소문은……하지만 그토록 예쁜 분이라면……."

카를라 양은 왕도에서 살던 하급 귀족의 혼외자다. 비슷한 처지의 연인이 있다 해도 전혀 이상하지 않다. 귀족도 하급이나 방계(傍系)라면 연애를 하는 사람도 있으니까.

"일부러 인사를 하러 방문하는 거니까. 엘 씨와 결혼할 마음일지도 모르죠."

엘의 들뜬 모습을 보면 그렇지 않다는 생각을 하기가 어렵겠지…….

저건 충분히 승산이 있다는 느낌이야. 반대 의견은 많지 않을 것이다.

카를라 양은 분쟁 때 병사들을 정성껏 보살펴 주었다. 원래 기사작가의 딸이므로 엘과 생활수준도 다르지 않다. 활을 잘 쏴서 한가할 때 그 솜씨를 보여주었지만, 나보다도 압도적으로 뛰어났다. 머리도 좋은 것 같으니 문무 양도라고 할까, 조금 맹한 엘을 뒷받침하기에는 훌륭한 부인감이라고 생각한다.

사냥을 좋아한다니 엘과는 취미도 잘 맞으며, 제일 큰 문제였던 신분 차이도 카를라 양이 블로아 변경백작가의 호적에서 빠짐으로서 해결됐다.

"혹시 엘과 결혼하기 위해 호적에서 빠진 게 아닐까?"

"그렇지는 않을 거야."

빌마는 단호히 그럴 가능성을 부정했다.

"호적에서 빠진 것은 블로아 변경백작가가 번거로웠기 때문이겠지. 하지만 두 사람이 결혼할 가능성은 부정하지 않아."

우리가 이것저것 추론하며 얘기를 나누고 있어도, 엘은 전혀 신경 쓰지 않고 배가 도착하기를 계속 기다리고 있었다. 왠지 갸륵함마저 느껴질 정도다.

"조금 재수 없어."

빌마는 여전히 가차 없지만······.

"사랑의 힘은 위대한 건가?"

'그럴지도 모르지만' 하고 나는 생각했다.

"벨, 배가 왔다."

거의 제 시각에 맞춰 기다리던 마도비행선이 도착했다.

신규 취업자, 마의 숲을 탐색하는 모험자, 돈 벌러 온 외지인, 이민 희망자 등 증편된 마도비행선을 타고 많은 사람들이 바우르부르크를 방문한다.

카를라 양도 이 배에 타고 있을 것이다. 엘은 핏발이 선 눈으로 내려오는 사람들을 확인하고 있다.

"오랜만이에요, 여러분."

배에서 내린 카를라 양이 우리 앞에 모습을 드러낸다.

블로아 변경백작가의 딸이던 시절과 달리 오늘의 그녀가 입고 온 복장은 하급 귀족 여성이 입는 평범한 옷이었지만 그래도 그녀의 미모는 여전히 돋보였다.

"그 뒤로 어땠나요?"

"엄마의 친가 쪽도 아무런 말도 하지 않아서 정말로 해방된 기분이에요."

표면적으로는 그 대귀족인 블로아 변경백작가의 호적에서 빠진 딸이므로, 친가 쪽에서도 정략결혼에 써먹을 수 없겠다며 방치하고 있다고 한다.

"그거 다행이군요. 그래서 앞으로 어떻게 할 거죠?"

"결혼할 거예요."

"결혼……말인가요……?"

"물론 바우마이스터 남작님은 아닙니다."

"그렇군요……."

갑자기 나와 결혼하겠다고 해도 곤란하니까. 이제 전생의 여자친구와 분위기가 비슷하다는 건 중요하지 않다. 그보다 엘과 카를라 양의 관계가 훨씬 신경 쓰인다.

"(결혼이라…… 역시 엘인가)"

일부러 우리에게 인사하러 올 정도니까. 상황으로 봐도 상대는엘 뿐……. 엘, 그 못난 얼굴 좀 어떻게 해봐. 그 꼴로는 잘 될 일도 안 되겠다.

"(자기일 거라는 자신감이 있는 건가.)"

생각해보면 지난 한동안 틈만 나면 엘에게 카를라 양과 보낸 즐거운 날들의 얘기를 들었던 것 같다. 아마도 엘의 관점에서는 둘이 사귄 거나 마찬가지리라.

그런데 얘기 속에 고백했다거나 결혼을 약속했다거나 하는 내용이 없었다.

그 점에 의문을 보이기도 뭐하고 왠지 너무 깊이 물어서는 안 될 것 같았다.

"(하지만 그녀는 이미 여기까지 와있으니까…….)"

블로아 변경백작가의 호적에서 빠질 때 위자료와 함께 보수를 받았다고 하지만, 기본적으로는 가난한 귀족의 딸인 그녀가 비싼 뱃삯을 내고 여기까지 온 것이다. 어쩌면 정말로 엘과 결혼할 작정인지도 모른다.

마치 멋진 동화처럼 두 사람이 맺어지는 광경을 볼 수 있을까.

"그거 축하해요, 카를라 씨."

엘이 싱글벙글 웃으면 얘기한다.

"(엘은 자신이 선택받았다고 생각하나 봐…….)"

스토리상으로 보자면 '축하해요' '대체 어떤 사람인가요?' 하는 흐름에서 카를라 양이 엘의 특징을 주르르 나열하고 결국 끝에 가서 엘이라고 알아차리게 만들며 두 사람이 맺어진다는 패턴이다.

지구에서는 진부한 패턴의 이야기였지만 이 세계에서는 꿋꿋한 인기를 자랑하고 있었다.

"카를라 씨와 결혼할 수 있다니 완전 행운아네요. 대체 어떤 분인가요?"

엘은 틀림없이 자신이 선택받을 거라고 생각하고 있겠지. 당장이라도 쏟아져 내릴 것처럼 한껏 웃음을 머금은 채 슬그머니 카를라 양에게 물어본다.

"그분은 저보다 한 살 어린데……."

카를라 양이 말하는 그 결혼 상대의 특징은 엘과 매우 흡사했다.

머리 스타일, 머리 색깔, 키, 나이, 자신이 활을 가르쳐주다 가까워졌다는 점까지.

"꼭 그분을 소개해 주시면 좋겠네요."

"그럴게요. 여보."

"네?"

카를라 양은 뒤를 돌아보더니 배에서 나오는 사람들 중에서 한 소년을 불렀다.

그 소년은 우리와 거의 비슷한 또래이리라. 게다가 머리 스타일부터 분위기까지 엘과 매우 흡사했다.

"이번에 결혼할 예정인……."

"카밀 로베르트 폰 플루크입니다."

안 좋은 예감은 들었지만 역시 다른 남자가 있었던 것 같다.

카를라 양이 생긋 웃으며 자기 약혼자를 소개한다. 그리고 다른 한쪽인 엘은 웃는 얼굴 그대로 얼어붙어 버렸다.

무슨 일이 벌어지고 있는지를 뇌가 미처 처리하지 못한 것이리라.

"이 분은 플루크 기사작가의 삼남입니다."

가난한 법의귀족가의 자식 끼리 어릴 때부터 알고 지냈다고 한다.

다만 어느 정도의 나이가 들어 둘이 함께 있으면 소문이 퍼지고 만다.

특히 블로아 변경백작가에서 시끄러울 것이기 때문에 둘은 화살을 가르치고 배우는 교사와 제자 같은 관계라고 주위를 속였다고 한다.

"제가 한 살 많아서 그에게 활을 가르쳐 줬어요. 하지만 지금은 저보다 솜씨가 더 좋답니다."

놀랍게도 내가 무참히 1회전에서 탈락한 무예대회의 활 부분에서 멋지게 우승한 것이 그였던 모양이다.

"벨은 무예대회 결과 같은 건 관심 없지?"

자신이 입상 문턱에도 못 간 대회의 결과 따위 관심이 없는 게 당연하다.

"그게 잘못이야? 나도 활 부문에 나갔으면 3회전 정도는 통과를……."

"은근히 영악하네, 벨."

"루이제는 꽤 높이까지 갔으니까 상관없잖아……."

어차피 1회전 탈락한 몸이지만 나는 지금 바우마이스터 백작님이시다. 고로 나는 훌륭하다…… 왠지 조금 허무한 느낌이 들었다.

"그 성과를 인정받아 이번에 호르미아 변경백작가의 궁술 사범으로 취업이 결정됐습니다."

'취미로 익힌 재주가 어려울 때 생활을 돕는다'는 말이 있듯이 가난한 귀족의 삼남이라도 활 솜씨가 그토록 좋다면 구원의 손길도 있는 것이다.

중앙에서 군무직을 지원하지 않은 건 서부의 영웅인 호르미아 변경백작가에 취업하면 후계권이 있는 배신 대우를 받기 때문이리라.

"그렇군요. 진심으로 축하해요."

옆에서 본 엘은 이미 웃는 얼굴은 표정뿐이고 내부가 무너져 내리고 있었지만 나까지 똑같이 그럴 수는 없었다.

상식에 입각해 축하의 말을 건넸다.

"축하합니다."

분쟁 중에 함께 요리를 만들고 빨래를 했던 엘리제와 다른 여성진도 축하의 말을 건넸다.

엘이 불쌍하기는 하지만 카를라 양이 엘과의 약혼을 깨고 다른 사람과 결혼하는 것도 아니므로 순수하게 축하를 건넬 수밖에 없다.

"그 정도의 솜씨라면 우리가 스카우트하면 좋았을 텐데요."

이것도 일종의 사교적 발언이다.

아무리 인연을 끊었어도 카를라 양이 블로아 변경백작가의 혈연이라는 사실에는 변함이 없다. 그녀도 그걸 잘 알기 때문에 결혼하여 서부로 이주하려는 것이리라.

그렇게 눈치 빠른 모습은 귀족인 내 입장에서는 고마운 일이다.

"카를라가 그동안 신세가 많았습니다."

엘을 닮은 카밀이라는 소년은 예의 바르게 우리에게 인사를 건넸다.

상당한 미남으로, 그에게 불평을 할 수는 없었다. 엘은 여전히 웃는 얼굴로 얼어붙어 있었지만.

"엘빈 씨가 카를라에게 무척 잘해주셨다고 들었습니다."

"아니, 저는 뭐 딱히……."

상대가 만일 몰상식한 악당이라면 아직 구원의 여지가 있었을 것이다. 그런데 카밀이라는 소년은 진심으로 우리에게 감사를 하며 공손히 인사를 하는 것이다.

게다가 그는 엘을 많이 닮았다.

지금 현재 엘이 어떤 심정일지는 우리도 정확히 헤아리지 못할 것이다.

그 카타리나조차 불쌍한 눈으로 엘을 쳐다본다.

"엘 씨가 친절하게 대해주셔서 저도 안심하고 지낼 수 있었습니다. 엘 씨가 카밀을 많이 닮아서 얘기를 나누면 왠지 안심이 됐거든요."

"그거 다행이네요……."

그 말은 지금의 엘이 간신히 쥐어짠 한 마디였다. 그리고 제삼자의 입장에서 들으니 카를라 양의 말은 무척 잔혹한 것이기도 하다. 하지만 이로써 분명히 알았다. 카를라 양은 엘에게 조금도 연애 감정을 갖고 있지 않았다는 것을.

"저기……두 분은 이제부터 뭘 하실 건가요?"

역시 이대로 있으면 엘이 너무 불쌍하다 싶었는지 엘리제가 중간에 끼어들어 두 사람의 일정을 물어보았다.

"신혼여행을 겸해서 마의 숲에 갈 거예요."

"조금은 살벌한 신혼여행이군요."

"부부가 이런 걸 좋아하거든요. '폭풍' 씨도 그렇죠?"

"호르미아 변경백작가와 관련하여 나도 알고 있었나요?"

"서부에서 '폭풍' 씨를 모르는 사람은 없으니까요."

호르미아 변경백작가로 가려면 아직 시간이 있기 때문에 활 단련도 할 겸 해서 마의 숲에 들어간다고 한다.

알고 지내는 귀족 자제들 중에 모험자가 된 사람들이 있어서 그들과 함께 마의 숲에서 사냥과 채집을 할 계획이라고 했다.

"이번에 모실 주군에게 선물이라도 가져가면 좋은 인상을 얻을 수 있겠죠."

풋내기 궁술사범이므로 솜씨를 조금 선보여 주변과의 알력을 막고 싶다는 뜻인 모양이다.

본인의 생각일 수도 있지만 카를라 양의 의견일지도 모른다.

카타리나도 야무진 카밀의 생각에서 카를라의 그림자를 느끼고 있는 것 같다.

"그렇군요. 하지만 조심하세요."

카를라 양의 활 솜씨라면 걱정 없겠지. 남편은 그보다도 실력이 좋다고 하니까 아마도 위험은 거의 없을 것이다.

"여러분들과 함께 사냥을 할 수 있었다면 좋았을 텐데요."

우리는 앞으로 시작될 맞선 모임 준비 때문에 바쁘기도 하고, 두 사람에게는 두 사람의 관계가 있다.

이번에는 인연이 없었다는 뜻이리라.

"마의 숲이라면 이곳에서 바로 배가 있지 않나요?"

바우르부르크~마의 숲 구간의 소형 마도비행선은 이제 곧 출발한다.

두 사람은 그 배를 타고 마의 숲에 갈 거라고 한다.

"슬슬 시간이 됐네요. 정말로 감사했습니다."

"이 은혜는 잊지 않겠습니다."

그렇게 마지막으로 인사를 하면서 우리 곁을 떠나, 두 사람은 공항에 정박해 있는 소형 마도비행선으로 걸어간다. 두 커플의 모습은 너무나도 잘 어울려서 나는 속으로 저게 바로 한 쌍의 바퀴벌레라는 거구나 하고 생각했다.

"왠지 안 좋은 느낌이 들기는 했지만……."

"네……."

엘리제와 내 입에서는 이 말밖에 나오지 않았다.

그럼 친구로서 엘과 카를라 양을 맺어줄 방법이 없느냐고 묻는다면 솔직히 전혀 떠오르지 않는다. 내가 결혼하라고 명령해도 그 두 사람은 거부할 것이다. 어쨌든 자기 의지로 블로아 변경백작의 호적에서 빠질 정도의 여자니까.

그럼 나로서는 더 이상 손 쓸 방도가 없겠네. 무엇보다 내가 연애에 대해 잘 모르잖아.

"역시 딱하게 돼버렸네요……."

여성 문제와 관련해 엘에게 조금 격의를 느끼던 카타리나도 눈앞에서 웃는 얼굴로 얼어붙어 버린 그를 동정하는 것 같았다.

"엘, 기운 내."

"이 세상에 여자는 많다."

이어서 루이제과 빌마도 엘을 위로하지만, '빌마의 위로 방식이 맞는 걸까?' 하는 의구심이 든다.

"엘 녀석 마치 영혼이 빠져나가 버린 것 같아……클라우스. 인생 경험이 풍부하니 뭔가 위로해줄 만한 말 없을까?"

이번 분쟁에서도 크게 활약해 큰 보너스를 받았으며, 그대로 내 개인적인 지혜 주머니 역할로 정착한 클라우스에게 엘을 위로할 방법을 물어보았다.

"엘한테 연애 상담도 해줬잖아. 끝까지 책임을 져야지."

"저는 그저 카를라 양의 신분을 낮추기 위해 열심히 노력하는 게 좋겠다고 말씀드렸을 뿐입니다."

"그게 다야……? 뭔가 더 없을까? 인생의 선배로서."

"글쎄요. 엘빈 님, 사람이 살다 보면 많은 우여곡절을 겪기 마련입니다. 여자는 하늘의 별 만큼이나 많으니까……."

"그건 좀……."

말투는 무척 공손했지만 기본적으로는 빌마가 한 얘기와 별 차이가 없었다.

"클라우스, 뭔가 더 없을까?"

"벤델린 님, 제게는 세상을 떠난 아내 정도밖에 그런 경험은 없습니다만…… 딱히 실연을 겪은 경험도 없고……."

"그거 혹시 자랑이야?"

"약혼자가 다섯 분이나 계시는 벤델린 님이 더 경험이 풍부하지 않으신가요?"

"나는 연애를 해서 그렇게 된 게 아니잖아!"

"그런 것 치고는 매일 무척 즐거워 보이시더군요."

"그게 잘못이야?"

"아뇨, 아뇨. 가문의 번영을 위해서는 매우 중요한 일이죠."

"벨, 말싸움이나 하고 있을 때가 아니야. 엘의 영혼이 빠져나가고 있는 것처럼 보이는……."

이나의 그 말을 듣고 엘을 쳐다보자 그는 뭔가를 계속 중얼거리고 있었다.

"'저는 엘 씨를 위해 블로아 변경백작가를 버렸어요. 이렇게 보잘것없는 기사작가의 혼외자인 저라도 받아주실 건가요?' '당신만큼 멋진 여성은 이 세상 어디에도 없어요. 내 눈에는 당신밖에 안 보여요.' '기뻐요. 엘 씨. 저도 엘 씨를…….' '카를라 씨……아니, 카를라!' '엘 씨. 아아, 여보!'"

"야아아아아! 현실로 돌아와, 엘!"

엘은 자신이 카를라 양과 맺어졌다면 둘이 나눴을 대화를 혼자 중얼중얼 떠들고 있었다. 카를라 양의 대사 부분에서는 여자처럼 높은 목소리를 내는 그 미묘한 리얼함이 슬픔을 더욱 자아낸다.

"'카를라, 빨리 벨한테 의논해서 결혼식 날짜를 잡자. 이번에는 맞선 모임에 빠질래. 둘만의 시간을 보내야하니까.'"

"벨 어떻게 좀 해봐! 엘이 점점 망가지고 있어."

"정신 차려."

완전히 저쪽 세계로 넘어가 버린 엘을 다시 데려오려고 루이제와 빌마가 말을 걸어보지만, 전혀 효과가 없었다.

"엘리제 씨. 치료 마법으로 어떻게 안 될까요?"

"아뇨, 이런 증상에는……."

엘리제도 자기 힘으로는 어떻게 할 수가 없다며 체념한 얼굴이다. 카타리나도 정신 착란에 빠진 엘의 모습에 동요했다.

"에에에에에에엘! 너는 차인 거야! 빨리 현실로 돌아와아아아 아아!"

한동안 이것저것 손을 써봤지만 엘이 정신을 차리기까지는 상당한 시간이 걸렸다.

카를라 폰 블로아

HACHINAN TTE SORE WA NAIDESHOU! 7
©Y.A 2015
First published in Japan in 2015 by KADOKAWA CORPORATION, Tokyo.
Korean translation rights arranged with KADOKAWA CORPORATION, Tokyo.

팔남이라니, 그건 아니지! 7

2019년 6월 1일 1판 1쇄 발행
2020년 6월 1일 1판 2쇄 발행

저   자 Y.A
일러스트 후지 초코
옮 긴 이 강동욱
발 행 인 유재옥
본 부 장 조병권
담당편집 정영길
편 집 1 팀 정영길 김민지 조찬희
편 집 2 팀 김다솜 이본느
편 집 3 팀 오준영 곽혜민
미   술 김보라 서정원
라이츠담당 김슬비 한주원
디 지 털 박상섭 박지혜 이성호
발 행 처 ㈜소미미디어
인쇄제작처 코리아피앤피
등   록 제2015-000008호
주   소 서울 마포구 토정로 222, 403호(신수동, 한국출판콘텐츠센터)
판   매 ㈜소미미디어
마 케 팅 한민지 권지수
물   류 허석용 최태욱
전   화 편집부 (070)4164-3962, 3963 기획실 (02)567-3388
　　　　　 판매 및 마케팅 (02)567-3388, Fax (02)322-7665

ISBN 979-11-6389-483-4 04830
ISBN 979-11-5710-465-9 (세트)